刘晓晖 ◎ 著

职场变形记

ZHICHANG BIANXING JI

时代出版传媒股份有限公司
安徽文艺出版社

图书在版编目（ＣＩＰ）数据

职场变形记/刘晓晖著. —合肥：安徽文艺出版社,2014.3（2024.11 重印）
ISBN 978-7-5396-4805-7

Ⅰ．①职… Ⅱ．①刘… Ⅲ．①中篇小说－小说集－中国－当代
②短篇小说－小说集－中国－当代 Ⅳ．①I247.7

中国版本图书馆 CIP 数据核字(2013)第 298337 号

出 版 人：姚 巍　　　　　　　策　　划：张 堃
责任编辑：刘姗姗　　　　　　　装帧设计：许含章

....

出版发行：安徽文艺出版社　　www.awpub.com
地　　址：合肥市翡翠路 1118 号　　邮政编码：230071
营 销 部：(0551)63533889
印　　制：三河市兴国印务有限公司

....

开本：880×1230　1/32　印张：8.375　字数：180 千字
版次：2014 年 3 月第 1 版
印次：2024 年 11 月第 2 次印刷
定价：49.80 元

....

（如发现印装质量问题，影响阅读，请与出版社联系调换）

■ 序:花开之后就是果

黄佟佟

晓晖跟我第一次见面是在进贤路的一个上海小馆子。

那是个冬天,天气很冷,我们点了一个糖醋鱼,等调料都结成透明的胶了,我们俩还在那里聊,聊过去聊文学聊八卦,像多年知心的老友,天知道,那时我们才是第一次见,网友见面就掏心窝子,这是独属于女人的信任和直觉——谁让这位清秀的姑娘有一双清澈的眼睛。

就在那场饭上,我知道了晓晖的过去,她毕业于华东师大,大学时热衷于给报社投稿,参加各种征文比赛,后来分配到淄博一家环保设计院,业余时间写小说,后来她终于如愿以偿去了报社,做了一名女记者。我看过当女记者时她的照片,绝对清秀气质大美女,那时的她,当然做着作家的梦,如果按照一般的惯例,她应该在经历了几次感情的波折之后开始写小说,最终移居到京城成为著名作家,但命运似乎不想为难这个漂亮的姑娘,她的帅哥男友对她忠心不二,两人结婚了,她移居上海,在一个上好的单位上着班干着活拿着不错的工资,生了个如花似玉的女儿,过上了世俗意义上幸福的生活。

"每天上班带孩子，各种家庭琐碎，哪有时间写字……"吃饭的时候，晓晖这么抱怨，如果是别人这么说，那一定微带着些幸福女人的炫耀，但晓晖是真的，因为我知道，对于真正的文学青年来说，写字是他们最隐秘的一节尾骨，藏在一个谁也看不到的地方，但再过十年也好，二十年也好，如果不写，那么再舒服的椅子他们都会坐立不安——是不是该写点什么呢？他们总在想——这是独属于写字人的秘密，是不得不写，是一定要写，是命中注定，是积习难改。

于是，这个生活优裕事业顺畅的女人会在孩子满6岁念小学之后，重新开始写小说，这个时候她已经39岁，离她第一次写小说，差不多过了整整20年，我想象了一下场景，在上海静静蓝天下，她安坐在窗明几净的家里，皱着眉瞪着屏幕认真地打着字，打这些字，不是为了钱也不是为了名甚至不为了发表——只为安抚她呼啸在内心的那年轻的自己。"一辈子至少要写本小说集出来吧。"她淡淡地说，于是有了你手上的这本书，二十年，十篇小说，这是一个文学青年对自己年轻梦想的认真交付。

我喜欢看晓晖的小说，这些小说大都有现实的影子，平实，冲淡，带着生活的无处不在的坚硬。"8点45分，我到楼下取当天的证券财经报纸，一边听着电视里的早盘分析，一边看报纸上的操盘指南。9点15分，我打开电脑里的行情软件，9点25分集合竞价，9点30分正式开始交易，我就会专心致志地盯着屏幕上那如同心电图一样的K线图。都说股市是经济的晴雨表，对职业投资人来说，K线图就是心电图，做投资玩的就是心跳。我有一个QQ群，专门交流各种股票信息的，股吧上，我也很活跃。做投资的乐趣并不仅仅在于自己赚多少钱，而是看自己的判断能不能比别人更高明、更准确，当你能准确判断一波大涨或大跌时,在股友们面前的那种自豪感是难以形容的。"

我喜欢看这些行云流水的细节,因为我知道这是有过生活的人写的东西,不是坐在屋子里瞎想出来的,我们手边这沸腾的生活,像莫文蔚的那首歌唱的:"若想真明白,真要好几年……"我当然更喜欢她小说里的那些熟悉的气氛,那些独属于我们那个时代的暗号。

"我从小学的时候就迷上了读小说,最早从《今古传奇》上连载的《七剑下天山》看起,我从梁羽生的《白发魔女传》一路看到了金庸的《射雕英雄传》,我很喜欢黄蓉。其实华筝我也挺喜欢的,总觉得郭靖能把她们都娶了就好了。我希望长大后娶一个名字带蓉的女孩儿,可以像郭靖一样叫她蓉儿。

"可女生们都不那么爱黄日华演的郭靖,她们喜欢苗侨伟演的杨康。这让我非常不理解。

"连李艳这么咋咋呼呼的女生都爱苗侨伟。我经常碰到她和我们院里那帮姑娘在角落里交换明星贴纸,有时候她也会慷慨地把翁美玲的大头照送给我。

"有一天,李艳慌慌张张地跑来跟我说:'你知道吗?翁美玲死了,她为苗侨伟自杀了!'

"我的头嗡的一声。等我买来电视杂志搞清楚真相,才知道李艳说的又对又不对,翁美玲确实开煤气自杀了,却是为了汤镇业而不是苗侨伟。

"我难过地甚至掉了两滴眼泪。我喜欢的蓉儿就这么死了。这是我第一次遭遇心爱女孩儿的死亡。"

当然,我更喜欢的是她在费心描临那些起伏转折的故事之中,偶尔一行两行透出的生活的真义。"我对箫箫说,人生就和投资一样,不要太贪心,也不要太害怕。

"她似懂非懂地看着我。我告诉她,快乐固然很好,但不要那么多,比如说,有很多人喜欢你是很好,但你其实只需要一个喜欢你、你也喜欢的人就够了。失败很可怕,但也没什么值得恐惧的,只要能活下去,就有机会从头再来。"

这些话埋在那么一堆文字里,看似不打眼,领会时却心中一惊,那是经历过生活的人淡淡的力道,年轻的张爱玲在毕业纪念本上写过最恨一个有天才的女人忽然结婚,但晓晖这样女人的存在,也告诉我们,其实有天分的女孩也不怕结婚,只要够坚持,够坚强,那些天分就像一颗一颗的种子埋在她们的心里,一有机会一有雨水它们就会争先恐后地破土而出——有些花春天开,有些花夏天开,有些花开得长,有些花开得短,重要的是,到了秋天,他们的枝上都能挂着沉沉的果实。

早开有早开的好,迟开有迟开的妙,对于那些注定要开花的人,无论把它种到哪里,无论碰上哪个季节的雨水,要开的花终归要开,要结的果终归要结——这时,你终于明白,人活一世,草木一秋,说到底,人生不过是一场殊途同归的各自生长。

目

录

■ 鱼 翅

（一）

"在遥远的加勒比海，捕捞鲨鱼的渔船结伴而行，他们每出一次海，往往要满载才归。船舱中装满的只是鲨鱼庞大身躯的一小部分——鳍。这些鳍只占鲨鱼身体的5%，也是作为奢侈品鱼翅的原料。

渔民在捕捞上一条鲨鱼后，不论大小，都会在甲板上用电锯活生生地把鲨鱼的背鳍、两个胸鳍和一部分尾鳍割掉，然后将全身血流不止的鲨鱼扔回海中，因为船舱没那么大的地方装鲨鱼肉。和鱼翅所能产生的高利润相比，鲨鱼肉经济价值不高。为了节约成本，捕捞队通常在海上就地作业，新鲜的鱼翅被放进冷冻库。这些鲨鱼身体被直接抛回海洋，沉入深海中，无法游动、无法觅食，痛、饿、血流不止，最后在深海中绝望死去。"

把PPT又一次仔细检查确认无误后，我合上电脑，长舒了一口气。明天，路歌又要去某个高校做演讲了，作为一个粉丝众多的名人，他对自己每一次公开亮相都极为重视，我帮他做的这个PPT，虽然已经使用过多次，但每次演讲前他都要求补充新鲜的内容,用更煽情的表达,以吸引更多的听众。

路歌是我的老板,作为他的私人助理,我打这份工已满五年。五年来,我亲历了他从一个崭露头角的年轻学者到一个创业有成的文化传媒公司老板的全过程。最近三年,他更是从一个以讲明史出名的学者,变成了一个积极的环保主义者。没有买卖就没有杀害,拒吃鱼翅、保护海洋生态成了他到各地巡回演讲的主题。

我和路歌都还记得五年前的那次面试。我,二十五岁,名校硕士毕业,身材高挑,姿色中上。路歌看着我说:"我觉得你有点面熟。"我笑:"路总您是母校培养的优秀人才,我在学校里多次听过您的讲座,可能您会对我有些印象吧。"母校的学妹,加上投眼缘,大约是路歌很快就决定录用我的原因。

我是路歌的粉丝之一,管理学硕士毕业那年,面对好几份待遇优厚的OF-FER,我拿不定主意。当我在路歌公司的网站上看到他们张贴的招聘启事,我迅速决定要争取私人助理这个职位,即使,他开出的薪水并不优厚。路歌,是一个非常具有个人魅力的明星学者,从大一开始,我就读他的历史著作上了瘾,那年他才刚刚三十岁,拜网络传播的优势,他在网上发表的那些机智有趣、喻古讽今的历史新读风靡一时,很快就有出版公司找上门来,他的文章一本又一本地结集出版,每一本,我都认真读过。

谁能不爱路歌呢? 我做了他的私人助理。但我们的关系,仅限于工作关系,在这方面,路歌公私分明,他绝不会把私生活带进工作中来,他是一个那么爱惜自己羽毛的男人,他有那么多那么多的粉丝啊。我不幻想进入他的情感天地,能每天看到他,为他认真做事、出谋划策已是我极大的满足。五年来,随着路歌事业的大踏步前进,我的薪水也水涨船高,我供了一个小单元房,买了车,交了一个还算满意的男朋友,准备着要结婚了。

我的男朋友蒋昕,是个软件工程师,标准的理工男。我们是在某相亲网站认识的。自从年过二十八岁,我妈就开始急得不行,她担心我嫁不出去。父亲过早去世,我是妈妈千辛万苦拉扯大的,她早就退休了,在老家领着微薄的退休金,盼望着我早日结婚生子,她可以来帮我带小孩。

那天我和蒋昕约在一家叫"四月天"的咖啡馆见面。音乐轻柔,咖啡醇浓,在这样一种轻松的氛围之下,我看蒋昕的目光也温柔了许多,不再挑剔他的身材、趣味,他不高,微胖,有些理工男的乏味。但他宽厚、老实,让人有踏实感,百分百是我妈妈喜欢的那种男人,适合结婚的男人。我们认识一年了,已见过双方父母,打算过段时间去领证,蒋昕提过几次了,但我觉得他还没有特别浪漫地求过婚,所以一直没有答应。

我怎么能那么草率地就去领结婚证呢? 路歌还没领呢。我隐约听说多年前他有过一段婚姻,离异后单身至今。作为他的助理,五年来他身边出没的女人我多少知道一些,他有女人,而且不止一个,只是从来没有固定女友,就是公开的打算谈婚论嫁的那种。这很合他众多的女粉丝们的心意。

和蒋昕聊得正欢,我突然看到一个漂亮的女人挽着一个男士走进了"四月天"。我一眼就认出了她,是本城著名的才女叶子! 她在早报上开的情感专栏非常受欢迎,我也是她的粉丝之一。除了写专栏、出书,她还经常在电视节目里做嘉宾,实话实说,这样有才有貌的女人真不多见。我目不转睛地盯着她,她真好看,如瀑的长发,白皙的皮肤,虽然已经三十多岁,看上去仍然青春洋溢。她身穿黑色的紧身毛衣,乳峰高耸。坊间有很多关于她私生活的传说,但是,她这么完美,配得上任何男人的宠爱。

我很想过去和她认识一下,但觉得太唐突,另外,我也不想让蒋昕觉得我太随意,一直以来,我在他面前表现得都是稳重大方、善解人意。于是,我找借口早早喝完了咖啡,结账离开时,路过叶子身旁,我假装没走稳,高跟鞋扭了一下,然后一转身看到她,不经意地说:"哎呀,您是叶子老师吗?我看过您的书!"叶子微微一笑。我说:"我是一路高歌文化传播公司的,还请叶子老师以后多多指教。"名片递上去,叶子很有礼貌地接过来,淡淡地说:"是路歌开的公司吧?听说过。"

推开"四月天"玻璃门的时候,我忍不住又回头看了叶子一眼,发现她也在看我,若有所思的样子。

(二)

路歌周六在海大的讲座极受欢迎。有一百个座位的小礼堂坐得满满的,连过道都站满了人。这让我想起了十年前在东大,我和路歌的母校,他受邀回来开讲座,我坐在台下,一脸崇拜地看着他,那个时候,他讲课的题目还是中国历史与文化的现状。没想到,他会突然转向,而且转得这么成功,本城已有若干餐馆响应他的号召,不再供应鱼翅这道菜。不卖鱼翅成了餐馆的时尚标志,生意不减反增。而不吃鱼翅也成了时尚,低碳环保、爱护动物已经像爱电影爱文学一样成了流行标签,在征婚网站上大受欢迎,我就是看到蒋昕也贴了这么一道标签,才对他颇有好感的。

路歌的粉丝越来越多了。演讲第二天,就有一个海大艺术系的女生慕名而来,要求面见路歌。我接待了她,看着她青春飞扬的脸,我暗想,艺术系的女生不是都喜欢找老板吗? 转而我顿悟,路歌现在就是一个不折不扣的老板啊,名人,儒商。路歌凭着他深厚的历史底子,敏锐地捕捉到了新编历史言情剧的市场空间,他参与投资了三部戏,并亲自担任了总策划,对剧本进行了大胆改编,结果,播出后,一部比一部红! 一路高歌文化传播公司在业内名声大振,开张两年就实现了盈利。

艺术系女生知道她今天见不到路歌了,不死心,她缠着我,嗲嗲地说:"那路总再拍新戏能不能推荐一下我? 你看我条件怎么样?"我微笑:"您真的很漂亮! 可是,我们公司并不直接投资拍戏,只是作为小的投资方对几部戏进行了投资,不介入演员选拔这个环节。不过,您的个人资料我可以留下,有合适的机会我会推荐给路总,如果有导演找他推荐演员,或许能用得上。"

我手里有大把学表演、学艺术的女生的资料。有那么三五个,是我们公司的兼职,偶尔会有机会跑跑小龙套,更多时候,是在路歌宴请各方神圣的时候作为公司的员工陪他出席,充当花瓶、公关等角色。路歌很规矩的,他并不进行权色交易。我酒量一般,因为路歌越来越倚重我,我的工作重点都放在了公司的业务拓展方面。所以,来公司的头两年,我还时不时陪他出席饭局,这三年,我们心照不宣地把这些工作交给了这些年轻靓丽幻想着一飞冲天的姑娘们。他单身,这些姑娘们又都是兼职,赚点外快找点机会而已,他们之间是否会有逢场作戏的感情我懒得去猜。

路歌在市中心有个两百平方米的高档公寓,精装修,管家式服务。因此,他虽然一直单身，衣食住行倒也井井有条。这两年他越来越红，不时有媒体记者找到我，希望能提供他的家庭住址，想拍他的家居生活，都被我严词拒绝了。路歌在媒体面前对自己的私生活绝口不提，公众知道的只是他多年前有短暂婚史，单身至今。我和他都不希望被狗仔队拍到有女人在他家过夜的镜头，毕竟在公共场合他携女伴出现多少是种礼貌，不代表直接深入的两性关系。

我和路歌一起小心谨慎地维护着他在公众面前的形象。作为一个深受欢迎的明星学者、商界新秀，又单身，路歌既要给粉丝们想象爱戴的空间，又不能在私生活上过于随便或者过于严谨。所以，我们刻意营造了一种神秘感，他大方、幽默，具有社会正义感，是最受欢迎的钻石王老五，但是，没有人知道他的女朋友是谁。那些时不时想借他出名的女孩子们，偶尔也会在网上散播关于他的一些传闻，他都一笑置之，从不回应。其实，虽然路歌是我的老板，我是他的私人助理，我也搞不清楚他和那些女人们的关系到底怎样，我只知道，他分寸把握得很好，而我要做的，就是替他打理一些表面上的关系，该挡的挡，该说的说，不该知道的，不问，也不知道。饶是这样，我们还是小觑了现在的年轻女孩子的心机。

晚上，某报娱乐版相熟的记者打电话给我，有个三线小明星给报社爆料，说她是路歌的情人，被他欺骗，他说会在某导演的一部片子里推荐她演女二号，结果泡汤，他以导演不满意她的试戏为借口打发了她，从此对她不闻不问。我一听，毫不犹豫地说，这是假的！记者说，可是，她手里有和路歌深夜路边拥吻的照片。

记者把照片发到了我的邮箱，我一看，确实是路歌，照片上的他身材高大，气质儒雅,轻拥着一个年轻的女子,只是表情有些勉强。我只能把照片发给路歌,问他到底什么情况,该怎么处理。路歌看完照片,在电话里笑了,说这个女子是前些天饭局上遇到的,自称是他的粉丝,敬了他几杯酒。散场后,出于礼貌,他和她一起走出饭店,他的车停在五十米开外的停车场,那个女子和他同行了几步,突然扑上来抱住了他,他以为她只是一时情难自禁,没想到她安排了别人拍照。他就这么被偷拍了、被绯闻了!

我向记者转达了路歌的看法:清者自清,让她自己炒作吧,我们不理会。小明星的炒作最后还是草草收场,虽然她在一些网站上传了照片,可这事毕竟太捕风捉影,她雇了些水军散播了一些谣言,但很快就被路歌强大的粉丝团识破了,最后反而她被骂得狗血喷头。虽然是搬起石头砸了自己的脚,但多多少少,她比以前名气响一点了。路歌告诉我,他后来又碰到过这个小明星一次,但他什么都没说,就像他们之间什么都没有发生过一样。小明星讪讪地,在他宽容而又正派的神情下无处可逃。路歌还真的把她介绍给了一个正在找演员的副导演,演技,她多少还是有点的。我知道路歌告诉我这些是在教我,如何处理纠纷,如何化解恩怨,真正的绅士都会像他那样一笑泯恩仇。

我没有想到的是,这么绅士的路歌,也会有大发雷霆的时候。他当然没有冲着我,却被我无意中撞见了。

(三)

那天蒋昕急急地找我,说他老板让他捉刀写篇论文,他的老板附庸风雅,读了个名校的EMBA,老板忙,应酬多,哪有时间认真上课、认真写作业,可怜的蒋昕,时不时就得帮老板写作业。这一次,他急需几本管理学方面的书做参考,他知道我是管理学硕士出身,让我帮他找。这些书,我都细读过,只不过,放在了办公室的书柜里。于是,破天荒地,我在周六深夜的 11 点钟,出现在了办公室里。我和蒋昕说好了,周日中午一起吃饭的时候,把这些书带给他。

办公室里静悄悄的,路歌的办公室还亮着灯,难得他会来加班。我心想等找好书就过去和他打个招呼,劝他早点休息,不要周末还这么辛苦。书找到了,我锁好办公室的门,走到路歌办公室门口,发现门洞大开,然后就听路歌在怒吼:"你什么都不要说了,你知道吗? 你欠我一条人命,一条人命!"我吓一跳,赶紧躲到一边,但是,我还是被房间里的一个女子发现了,那个女人,是叶子! 毫无疑问,她也看见了我!

我逃也似的转身就走,唯一值得安慰的是,我确信路歌没有看到我,他不知道我晚上来过办公室。对这件事情,我必须守口如瓶。中午和蒋昕吃饭的时候我有点心不在焉。我见过叶子两次了,都和蒋昕有关,这也太巧合了。蒋昕注意到了我的情绪,关切地问:"你怎么了? 好像没有精神。"我笑笑说,昨天失眠了,没睡好。蒋昕没有太多的温情话语来安慰我,只是吃完饭主动提出来送我回家,让我补个午觉。我很感激他的善解人意,本来说好了下午看电影,蒋昕票都买好了。

我确实一夜难眠。

回到家,我没有急于躲进被窝补觉,而是上网"人肉"叶子。我不清楚她和路歌的关系,这五年来,他们没有直接的交集,至少,我完全没有发现他们是互相认识的,而且,看上去有相当不一般的关系。

搜索了半天，无果。网络论坛上有很多关于叶子的传言，无非是和某某领导、某某老板等等有染，很无聊。看媒体关于叶子的专访，她好像这两年有个圈外的男朋友，比较普通。我想起了那天在"四月天"碰到的那位，确实很普通，比起路歌，那真是差了很多。

周一上班的时候，我若无其事地跟路歌汇报工作，把他一周的安排讲给他听，他一边听，一边把手头的一支签字笔转来转去。我太熟悉路歌了，他只有心中有事的时候，才会在听我谈工作的时候下意识地转笔。但路歌从来不跟我谈他的私事，我无从知道他的心事。他都四十二岁了，单身，没有孩子，感情世界肯定有众多不为人知的秘密和……酸楚。

这注定是不平静的一周。叶子的事情还没搞清楚，我们的工作又出了点状况。我们参与了一家慈善基金会发起的给贫困山区孩子送科普的活动，赞助了一批图书，结果最近媒体曝光，这家基金会的运作不规范，我们捐出去的那些书，并没有真正送到山区孩子的手中。

我的头一下子就大了！这件事情是我的疏忽，当初基金会找上门的时候，说得天花乱坠，说路歌宣扬的"没有买卖就没有杀害"的动物保护理念和他们基金会的宗旨十分吻合，希望双方能合作做点事情。公司这些年来，一直都有公益方面的投入，路歌每次的讲座都是公益性质的，于是，我们就给这个给贫困山区孩子送科普的活动赞助了十万元的图书，数目不是很大，也无意借此宣传自己，因此一切活动的运作都是基金会在进行，我们把钱打进了基金会的账户后就没有再过问，也没有工作人员跟进到他们的图书采购、发放等环节。

现在，这个活动出了问题被媒体揭露了出来。首先，募来的钱没有全部买成适合山区孩子阅读的科普图书,基金会私自截留了两成募款。其次,图书没有真正送到孩子们的手中,到了县一级教育部门,又被截留了部分。最让路歌光火的是,基金会的人到了贫困县里,和当地教育部门的人一起大吃大喝,被神通广大的记者给曝了光:他们的菜单里居然有鱼翅捞饭!这真是莫大的讽刺啊,路歌一直宣传拒吃鱼翅、保护鲨鱼,到头来这些人竟然会拿着他捐出来的钱大摇大摆地吃鱼翅。

我陷入了深深的自责,这件事情对公司、对路歌本人都带来了极大的恶劣影响。路歌虽然没有当面斥责我,但他在接受记者采访时,一再表示是公司有关工作人员责任心不强,未能对这样的公益活动进行有效的监督,从而被别人钻了空子,好心办了坏事!他说,以后涉及公益的事情,他一定亲力亲为,在监督不到位的情况下,只能自己亲自操作,直接和相关资助方联系,绝不假他人之手。

这是我在公司五年工作上出的最大的纰漏。和各种慈善基金会的业务往来,一向是我负责的。我在公司例会上主动做了检讨,路歌皱着眉,没有再说什么,最后大手一挥,说这件事到此为止,下不为例。

我疲惫地回到了自己的家。点一支香薰,泡一个玫瑰精油的澡,我感受到了从未有过的压力,迫切需要放松、放松,这个时候,我突然想起蒋昕的好来,我没有理由总是挑剔他,下次他再提领证的事情,我就干脆答应他好了。

经过一番自我调整,我很快就忘我地投入到工作中去了,多少有那么一点急于将功补过的心情。至于撞见路歌和叶子在一起的那一幕,一时被我抛在了脑后。我只是一个打工的人,哪有那么多精力去关心老板的私生活?

（四）

我是在和蒋昕缠绵的时候接到叶子的电话的。

周五夜里的 11 点，在单人房的双人床上，我们做着所有情侣都乐此不疲的功课。这时，我的手机不合时宜地响了起来。"我是不是你最疼爱的人，你为什么不说话……"天知道我怎么会选了潘越云的这首老歌做了手机铃声，在两情相悦的时刻，我真的不想说话，不想接电话。可是，电话的那一头很执着，铃声一直在响，不肯挂断。我只能腾出手按下了接听键。

我注定又将度过一个不寻常的周末。叶子说有事情想跟我谈谈，我们约在了第二天下午的"四月天"咖啡馆。她说，这件事情不要告诉你们老板，我笑笑说，当然。

我猝不及防地知道了路歌和叶子的故事。叶子的声音和在电视里听到的一样温婉、动听，不同的是，在讲这个故事时，她带入了深深的伤感。

我第一次在这个咖啡馆见到你时，就对你很有好感，我觉得你是个善解人意的聪明姑娘，路歌找你帮他做事情，真是找对了。

我是二十四岁本命年那一年认识了路歌，他比我大 8 岁。四年后，在他的本命年分手。为什么对本命年记得这么牢？因为初识的那一年，我穿了一年的红色内衣，各种款式。和路歌好了以后，他试图说服我穿黑色的、白色的，或者豹纹的内衣给他看，我都拒绝了，因为我迷信，这一年不管怎样都要一身红到底。我跟他说，我们以后的日子长着呢，等顺利地过了这一年，你想让我穿成什么样都可以。四年后，我亲自给他备好了好多条大红的内裤，希望他本命年过得平平安安，却不想，我们在这一年最终分了手。

当年我和前男友分手，心情低落，三个月后在一个饭局上遇见了路歌，我们一见钟情。可是，他当时已婚。他热烈地追了我三个月，我始终躲闪，不想背负破坏别人家庭的恶名。他信誓旦旦地说，他和妻子的感情早就出问题了，她敏感、神经质、有洁癖、追求完美，这让他精神压力很大，他们一直貌合神离。直到我的出现，让他感受到了真爱，感受到了被人崇拜的感觉，他下定决心要结束这段质量不高的婚姻，和我在一起。三个月后，他终于说服了我，和他在一起。我们的关系当然是地下的，因为他还没有离婚，就算单身，以他对感情一贯的低调态度，他也不想这段关系曝光。

我很爱路歌，这是我宁肯做第三者也要和他在一起的真正的原因。那时候，他刚刚出名，还没有多少钱，我知道他要离婚，肯定得净身出户，但是我不在乎这些啊，真的不在乎，能和相爱的人在一起就够了。只是，想起他太太的时候，我会有些内疚，我毕竟是和别人的老公在一起。但很快，这种内疚就变成了嫉妒，路歌并没有像他保证的那样很快就离婚，我想他对老婆还是有感情的，于是他在两个女人之间游离了一年。路歌不在我身边的那些夜晚，我想象着他躺在妻子的身边，感觉就像有把小刀在一下一下切割自己的心脏。他对妻子隐瞒了和我的关系，只是以感情不和为借口一次次地要求离婚，他妻子被蒙在鼓里，一开始是不同意离婚的,直到有一天,她发现了我们两个的关系。

她找到我当面对质,我狼狈不堪,甚至流了泪,我想,她怎么骂我都是有理由的。可她什么都没说,只是冷静地问:"你们好了多久了?你很爱路歌吗?"我没有告诉她我们什么时候开始好上的,因为不想伤害她更多,我只是坚定地说:"是的,我很爱路歌。如果他选择你,我可以离开。"可是,出乎我和路歌意料的是,她很快就同意了离婚,她说愿意成全我们。她是一个高校的英语老师,本来出国的机会就多,离婚后很快就去了美国。

我和路歌之间的障碍不存在了。很奇怪,我们的关系并没有变得更加甜蜜。直到这时我才明白,路歌对前妻还是有感情的,前妻大度地一走了之,反而让他心生愧疚。我们开始有了争执,时不时会争吵。我很想让这段感情早点有个结果,可路歌说,他的事业刚刚开始起步,不想马上再次步入婚姻。我们始终没有同居过,一直各住各的房子,他的前妻什么都没有要,存款、房子,这也是他后来能自己创业的物质基础。

虽然和路歌的感情没有像我想象的那样顺利地开花结果,但公平地说,路歌对我的帮助很大,在他的提携下,我的文章渐渐得到了很多媒体的认可,我一天天地出名了,实事求是地说,是他给我带来了各种机会,我能有今天,路歌功不可没,所以尽管后来我们分了手,我依然很感激他。

我们就这样维持了四年的感情,没有结婚,除了各自圈子里的熟人,没有人知道我们的关系。我刚成名,乐得以一个单身快乐女郎的身份为公众所知。其实到了后来,反而是我对结婚这件事情产生了抵触。我还那么年轻,前途光明,为什么要轻易地锁定一个离了婚的男人呢？虽然,他为我付出很多。

我做了电视台的兼职主持以后,认识我的人更多了,不乏高官、大款通过各种渠道向我示好。女人总有虚荣软弱的一面,有一次酒后乱性,我做了对不起路歌的事情,本来以为天知地知,可人难免会碰到那么一两个人渣,那个流氓,以搞名女人为乐的流氓,竟然把这事儿在圈子里说了出去,流言传到路歌耳朵里,他怒不可遏。我们冷战了一个月。后来,还是我哭着哀求他回到了我的身边,我向他保证再也不会有这样的事情发生了,我愿意和他结婚,为他生个孩子。

可是,我们最后还是分手了,不是因为这件事情,而是因为他的前妻。一次偶然的同学会,他碰到了几年不见的老同学,他太太和路歌前妻是闺密,她忍不住骂路歌："你真不是男人,你知道吗？你太太和你离婚的时候已经怀了身孕！"路歌惊呆了,前妻出国后就和他断绝了联系,他完全不知道他们之间还有个孩子,据说她是做完流产手术以后才走的。想到那个无辜的小生命,他就心痛不已、后悔不已。

我们的关系越来越恶劣,终于,我忍受不了他对我的冷漠,爱上了别人,率先提出了分手。我一直记得我和路歌的初次相识,在一个颇高档的酒店,名流云集,我碰巧坐在他身边,他风度翩翩,热情地教我怎么调配一盅高汤鱼翅。那是我第一次吃鱼翅。我也不知道为什么后来路歌那么痛恨鱼翅。

叶子的故事讲完了。我默默地听着,没有说一句话,"四月天"飘荡着卡蓬特的老歌——《昔日重来》,音乐敲打着我的心灵,任眼前的这杯卡布奇诺慢慢冷掉。

(五)

我无可奈何地介入了老板的私生活。上班后再见到路歌,我感到自己心怀鬼胎,却又装得若无其事。路歌最近心事很重,我想大约是烦恼太多,有个项目的运作也不是很顺利,所以,有时候我下班走人的时候,会看到路歌还闷在办公室里,心事重重的样子。

叶子找我倾诉她和路歌的过去,当然不仅仅是为了一吐为快,她希望我能帮她重新挽回和路歌的感情。分手六年后,她发现自己仍然深爱着路歌。那夜,她开车路过我们公司的楼下,发现路歌的办公室还亮着灯,就情不自禁地走上楼去,没想到,路歌的反应是那么的激烈,对她的态度是那么的冷淡。直到那一刻,她才突然明白,她和路歌之间的障碍是那个没有成形的孩子,是路歌前妻离婚后打掉的那个孩子。

我知道路歌和前妻虽然多年不曾往来,但他们之间是有一条纽带的,就是告诉路歌前妻怀孕的那个同学的太太,他前妻的闺密。叶子跟我提到她时,我顿时就对上了号,路歌是有这样一个私人关系,那个女人隔三差五就会来办公室找路歌,他们不谈工作,却每次会在办公室关上门私聊很久。有时候我会敲门进去送上咖啡,看到他们两个在一起的状态很轻松随意,一看就是多年的关系,红颜知己的感觉。

　　叶子让我做的,是设法帮她联系上路歌的这个红颜知己,搞清楚当年她前妻为什么轻易地同意离婚,又不肯透露自己怀孕的消息。更为关键的是,她想知道路歌的前妻现在的生活状态。她一直觉得路歌始终没有再婚,和前妻有很大的关系。

　　刚开始,我没有同意叶子的请求,这件事情跟我有什么关系呢? 我为什么要冒着得罪老板的风险替她做这些事情呢? 可是,叶子是那种特别会发嗲的女人,她比我大几岁,又是名女人,却丝毫不掩饰地放下身段恳求我,看她可怜兮兮的样子,我鬼使神差地答应了她。

　　其实,是我自己的好奇心战胜了理智。我太想搞清楚路歌的那些故事了。

　　凭我和路歌五年来的关系,我当然认识孙太,就是路歌的那个红颜知己,我们一起吃过两次饭,都是路歌在场。所以,当我单独约孙太出来的时候,她很惊讶。我撒了一个谎,我说有一个朋友,对路歌特别有好感,一直希望我能将她介绍给路歌。我告诉她路歌以前结过婚,似乎对前妻仍不能忘情,所以没有再婚的打算。可朋友不死心,一定让我帮帮忙。我也没有办法,只好私下里问问孙太,路歌前妻现在是什么状况。

　　孙太顿时对我产生了戒心。她随便应付了我几句,什么都没说。我意识到自己可能犯了一个错误。果然,第二天,路歌就找我单独谈话了。

　　我没有办法,在老板面前,我只能出卖了叶子,否则,我可能连工作都保不住了。我已升任总经理助理,薪水丰厚,人前风光。我还要供房子,还要照顾在老家的孤独的妈妈。路歌看我哭得梨花带雨的样子,还是心软了,他说:"你太幼稚了,被人利用了都不知道。"

　　路歌跟我讲了一个截然不同的故事。当初认识叶子的那个饭局，是叶子处心积虑安排的，一切的一切，都是叶子主动勾引自己，路歌未能把持住自己，犯了每一个男人都很容易犯的错误。他和前妻感情基础本来不错，因为叶子的出现，他的生活完全给打乱了。从一开始他就没有想过要离婚，可叶子这个女人，太有心计了，他和前妻，都不是她的对手。

　　叶子见他迟迟不肯同前妻分手，先是闹自杀，后来又找到前妻，谎称怀了他的孩子，逼前妻主动提出了离婚。这一切，都是他们分手后听孙太说的，前妻要求孙太不能把这一切告诉路歌。他的前妻，就这么决绝地打掉了他们爱情的结晶，一个人去了美国，和路歌、孙太都再也没有往来。

　　路歌说，孙太告诉他前妻故事的时候，他正专心地吃着一碗鱼翅羹，听着听着，他突然心如刀绞，胃酸上涌，跑到卫生间里大吐特吐，从此，他不再碰鱼翅。几年以后，他看了一部描述渔人捕鲨切割鱼鳍的纪录片，知道了鱼翅残忍的来历，由此走上了现在的这条公益宣传之路。

　　没有买卖就没有杀害，没有欲望就没有贪婪，没有贪婪就没有伤害。面对这样的一个罗生门的故事，我恳求路歌原谅我对他私生活的冒犯，我向他保证不再同叶子有任何往来。

　　我删掉了叶子的手机号，并将她的手机号设为了拒听。

　　路歌告诉我，离婚后他本来是想和叶子好好过的，哪个男人愿意不断折腾呢？可叶子心太大了，随着她渐渐变得出名，她交往的男人越来越多，他为她离了婚，她却以一次又一次的出轨回报他，最终把他一脚踢开，傍上了一个更有钱的大款。没想到不过半年，大款就因经济案件东窗事发进了监狱，她这才知道有所收敛。大约是觉得没脸见他,叶子这几年不曾联络过他,不知道为什么最近又突然出现在了他的生活之中。他一直觉得,叶子是个不祥之兆。

(六)

叶子暂时从我的生活中消失了。经历了这些惊心动魄的事情,我越发觉得平平淡淡的生活是那么美好。这些特殊的经历告诉我,老板的私生活是雷区,触碰不得。路歌一次又一次原谅了我的过错,这让我再次心生愧疚。大约是看出了我最近精神压力很大,路歌破天荒地约我单独吃饭。

路歌很少和女人单独吃饭,至少,他从来没有被人拍到过。他订了本城一家五星级酒店的西餐馆,下班后,我们一同前往。路歌很绅士地为我开车门,我坐在副驾驶的座位上,受宠若惊。吃饭的地方在酒店三十层的旋转餐厅,华灯初上的时刻,我和路歌坐在临窗的位子上,看窗外夜色璀璨,有一种难以置信的美。

红酒醒过之后,我们举杯。路歌突然跟我提起了孙太。他说:"你觉得孙太人怎么样?"我这才知道,孙太也已经离异。因为他前妻的关系,离婚后他们两个反而走得很近,很投缘,有一种同是天涯沦落人的默契。路歌说孙太离婚后拿了一大笔赡养费,前两年一直投在股市上,结果收益非常不理想,看路歌的公司投了几个文化项目都收益不错,就想拿出一部分钱来参股。

我知道,最近公司的运作遇到了一些困难,参与投拍的一部电视剧迟迟不能播出,资金难以回笼,导致手头看好的几个项目只能先不投或减少投资,路歌极需要资金周转。公司成立五年来,除了有一家创投在三年前投了一笔钱,将路歌的持股比例稀释到了70%，这几年的发展靠的基本上是自有资金和不多的银行贷款。如果能扩募，当然是好事，但是，朋友参股，又是关系比较暧昧的男女朋友，我觉得一起谈天说地没有问题，合伙做生意就是另一码事情了。

我实事求是地说，我无法替他做出判断。路歌自己心里也没底，他大约也没想好孙太的钱进来以后，他如何在公司里安排孙太的位置。

谈了一会儿工作，路歌转而关心起我的感情生活，我说谈了一个男朋友，关系不错，等不那么忙了，就考虑去把结婚证领了。路歌笑着说："恭喜你啊，女孩子到了三十岁，感情上是应该稳定下来。"我心中一暖。

孙太来公司的次数明显比以前多了。她三十七八岁了，仍然风姿绰约，看不出孩子都已经上了初中。大约是觉得曾经在路歌面前打过我的小报告，而路歌并没有因此疏远我，她对我的态度变得有点谄媚，时不时送我个名牌口红什么的。毕竟，她想和路歌一起做事，而我，又是大家公认的路歌的心腹。我的意见对路歌来说，当然很重要。

我不喜欢孙太。这个女人太八面玲珑了，说话永远得体，穿衣服从来不会出错，对任何人的态度都热情周到，却透着说不出的假。虽然路歌痛恨叶子，我反而更喜欢叶子的性格。孙太还是很有些手腕的，公司的合伙人还没有当上，却已经一桩又一桩的业务往公司里拉了。老实说，都是些不太靠谱的生意，转到我这里，我都爱理不理的。我不希望有朝一日孙太管到我的头上，我只想替路歌一个人做事情。

然而事态的发展却急转直下。路歌本来已经告诉孙太，公司暂时不想增资扩股。我曾经建议他可以设一个员工持股计划，一来解决公司资金短缺的问题,二来可以增强员工对公司的凝聚力。路歌很认可这个计划,已经着手让我设计方案了。可是,突然之间,路歌推翻了这一切,他决定接纳孙太入股,他的股权稀释到55%,孙太成功地进入了公司的管理层。

我被这突如其来的变故搞蒙了,路歌完全没有和我商量过,就擅自做出了决定。我去他办公室找他,他神情透着疲惫,说来不及跟我解释这一切,他已经订好了机票,明天就飞洛杉矶,孙太告诉了他前妻和女儿的消息,他必须马上去见她们!

女儿,路歌居然有个女儿!我惊呆了,木木地听他给我交代完了近期的工作安排,然后眼睁睁地看着他拖着行李箱绝尘而去。

路歌扔下一句话:公司暂时交给你和孙太。我只好去找孙太帮忙,我不知道大洋彼岸的那一头到底发生了什么。

处理完手头的工作,第二天我约孙太下午茶。这次孙太没有再对我设防,她告诉我,路歌的前妻前几天突然给她打来了电话,问她能不能联络到路歌。她说他们的女儿八岁了,不幸得了急性白血病,急需骨髓移植,可在美国没有找到配对的骨髓,救女心切的她,只能找路歌帮忙了。她和路歌这才知道,他的前妻当年没有打掉孩子,而是跑到美国生下了孩子!

路歌立刻决定让孙太入股,他需要一大笔现金去弥补这些年对母女俩的亏欠。他有美国的商务签证,在我和孙太喝下午茶的这会儿,他人应该已经到了美国。

孙太如愿以偿地成了我的新上司,表面上,我们一团和气,却面和心不和,互相防范得很。路歌一走就杳无音信,业务上的事情孙太得仰仗我,所以她对我很客气,骨子里却极端的疏离。我不幻想能和她亲密无间。

我只能拼命地工作、工作、工作……疲惫不堪的时候,我会一个人跑去酒吧喝酒。醉意盎然的时候,我会回忆和路歌一起共事过的所有的美好时刻,我清楚地知道,那黄金般的五年再也回不来了。

(七)

两个月后,路歌从美国回来了,一个人。

他在办公桌上认真摆放了一张照片,是他前妻和女儿的合影,拍照的那个时候,小姑娘还没有生病,笑容灿烂。这是我第一次见到他前妻的样子,不算漂亮,却很有气质,女儿眉目清秀,长得很像他,一看就是一个模子刻出来的。他的女儿是幸运的,爸爸的骨髓和她的完全匹配,手术后,她一天天地好了起来。

没人知道路歌以后的打算,但我们都能看出来,他完全换了一个人,变得更加开朗、平和,那种孤独感没有了,也许这一世的情人都无法让他完全满意,他把他的爱毫无保留地献给了前世的这个小情人。他在办公室的电脑里也装上了摄像头,这样每天上午九十点钟,美国时间的晚上,他就可以和女儿视频聊天了。

有一次一起工作午餐的时刻,他告诉我们,当针管抽取他的骨髓的时候,他想起了那些被捕杀的鲨鱼,但是,他是心甘情愿地割下了他的鱼鳍,因为他要救他的女儿,那是他的血脉。他用比以前更大的热情地投入到了拒吃鱼翅、保护鲨鱼的公益活动中去,甚至分文不取地为电视台拍了一条宣传广告,视频传到网上后,大洋彼岸的他的女儿,也看到了。

路歌去美国的这两个月,我工作得太累了,他重返公司,业务一切步入正轨之后,我提出来休年假。他很爽快地准了我的假。

我和蒋昕去了三亚。每天晒太阳,游泳,发呆。我们在亚龙湾潜水,当两个人沉入水下,在童话般的海底世界,五彩缤纷的鱼儿在美丽的珊瑚之间穿梭,蒋昕突然打开了一张条幅,上面有四个字:嫁给我吧!我猝不及防地遭遇了这样浪漫的求婚,毫不犹豫地答应了他。

我太需要一个属于自己的家了。孙太已经完全取代了我在公司及路歌心中的地位。她经验比我丰富,人脉比我宽广,同事关系比我处理得圆滑,最主要的是,她是公司的投资方之一,是股东,而我,只是一个打工的人,一个对老板死心塌地为他卖命干活的女人。

婚礼之后,我提出了辞职,路歌认真挽留了我,提出给我一个月的时间好好考虑。我相信他的真诚,但是很干脆地拒绝了。最后,我拿了一笔丰厚的离职补偿离开了公司。

那是我终生难忘的一个婚礼,其实,每个人的婚礼都应该是终生难忘的。酒量平平的我,在自己的婚礼上喝得半醉,我频频地和每一个宾客举杯,敬酒敬到路歌身旁时,借着醉意我对路歌说:"你知道吗?八年前我就见过你。"他微笑说:"知道啊,你是我的学妹,你去听过我的讲座,来公司面试那一天你就告诉我了。"我又问他:"八年前你有没有见过我?"他笑说,可能见过,有点面熟,但确实不记得了。他把杯中酒一饮而尽,温和地拍拍我的肩膀,祝我和蒋昕白头偕老,早生贵子。

这不过是路歌参加过的众多婚礼中普普通通的一个。所有的女人都会结婚的,不是吗?只不过有的早一点,有的晚一些。有的女人爱过他,有的女人不爱他。

八年前我二十二岁,因为家境贫寒已经勤工俭学了四年,没有时间谈恋爱。八年前路歌三十四岁,因为婚外恋离婚不久,和叶子的感情也不尽如人意。

为了多赚点钱,除了做家教,我还背着同学偷偷地在酒廊打工。很多个夜里,我是浓妆艳抹的卖酒小姐,游离在清纯与放荡的边缘。那一夜,我和路歌意外相逢,我化着浓艳的妆,美瞳假发假睫毛假首饰……没有一个男人会看得出白天我是一个素面朝天、衣着俭朴、刻苦读书的眼镜妹。路歌和两个做生意的朋友一起到酒廊买醉,没有一个烟花女子会认得出他是刚刚崭露头角的历史学者。

我刻意地贴上了他。我的酒卖得很顺利,他心情不好,喝得烂醉。他的朋友挑了两个小姐,不知何故,他把我也当成了小姐,搂着我不放。我将错就错,和他一起离开了酒廊。

那是我的初夜,但路歌完全不知情,欢场女子哪有什么纯和真?我强忍着痛,配合着他的欲望,痛楚和满足一起升起,我流了泪。看着下体的血红,我谎称大姨妈突然来了,扫了他的兴。他很体谅地没有再次来过,付了钱让我穿好衣服离开。

那时候他身边的女人应该是叶子,而我,只是他生命中漫不经心相逢的另外一片叶子。悄然飘落,无声无息。三年后我站在他面前,应聘他的私人助理,他完全不记得我。二十五岁硕士毕业的我,气质高雅,才华出众,没有人知道我曾做过一夜的欢场女子,为了这个才子帅哥。一直以来我试图找出一个合适的词汇来描述路歌,才子,是我觉得最妥帖的一个标签。就是这样的一个才子,他阅佳人无数。

当我做了路歌的助理,亲自帮他写那些 PPT,我常常会想起那一夜。鲨鱼的背鳍、两个胸鳍和一部分尾鳍被活生生地割掉,然后血流不止的鲨鱼又被扔进了海里。那些鳍,熬成了一碗香浓的鱼翅。每个女人的一生中,最初的爱都熬成了鱼翅,后来的那些爱,不过都是一碗碗面目可疑的粉丝汤而已。

辞职后,我自己开了一家小小的公关公司,运用以前的人脉关系开拓业务,慢慢地在业内有了些名气。婚后我和蒋昕生活得很幸福。我当然是幸福的,不是每一只割掉鳍的鲨鱼都能幸运地再次畅游大海。

萨克雷说,生活是一面镜子,你对它哭,它就对你哭;你对它笑,它就对你笑。我冷冷地从这面镜子前走过,看都没有看它一眼。

2011 年 12 月

■　世纪末的忧伤

素栖是个落寞的女子，至少在世纪末那个炎热的夏天。很奇怪，天气很热，她却总会无端地发冷，于是每年夏天的一场热感冒，就像宿命，躲不过去。这个夏天，当她拔掉点滴，从医务室走出来，热辣辣的太阳晃得她头晕。她知道，一切都结束了，没有结果，而我，该走了。

列车裹挟着她驶向另外一个城市，除了那个硕大无比的箱子，素栖已是一无所有。对面座位上是一个幸福的饶舌的中年妇女，很矫情地靠在她男人的身上。她对素栖说："你们是一对儿？"素栖这才发现身边还坐着一个年轻的小伙子。没等素栖开口，小伙子已主动辩白："不是，我们不认识。"饶舌的女人不由分说地要给小伙子看相，握着小伙子的手，很果断地说："你现在谈的这个对象成不了。"小伙子几乎跳起来："你怎么知道？我现在没谈对象。"女人不依不饶："如果谈，一定成不了。"素栖心想，如果不是她丈夫在她身边，小伙子的拳头该伸出去了吧？那么轻的年纪，正是把爱情看得无比纯洁重要的时候。

素栖有些促狭地看着对面的中年妇女紧紧抓着小伙子的手，多少有点占便宜的嫌疑吧？等我老了，也会像她那样吗？至少她身边还有一个虽不胜其烦但仍在默默忍受的男人,而我呢? 和阿俊的感情已经走到山穷水尽,这次出走,就是无数次争执之后的一个无奈的选择,给阿俊一个空间吧,也给我自己。阿俊走后更改了自己一切的数字化存在,素栖不去问,她也是抱着决绝的念头走的。他们不再是相亲相爱的夫妻。

对面的女人看来还是有两下子,至少那个小伙子已经变得服气,她分析他的前程、爱情,头头是道。女人很有成就感,意犹未尽地对素栖说:"给我看看你的手相。"素栖无可无不可地伸出了手。这让素栖想起了几年前的一个情节,和一个有家室的男人吃饭,也是这么面对面坐着,那男人对素栖说:"看看你的手相。"素栖微微笑着,却始终拒绝伸出手。素栖不是不想知道自己的命运,只是不想让那男人握自己的手。

这一次是个中年妇女,而素栖也没有了当年要当淑女的矜持,一个离婚的女人,还能坚持一些什么呢? 女人微笑着对素栖说:"你的命很好啊,得给我钱。"素栖叹口气。想起列车驶向的远方,陌生的工作和陌生的人,她的一颗心就沉沉地沉下去了。

碧旋在这个城市出生,长大,到现在已经三十年。三十年来,碧旋真正待在家里的时间好像不是太多。她总是东奔西走,从一个城市,到另一个城市。这个夏天是碧旋生命中的一段真空期,她爱的那个男人遇到了一点麻烦,他从那个城市飞来看她的时候,眉头总是紧锁着,碧旋有种说不出的伤感,她不去问,男人的心事,想讲你就听着,不想说的时候,问也白搭。后来他就像一阵风一样消失了,许久没有消息。碧旋就困惑,我爱过这个男人吗? 我真真切切地拥有过他吗?

碧旋去那家大公司的应聘失败了,这使碧旋在家门口扎根的愿望一下子变得无比脆弱。她不喜欢那个男人的城市,走在大街上,有一种傻乎乎的感觉。那个男人有家,碧旋没有向他要求过什么,可一想到他搂着自己的娇妻,心里就有说不出的痛。碧旋喜欢有香格里拉酒店的城市,上海、大连、身边的这座海畔的明珠……在每一个城市,香格里拉都是相似的,而碧旋的爱人却不一样。

碧旋做着一个居家的小女人。她从来就不是一个特别漂亮的女子,却有风情。当年的碧旋,也曾风光无限,尚未毕业,就举行了自己的时装设计展示会,当那些漂亮高挑的模特簇拥着她,从 T 台的尽头走向舞台的中央,当她被鲜花和掌声包围,碧旋第一次知道了什么是光芒四射。那些模特,碧旋没有她们的美丽,可这无上光荣,是属于碧旋的。

碧旋把她的画作挂满了四壁,也挂到了报刊上,无事可做的日子,给报刊撰稿吧,把她那些感性的文字任意挥洒。这天碧旋接到了一个约稿电话:"是碧旋吗? 我是某某时尚周刊的素栖,这个杂志你知道吧? 我初来,想请你撰稿。"

素栖,碧旋把玩着这个名字,她的声音柔柔弱弱,有一种让人想保护的冲动。凭碧旋对女人的了解,声音柔弱的女子,内心深处也许并不那么脆弱吧。

素栖和碧旋的第一次见面很有戏剧性。有男人请碧旋吃饭,她就把素栖也叫去了。女人们的友谊就是如此,靠蹭男人们的饭来维持。碧旋见到素栖的第一面就决定,以后若再有男人请吃饭,她一定全都带上素栖,素栖漂亮啊,让男人们的钱掏得不那么冤枉。这些男人全是碧旋多年的老友,当她还是小女孩时,他们看着她长大,教她写字、画画。碧旋的叔叔是这个城市一个有名的画家,他们是她的叔叔的朋友。等碧旋长大,也学了画,她的叔叔们很自然地成了她的朋友。

碧旋的朋友们全都对素栖一见倾心。那个时候碧旋已经知道了素栖的故事,她不太相信,一个这么漂亮的女人,男人怎么可能舍得放弃?素栖说:"是我感到失望,我也许错爱了一个并不属于我的男人。"说着,她的眼里就有了泪。

碧旋感慨:"我也是啊,我的那个爱人不知道迷失在了哪里,他的手机再也没有打开过,我找不到他了。杜拉斯说,欲望总是搞错了身体。我们在一起的时候,每一次我都会忍不住落泪,他很惶惑,他说:'碧旋,你不是一个拿不起放不下的小女子啊,我爱的就是你的大气。'可他不知道,女人一旦遇上了自己爱的男人,是不可能大气的。"

素栖和碧旋交流着各自失败的婚姻和无望的爱情,在这种交流中,她们彼此了解,深深相爱。她们从不痛恨男人,男人,是要靠女人去发现的,男人就是珠宝,在你生命中的某个阶段,你需要的是黄金、是白银、是钻石。

碧旋和素栖一起在杂志上写着漂亮的文字,不同的是,碧旋会为她的文字配上美丽的图画。当这些文字带着女人特有的敏感融入到这座城市无比新鲜的空气中时,碧旋和素栖已是心心相印。直到有一天,一个叫村树的男人出现。

那天碧旋说，素栖我们见个面吧，我把稿子给你，我们去泛海名人的咖啡厅，那儿有自助，不见不散啊。

素栖来到泛海名人的时候，碧旋还没到，她就悄悄地自己先走到了楼上。外面是黑幽幽的大海，在这样一个有风的初冬的傍晚，海显得神秘莫测。这个地方，地角是好的没得说，只是外面的霓虹灯，闪烁着有点刺眼，因而少了几许诗情画意。等碧旋和她的朋友一起走过来的时候，素栖所能感受到的就全部是商人的味道了。

碧旋的朋友是她某一个阶段的老板，素栖从来不去猜测碧旋同男人们的关系。老板给素栖的感觉除了夸张还是夸张，他赞美素栖的漂亮，素栖笑，他夸奖碧旋的才华，素栖仍然笑，她想象不出自己除了笑还能干些什么。

难能可贵的是老板不太爱吃东西，素栖和碧旋抓紧时间填饱肚子。老板把手机摊在桌上，两个，一个是本城的号，一个是北京的号，他的生意和女人集中在这两地。老板的手机此起彼伏地响着，碧旋突然就有了创作的灵感，她对素栖说，这是不是也算是一种时尚？

这时碧旋突然在另外一张桌发现了村树，他正和朋友吃饭。碧旋走过去，坐在村树的身边，然后是两个人久别之后热情的寒暄。素栖听到村树说话的声音有些女气，看看人长得也是无比清秀。当碧旋的前老板终于很识相地替她们结了账赶赴另一个饭局时，村树不失时机地凑了过来。

和村树在一起，素栖没有和异性相处的感觉，他长得太女性化了，有着长长的眼睫毛，在这之前素栖从来没有看见过男人的眼睫毛。碧旋的朋友真是三教九流都有，素栖心里想。碧旋对村树一口一个帅哥叫着，素栖听得肉麻，这样的一个男人也叫帅？素栖喜欢阳刚的男人，虽然她也知道一个男人有个好坯子并不代表什么。村树的职业是服装设计师，碧旋以前和他是同行。他随身的包里总装着他画的一些效果图。一个有些女性化的男人设计无比性感的女装，素栖觉得生活怎么总像是一个打翻了的调色板。和村树的第一次见面她对他没有一丝一毫的好感，而且，她觉得这个男人功利，太想出名。听他说起当年张天爱对他的赏识，素栖的感觉就像是听到一个美女成功地傍上了大款。

这个夜晚就这样过去了，她认识了村树。临睡前她的手机响了，是阿俊问候的电话。她非常意外，不知道他怎么知道了自己的新号码。过了那么久，想起曾经的那些伤害，素栖哀哀地哭了。闻着枕头上的清香，她感觉未来不可名状。

素栖在她二十七八岁的时候爱上了香水。她现在用的牌子是望2000，不太贵，因为她没有男人养，薪水也寥寥。素栖过去有个奢华的女友，她说，香水，我只用香奈尔。这是玛丽莲·梦露用过的牌子。她有一句著名的话：我只穿香奈儿 NO.5 入睡。多么撩拨人心的一句话，由这么性感的女人说出来。素栖的女友和梦露的命运差不多，人生结局不会好到哪里去。

有一次素栖和她的女友一起被男人请吃饭，饭后，四个人，坐了两辆车。两个男人分别开着自己的车，载着她们去一家茶楼。素栖问她身边开车的男人："你是不是有事情求他？"这个他，载着素栖的女友，跑在前面，他是某一个省领导的女婿。开车的男人说："你真聪明。"素栖叹口气："是你自己的事情也就罢了，以后不要拉上我。"开车的男人是素栖的一个好朋友，很奇怪会维系下来的友谊，素栖可以和他一起去泡酒吧，唱歌，彼此之间相安无事。他总对素栖说，在这个城市，有什么事情就来找我吧。素栖后来碰到了许许多多的事，但一直到离开，都没有找过他。素栖不喜欢诉苦。

用香奈尔的女友素栖已疏于联络。素栖面对香水最冲动的一次购买欲是看到 CD 的"毒药"，不是想抹在身体上，而是想一口吞下去，在她无比绝望的时刻。现在素栖过得很闲淡，她的衣橱、她的床铺都弥漫着望的香气，淡淡的，有点像男人用的古龙水。望在世纪末那个寒冷的冬季，和海尔的电暖气一起慰藉着素栖冰冷的心灵和肉体。这个冬天冷得刺骨，素栖租住的屋子离海很近，没有暖气，冷到不堪忍受的时候素栖感觉自己是赤身裸体地被抛在了海岸上，而风仍在呼啸。这个冬天她渴望友谊，因为从里到外的寒冷，所以碧旋约她出去玩的时候她总是毫不犹豫地答应。碧旋带给她的生活虽然有时候也无聊至极，但至少是一种人间生活，她需要人间的温暖。

那是一条船，泊在岸边的船。一艘退役的俄罗斯军舰，被改造成了一个歌舞升平的娱乐场所，远望过去灯火辉煌，是属于男人的物质生活，有酒精、美女、佳肴……碧旋热爱这条船，这条船会让她想起自己的人生，辉煌之后，泊在岸边，这是碧旋的理想。所以她喜欢带朋友到这条船上来，而素栖，在看到这条船的第一眼就爱上了它。

这一夜是平安夜。舶来的佳节，总是和美酒狂欢、暗香浮动的夜晚联系在一起。这是碧旋文章中的句子。碧旋不怕过洋节,洋节多热闹啊,男人们都从家中蜂拥而来,倒是传统的佳节,中秋还有除夕,男人们要乖乖地回家,那时碧旋才会感到刺骨的寂寞。而村树,是碧旋寂寞的时候喜欢倾诉的对象,她叫他小公鸡,他叫她小母鸡,他们是要好的朋友,不同于男朋友,也不同于女朋友。

在船上素栖又一次见到了村树,这一次,她的感觉好了很多,因为村树很乖,不多事。她和碧旋都喜欢乖的男人,这一点她们惊人的相像。这次做东的是一个著名的雕塑家,这座城市有许多的雕塑出自他手,素栖第一眼见到他就认定,他肯定离了婚,这样的一个男人不离婚简直就是罪过。他毫不掩饰地夸奖素栖长得漂亮,嘲弄碧旋难看嫁不出去。素栖从不言说自己的婚姻失败,她的婚戒,代表不了永恒和天长地久的钻石仍在无名指上,这是素栖内心深处一直在挣扎的东西。

然而村树似乎理解素栖的寂寞,他的年龄比素栖大一点,比碧旋小一点,他把素栖看得很神圣。热闹的时候素栖常常会走神,可村树的歌声把她拉了回来。碧旋说要隆重推出一个能歌善舞的帅哥,果然,村树一曲《孔雀东南飞》唱得不同凡响。歌名让素栖一下子想到了自己的命运。

因为这首《孔雀东南飞》,素栖对村树友善了许多。重要的是,素栖发现碧旋内心深处喜欢村树,也许和复杂的男人交战太久,碧旋也深深地感到了厌倦。

雕塑家突然像发现了新大陆一样,他说:"素栖,你和村树,你们长得很像。"顺着雕塑家检阅过无数男人女人的专业目光,素栖和村树互相看着,想发现对方脸上自己的东西。"你们有点像兄妹。"碧旋总结说。就是这句话,让村树在以后的日子里一直以素栖的大哥自称。当素栖接到村树的电话，听他用挺女性的口吻说："素栖，我是你大哥。"素栖就感到有一些不舒服，在素栖的心目中，大哥是《天龙八部》里乔峰那样的形象。

　　平安夜的钟声是在著名的"世纪末"酒吧里响起的。酒吧的著名是和酒吧的主人及光顾酒吧的客人们联系在一起的。在这座城市，"世纪末"是文人墨客光顾的地方，某一个小圈子里的名流喜欢聚在这里。世纪末的圣诞节，结束在"世纪末"酒吧里，素栖觉得这很完美。

　　素栖在酒吧里一杯接一杯地喝白开水，她不喝酒，无论在哪个城市的酒吧，她都这样，偶尔喝点饮料。然而当她看到"喜力"摆在那里，她还是感到了伤感，这是阿俊爱喝的酒。碧旋自在地喝酒，有雕塑家请客，她不替他省钱。碧旋送给雕塑家的圣诞礼物是一件非常暖和的羽绒服，这就是碧旋的好，雕塑家孑然一身，不知道照顾自己，他身上穿的用的，有许多是碧旋的馈赠。

　　村树在这样的时刻显出了他的乖巧，他不吵不闹，喝酒也喝，别人说笑话就听着，当男人的手肆无忌惮地在女人身上游走的时候，他还是静静地坐着，酒吧里，他和素栖是安静的，他们的到来仿佛就是热闹场景的一个摆设，无关紧要。他看着素栖，骨子里深深的哀伤和颓废，不明白这个年轻的女人为什么会有那么多的心事。村树一向活得简单，做自己喜欢的事情，爱情可有可无。村树喜欢和女人在一起，他的职业令他对女人始终怀有一种神圣的感觉。

　　酒吧里许多的鸟儿在飞，村树说，我也是一只鸟。素栖笑了，村树，是我们的同类。碧旋爱说女人是禽类，男人是兽类，骨子里都是禽兽。素栖觉得有道理,骨子里都是禽兽。

　　碧旋在酒吧里,听着久违的卡蓬特的歌,有一种冲动,想朗诵自己的文字。碧旋热爱自己的文字,她喜欢在心爱的人面前,朗诵自己写的东西。这一点,碧旋像男人,尤其是戴着"诗人"桂冠的男人。这个冲动是如此强烈,碧旋决定跑回家拿自己的文章过来,她笑嘻嘻地磨着雕塑家,想从他实力雄厚的钱包里套出打车的钱来,雕塑家耐心地和她周旋,他们讨价还价,从一百讲到五十。碧旋抓过钱,旋风般地走了。

　　碧旋再次出现的时候,已是被掌声簇拥着来到台上,音乐静下去,碧旋优美的文字升起来。

　　"为什么要去泡吧? 待在家里是寂寞的,从吧里出来照旧寂寞。亢奋地来吧庆祝,保不准会物极必反。但,就要去——去了至少是主动存在的都市宣言。麻木的时候,掉到吧里,能找到喜怒哀乐。那里可以尽情渲染各种情绪,可以发挥多种臆想,可以装疯卖傻,可以假深沉,可以爱谁谁。"

　　"……去年在湛山寺下的那个陶吧,两个周末被我搅在泥里,最后我捧着一个猴子变形的烟灰缸回家了。我为它命名武先生。因为我暗恋某君,他姓武,做烟草生意,属猴。当时光被浑水拌泥的方式一毫一厘分解,我黯然神伤,我抬头望着湛山寺,心说,菩萨开眼吧……"

　　菩萨开眼吧,素栖也在默默地祈祷,在这个可笑的属于洋人的节日里。雕塑家满不在乎地说,碧旋写东西,不会有什么前途。素栖看着他,心想男人和女人的关系是多么奇怪,有些东西,我还得慢慢学习。

　　圣诞节过后,素栖、碧旋还有村树开始了三个人一起玩的日子。世纪末的城市流光溢彩,他们玩着玩着,一个世纪就过去了。三人行,常常是村树请客,碧旋舍不得,素栖心安理得。碧旋说:"我不习惯让比自己小的男人埋单。"素栖也不习惯,可村树是素栖的习惯,碧旋的不习惯。有一点是共同的,她们在村树面前很放松,什么话都说,没话说的时候就说村树,他都好脾气地听着。

　　有一次说起男人女人,这是素栖和碧旋永恒的话题。素栖说,看到一些小孩子很可笑地讨论在不在意女人的第一次,可男人的第一次,为什么就没有人在乎?虽说处女少见,处男也不多吧?村树突然就冒出了一句:"我是。"素栖愣一下:"我管你是不是啊。"碧旋已经笑得直不起腰来了。

　　两个女人肆无忌惮地大笑,一个清清秀秀的男人乖乖地陪着,这是某一段日子里,在这座城市生意兴隆的场所经常上演的一幕。在别人眼里,素栖是古典的,碧旋是现代的,而村树是中性的。只有素栖知道,碧旋骨子里渴望爱情。很多时候碧旋找素栖都是通过村树:"你给素栖打个电话,我们去哪儿哪儿玩。"在一起玩的时候,两个聪明的女人会一起为村树设计前途,和所有的男人一样,村树渴望事业成功。

　　碧旋说:"村树,你知道你哪里好吗? 一、你不那么小气;二、你能办事,交给你办的事情我都很放心。"村树听着,然后继续默默地做好碧旋交代他去做的事情,无非就是跑个腿,在公家替没有公家的碧旋办点私事。

　　这样的时光也很快乐,素栖和碧旋,两个没有方向的女子,在这个城市相遇,一起漂泊,还有村树这样一个好朋友,默默地陪她们一起走。那夜素栖和碧旋促膝长谈,有过婚姻的素栖不想要小孩,而一直不曾结婚的碧旋却在描绘着不知猴年马月才会降临的一个叫"张美丽"的小天使。碧旋姓张，她渴望有个孩子，她给她未来的女儿起名叫张美丽。张美丽是碧旋家人经常挂在嘴边的话题，素栖认识碧旋以后，也常常一起替她设计张美丽的美好人生。碧旋要为张美丽挣一所大房子、数目不菲的嫁妆，想到张美丽的未来，碧旋突然觉得不能这么得过且过地混下去了。

那一天碧旋对村树说："你以后应该有个女儿，女儿长得像爹，你女儿肯定很漂亮。"这句话，不经意间暴露了碧旋的心事，村树有点不明就里，而素栖却觉得心中一亮。

最后一次和碧旋吃饭是在碧旋的家里。素栖和碧旋，还有村树。碧旋开了一瓶干红，微红的液体漾在透明的高脚杯里，像掉进去一点女人的口红，慢慢地化开来了。

在酒精的熏陶下，碧旋满面绯红。碧旋能喝酒，但总是第一杯就喝得脸红，素栖觉得这样的女人最可爱。那些和男人一样大杯大杯地喝酒却面不改色的女人，素栖觉得太可惜了，有点……生错了性别。

碧旋又在讲这个城市某个名女人的故事，无非就是不停地换男人，换的男人一个比一个有钱，而这女人也越来越阔绰，直到有一天某个穷小子进入她的视线。碧旋开玩笑说："村树，你再坚守几年，我等赚了钱，回来迎娶你啊。"听到这样的话，村树仍然没有表情，他只是深深地看了素栖一眼，素栖低下头，没有说话。

村树说，单位里一个大姐给他介绍对象了，是个台湾女人，很有钱，看看台湾男人太坏,就想找个大陆的男子。碧旋就说:"见吧见吧,干吗不见,以后我们就可以大把地花台湾女人的钱了。"素栖说:"就是就是,这也是一种三通嘛,干吗只许他们台湾男人在大陆包二奶?"碧旋接着说:"台湾男人太好色,人家说日本男人好色,韩国男人次之,中国男人若有了钱,就把全世界给干了。"

突然,碧旋又面露悲哀:"村树,你不会被那个台湾女人给诱奸了吧?"

素栖再也忍不住喷出了饭。她想,真是两个无聊无耻的女人,什么时候我也会变成了这个样子?

这顿饭漫漫长长持续到了午后,有碧旋下厨做的,更多的是碧旋爸爸做好送过来的,这一点,素栖和碧旋是相似的,家里都有一个会做饭的爸爸。也许是因为这个,素栖不能忍受阿俊在家里做个甩手掌柜,要知道,素栖是个从小被男人照顾惯、吃男人做的饭长大的女人。

碧旋不和父母同住,自由。

那个下午碧旋心情出奇的好,她缠着村树,一会儿要他唱歌,村树就唱,唱《孔雀东南飞》,唱《透过开满鲜花的月亮》。碧旋要跳舞,村树就陪着她转,从这个屋子转到那个屋子。碧旋两颊满是红云,充满了妩媚,她就像一个任性的孩子,不停地要啊要啊。当她掏出两张电影票,缠着村树陪她去看电影的时候,素栖知道,自己该走了。其实早就想走,只是觉得留也无聊,走也无聊。

素栖一个人走在下午热闹的大街上,想起碧旋,想起自己,一时忍不住泪流满面。在办公桌前坐定,素栖看到桌上有一封自己的信,笔迹是陌生的。打开来,一张彩色的图片飘飘地从信封里掉出来,是一张精美的时装效果图。画面上的女子似曾相识,穿一袭紫色的晚礼服,肩头停落着一只蝴蝶。

村树在一张短笺上写道:那一天突然有了灵感,觉得你穿这样的一件衣服肯定很美,就画了下来,希望你能开心一点,你的忧伤太多了。素栖再看那张图,村树的设计似曾相识,多年前她曾被伊夫·圣·洛朗的设计打动过,那是一袭雪白的裙子,肩头停着一只和平鸽。村树的设计还是充满了匠气,离大师仍有漫长的路要走,也许永远不能抵达。但素栖已经很感动了。

素栖带着这件画在纸上的漂亮衣服回到自己的家,她在镜子前,想象着这样一件漂亮的衣服穿在自己身上。她想起曾经看过的铁凝的《无雨之城》,故事中有一个错爱的女人,和一件压在箱底永远没有机会穿的红嫁衣。

三天以后碧旋去了深圳,素栖没有去送,村树也没有。

素栖知道这段生活永远地结束了,随着碧旋的离开,碧旋带给她的那些简单无聊的快乐也离去了。那些人,只是碧旋的朋友,始终如此。

一个世纪结束了,又一个世纪开始了,生活总是周而复始。素栖在碧旋离开的那个夜晚又接到了阿俊的电话,他长久地不说话,然后,狠狠心说:"栖栖,我很想你,我们可不可以重新开始?"

素栖的泪又流下来。她是一个从一而终的女子,那天在火车上,算命的女人这样说的。

2000 年 3 月

■ 丽莎之死

　　女人睁开了双眼,机舱突然亮起的灯光惊扰了她的睡眠,广播说飞机将很快降落。他起身最后一次去洗手间,路过她身边,若有所思地看着这张刚刚睡醒的慵懒的脸。他说:"早上好!"她看着他,笑了笑说:"早上好!"

　　七个小时前,他们刚刚在机场相识。他们相遇在一个由二十个人组成的考察团,旅行为主,考察为辅。等托运行李时,他推过来一辆行李车,站在女人身边,她拿着手机,低头发信息。"给家里人报平安?"他问。"是的。"她头也不抬地继续发着短信。他的行李先出来了,放到行李车上后,他并没有着急离开,而是继续站在一旁等她。她的行李很快也到了,他殷勤地帮她把行李提到了自己的车上,她微笑着说谢谢,跟着他默默离开。

　　在飞机上待了大半夜,他们神情都很疲惫。前往酒店的大巴上,他们一前一后各坐一个双人座位,闭上眼补觉。这里是凌晨三四点钟的曼谷。空气中处处弥漫着一股热带沿海城市特有的腥味。又温暖,又暧昧。这一夜他们曾经历了一次惊心动魄的颠簸。空姐的语气都有点颤抖。女人一下子陷入了绝望、惊慌失措之中,她的脸变得煞白。飞行平稳后,他扭头关切地看着她:"你还好吧?"她说:"有点怕,幸好现在没事了。"

车子抵达酒店。女人慢腾腾地最后一个下车离开,导游在发房卡,一人一间房,他主动替她领好了房卡,她接过来看了看,什么也没说,提着行李上楼。这是个松散的考察团,有些人以前认识,有些人第一次见面。在业内他们都听说过彼此的名字,却是第一次见面,还算投缘。导游说 10 点半之前都有供应早餐,他约她 10 点钟餐厅见,她笑着点点头,像一只半睡半醒的猫。

实际上沾上枕头女人就睡过去了,她一向睡眠很多,很好。他的电话如同morning call,在 10 点钟准时响起。他们一起吃了早餐。

自助餐厅。他拿了咖啡、双面煎的蛋、吐司、培根等。她换了夏装,一身休闲,素色纯棉短衫,印花长裙裤,年轻姣好的脸,容光焕发。他看着她的早餐,白粥、油条、油炸花生米,不解地问:"你喜欢吃这些?"

她说:"是啊,从小就喜欢吃这些,喝不惯咖啡什么的。"

早餐后他们带着各自的相机、背包,上了来时的那辆大巴。

真正的旅行开始了。

导游是个四十多岁的华裔女子,看上去精明强干,非常热情。女人坐在从机场到酒店那段路相同的座位上。和他仍然是一前一后。有点亲近,又带点疏离。

二十个客人当中,导游一眼就看到了女人的与众不同。当然,她漂亮。既漂亮,又有特别的气质。导游阅美人无数,但是这个中国女人,却让她无端地想起了丽莎。她的眉眼,和丽莎有些相似,神情都是那么漫不经心,对自己的命运不置可否。

女人本来昏昏欲睡,听导游说起丽莎,这才打起了精神。丽莎是红遍世界的华语歌手,影视歌三栖。导游说,当年她曾经是丽莎的私人助理,丽莎到东南亚登台等事宜,都是她打理,她们曾亲如姐妹,无话不谈。看着大家有些狐疑的眼神,导游解释说,当年她家境也颇为富有,后来受东南亚金融危机的影响,家道中落,她这才不得不做了导游,专门接华人旅游团。

丽莎从未去过祖国大陆。无从考证导游和她是不是真有私人关系。女人听导游讲着丽莎的故事,将信将疑。但不管怎样,丽莎的故事很大程度上减轻了旅行的乏味。

第一站是大皇宫。导游讲解说,1767 年大成王国被缅军摧毁后,拉玛一世迁都曼谷,于 1782 年开始了暹罗人的曼谷王朝。大皇宫于同年开始修建。大皇宫曾为国王拉玛一世到四世的住所及办公场所。从泰国历史上最伟大的君主,现代泰国的缔造者拉玛五世开始,皇室搬离了大皇宫。不过皇家婚礼,葬礼,加冕,国宴等重要仪式仍在大皇宫举办。

抵达皇宫前他们在路上足足堵了两个小时。曼谷的街上塞满了车,所有的司机都司空见惯地不急不躁地等着,这个信仰佛教的国家,大家都听天由命,没人心急如焚,所以很少有车祸。皇宫很大,里面金碧辉煌,令人震撼。进皇宫有服装要求,要穿带袖上衣,过膝裤子。女人尾随着导游和其他团员,一边看一边听讲解。导游说,这些金箔都是一片一片地贴上去的,花费的人工不可想象,所以整个皇宫里面都禁止随意触摸。

玉佛寺就在大皇宫里面,寺内供奉的玉佛一年会换三套袈裟,每套都价值连城。进入玉佛寺的内部要求脱鞋,女人脱鞋的时候发现他站着一边不动,奇怪地问："你不进去看看吗?"他笑着说："我在外面看看就好了,我是信基督的,不拜佛。"女人加入信徒的行列,虔诚地向菩萨磕头、跪拜,大殿里面装饰得非常庄严,跟国内的庙宇有很大的不同,玉佛被高高地供在大殿的顶部,只能远远看见大概的样子。女人坐在玉佛寺内,感受那种纯净、无杂的状态和释然的境界。整个皇宫都适合细细地品味、感受。大殿出来外面有一个池子,据说用莲蓬沾了里面的圣水淋到头上会带来好运气。女人没有去淋圣水,事实上她有点心不在焉,她在想导游路上讲的丽莎的感情故事。

丽莎二十岁的时候已经红遍东南亚。她少女时代即出道,由于声音甜美,外表清纯,很快就有了大批的听众。家境平平的她从中学退了学,频频参加电视台的歌唱比赛,屡屡获奖,因而各种演出应接不暇。东南亚的华人们集体对她疯狂着迷。有一次在某地夜总会登台,丽莎惊讶地发现,整个场子都被人包了,一个中年男人是唯一的观众,他端坐在场地中间,一边听她唱歌,一边频频点头,神情如痴如醉。歌毕,有服务生送上了满满一大捧红玫瑰。

之后,丽莎在夜总会连续一个月的演出,这个中年男人都包下了前三排的座位,亲临现场听丽莎唱歌,为她送上最热烈的红玫瑰。

丽莎就这样结识了唐先生。唐先生从朋友那里得知丽莎将到本埠演出,就陷入了深深的激动和兴奋之中。他魂不守舍,坐立不安,满脑子都是丽莎俏丽的身影,满耳都是她甜美的歌声。唐先生四十岁,是当地有名的华商,有钱有势。他对丽莎一往情深。丽莎虽然年仅二十岁,但已经在演艺圈打拼了几年,深感台上风光无限,台下各种辛苦。唐先生儒雅,风度翩翩,对丽莎体贴入微,关爱有加。他们很快就成了忘年之交。

丽莎和唐先生的感情非常甜蜜。演出之后,唐先生会带她去吃宵夜,白天则开车带着她到处游玩。唐先生对她照顾有加,每天排满了丰富多彩的休闲活动,陪她吃她喜欢的各种小吃。后来丽莎爱上了赛马,作为一个相当不错的业余骑师,唐先生就陪她驰骋马场。无论丽莎在当地遇到什么状况,唐先生都能帮她轻松搞定。当丽莎有应酬的时候,唐先生也以好友的身份陪伴左右。

毫无疑问,唐先生是有家室的。这样的一场不伦之恋,虽然双方都秘而不宣,对外以普通朋友相称,丽莎还是感受到了压力,那是她内心深处的善良的力量,让她不忍面对唐先生的妻室。两年后,丽莎事业重心转至香港,她和唐先生的感情无疾而终,无人知晓。

这段感情,恰应了那阕词:"无言独上西楼,月如钩。寂寞梧桐,深院锁清秋。剪不断,理还乱,别有一番滋味在心头……"

"你在想什么呢?"他突然出现在女人身边。女人回过神来,冲他一笑。他一呆,这个女人笑起来真好看。他们跟着导游和其他团员一起离开了皇宫。从第一面见到他,女人就看出来他对她颇有好感。她看着他无名指上的戒指,想起丽莎的故事,若有所思。晚饭的时候她有点走神。他发现这个女人总是这样,要么微笑,要么走神,神情都是那么迷人。

晚餐是泰国菜,还算丰盛,但咖喱太多,不合女人的胃口。她吃得很少。

"晚上一起出去兜兜吧?曼谷的夜景很不错呢。"他期待地看着她。

"不了,今天早上睡得太晚,我想洗个澡早点睡觉。"女人拒绝了,没有去看他眼里闪过的那丝失望。

晚饭后兵分两路,一路出去逛街,一路回酒店休息。女人发现他还是跟着这一路选择了回酒店，就笑笑，没说话。各自回房。

女人洗了澡，换上真丝的睡衣，等着头发晾干的时候，看随身带的小说。翻到《直布罗陀的水手》，第 111 页："您为什么用过去时态说这些事？您不是在度假吗？""不完全是度假。"

第二天去拜四面佛。导游介绍说，泰国四面佛是有求必应的慈悲公正佛，是泰国香火最旺的佛像之一，在四面佛面前求子最为灵验，膜拜、许愿心诚者大多数都能喜得贵子。四面佛在曼谷市中心的热闹地带，爱侣湾大酒店面前，著名的曼谷世界贸易中心大厦斜对面。车水马龙的嘈杂声中，传来一阵阵泰国的古典音乐。四面佛前，香烛烟云萦绕，成群结队的善男信女在虔诚跪拜。女人对四面佛神往已久，虽不求子，但仍希望有求必应。

导游继续讲解。11 月 9 日是四面佛的诞辰日，传说四面佛的佛龄已有了一百天年，四面、八手、各种神器让她掌握了人间的富贵，拥有至高无上的法力。慈悲仁爱、公正博爱的四面佛，是一般民众信仰尊敬及心灵依靠的中心，到神坛来祭拜四面佛祖的人，男女老幼、贫与富及任何行业都有。膜拜了四面佛祖后会让人平安如意。女人知道了四面佛八手法宝说：一手握令旗，代表万能的法力；一手持佛经，代表智慧；一手拿法螺，赐福给人间；一手拿明轮，消灾降魔，摧毁烦恼；一手握权杖，智商与成就；一手握水壶，风调雨顺；一手拿念珠，掌人间之轮回；一手纳手印，庇护保佑众生。女人按照导游的介绍，拜四面佛要顺时针方向逐面拜，每面三根香，一根蜡烛，一串花，将花挂在蜡烛上。他看着女人虔诚地做着这些，用自己的相机拍了下来。

回到大巴上，他给她看相机里拍的那些镜头，因为是抓拍，很生动。女人很喜欢,留了信箱地址给他。从此,算是默认了此后的旅行,他是她的"御用"摄影师。接下来要去大城王朝遗址,路途颇为遥远,导游讲着讲着又讲起了丽莎,昏昏欲睡的游客们这才重新打起了精神。

丽莎二十五岁的时候去了香港发展。唱歌之外,她把重心放到了大银幕。大约是没有受过专业训练的缘故,她虽主演了几部叫好又叫座的电影,充当的却都是花瓶角色。在一部戏中,丽莎这个美丽的花瓶,搭档是大哥。大哥在圈内呼风唤雨,两人第一次合作,就擦出了火花!香港演艺圈顿时轰动,狗仔们激动坏了,很久没有年龄相当、郎才女貌的演艺圈情侣组合出现了!他们的一举一动都广受关注,隔三差五就有他们两人的新闻见报。

大哥对记者说:"谁娶了丽莎,谁就是世界上最幸福的人。"

丽莎是个浪漫的女人,喜欢精致的生活。大哥底层出身,习惯了在弟兄们中间呼风唤雨,丽莎的大小姐做派,颇有些令他吃不消。

电石火光的激情过后,两个人性格上的不合逐渐显山露水。丽莎喜欢烛光晚餐,有玫瑰花和红酒相伴,两个人,安静,甜蜜。大哥却总是被那帮弟兄们缠住,他试图让丽莎习惯和他的弟兄们混在一起,可丽莎挑剔、爱发小脾气,性格又直来直去,心情都挂在脸上,不会伪装。

那些和大哥一起打拼多年的弟兄们意识到,他们的这位准大嫂,看不起他们。其实,丽莎自己出身也并不高贵,她只是希望和大哥有更多私人空间。可是大哥,事业上正是突飞猛进的时候,不敢松一口气,他那一部又一部叫好又叫座的动作片,都是和弟兄们拼死拍出来的。

报纸上说,大哥和丽莎准备订婚了。表面上,他们甜甜蜜蜜,出双入对。

丽莎搬进了大哥的豪宅。

　　一个渴望婚姻的女人，很容易在爱情中冲昏了头脑。丽莎越来越离不开大哥，离不开，就要想尽一切办法控制住大哥。女人的控制欲一上来，做事就很难周全。虽然她天性随和、温顺，可还是不愿意和一群男人们共同分享一个男人。

　　大哥生日，和弟兄们在酒吧里喝得烂醉，把酒言欢，彻夜不归。丽莎在家准备了精致的生日晚宴，她亲手炖了汤，做了生日蛋糕，并为大哥精心准备了一款限量版运动型名表。结果，换来的却是第二天报纸上有关大哥的花边新闻。

　　大哥回家后，丽莎和他大闹一场。对他的那帮兄弟们从此视而不见。

　　丽莎开始打理大哥的生意，查看一些账目才发现，大哥对他的兄弟们简直太慷慨了。丽莎苦口婆心地劝大哥，用命博钱来之不易，不能像流水般不明不白地花掉，有些兄弟这么多年跟着他，其实就是在混饭吃，不能白白养活他们。大哥虽然听了面露不悦，心里却也认同丽莎的想法，只是这么多年大家一起同甘共苦，他掰不开面子。

　　大哥准备清理门户的风声还是放了出去。弟兄们慌了，这么多年的兄弟情，岂能因为一个女人毁于一旦？他们习惯了和大哥同进同退，离开大哥，真不知道自己还能干什么。

　　于是，经过集体商量之后，他们先发制人，主动发威，某日大哥的一场重头戏，他们集体缺席，要求和大哥谈判。

　　没人知道他们谈判的结果是什么。只见大哥颓然坐在沙发上，沉默不语，弟兄们显然对谈判结果非常满意。大哥还是他们的大哥,丽莎却不可能再成为他们的大嫂。

在丽莎和弟兄们之间,讲义气的大哥选择了他的弟兄们。

丽莎黯然离去。

几年后,丽莎和大哥在一个颁奖礼上狭路相逢。主办方安排大哥给丽莎颁奖,丽莎当场泪奔,边哭边退,就是不肯接受大哥颁的奖,大哥进也不是退也不是,心如刀割。

这真是现场版的"执手相看泪眼,竟无语凝噎。今宵酒醒何处,杨柳岸、晓风残月。此去经年,应是良辰好景虚设。便纵有千种风情,更与何人说"。

这段故事讲完,大巴车上集体沉默。好在很快他们就抵达了目的地:大成王朝遗址,坐落在曼谷以北约一小时车程的湄南河畔。导游介绍说,大成王朝是暹罗历史上最长久的一个王国,历经五个王朝,三十多位国王。鼎盛时期攻克了高棉,即当时东南亚最强大的国家。古都大成,于1350年由国王U Thong建都,名字取自印度史诗"罗摩衍那"中罗摩的故乡。到18世纪初期,大成人口达到百万,是当时世界上最大的城市之一。16世纪缅甸兴起,攻占大成,不过暹罗人很快就将失地收回。大成王朝后期,各王子为争王位内乱纷纷。1765年,缅甸再次入侵,这一次他们不仅仅是占领,而且彻底摧毁了这座古城。大成王国四百多年来收藏的艺术瑰宝,史料书籍被付之一炬;庙宇,佛像被夷为废墟。暹罗国王被迫南下迁都曼谷,开始了新的王朝。

废墟的景色很美,有点吴哥的味道。大成有几百个庙宇的遗址,主要集中在岛上的古城中。时间紧凑,他们挑重点的看了几个。女人喜欢大成的废墟胜过曼谷金碧辉煌的宫殿庙宇。她细细端详，感受着历史带给世界的惊奇。他持专业相机，很兴奋地拍来拍去，当然，也不忘时不时给她留几张倩影，她也给他拍照，他们配合默契。这一天，他们的旅行充实而又愉快。

晚饭后导游带领他们去做了泰式按摩，她颇有些吃不消那力度，但做完之后也不得不承认，真的是通体舒泰。回房间的电梯里，他直直地看着她，她避开了那热情的目光。

睡前，女人继续看她的书，《直布罗陀的水手》，第 153 页。"午饭后，我在露天座位附近找了你好一会儿。我想立刻再见你。看得出来，你不是常常幸福的。你表现得很出色。""我喝了不少酒。可我还是被这可恶的太阳晒伤了。""你不该洗脸，应该抹点乳膏。""水给我带来清凉，但当我擦干脸时，那种反差使我更强烈地感到了灼痛。"

第三天早餐的时候，他注意到女人略显憔悴。"昨天晚上睡得不好吗？"他关切地问。"被一只蚊子骚扰了大半夜。"女人耸耸肩。

今天他们离开曼谷去芭堤雅。芭堤雅位于泰国的东海岸边，距离曼谷 150 公里，是一处著名海景度假胜地，享有"东方夏威夷"的美誉。导游说，芭提雅原来默默无闻，直至上世纪 70 年代，仍是一个人烟稀少的小渔村，当地人靠种番薯谋生。1961 年，泰国政府发现这里月牙似的海滨有其得天独厚的旅游条件，便拨出专款并鼓励国内外投资开发。芭提雅由此被划为特区，得以迅速发展壮大，一举成名。如今，芭提雅已发展成为一个近十万人的旅游不夜城。芭堤雅的成人秀遍布大街小巷，说到这里，导游有些暧昧地说，男人女人来芭堤雅都要好好享受一番才算是没有白来哦。

女人迷迷糊糊睡了差不多一个小时,抵达酒店的时候,立刻被当地独有的东方热带风光给吸引住了。酒店在海边,长达四十公里的芭提雅海滩阳光明媚,蓝天碧水,沙白如银,椰林茅亭,小楼别墅掩映在绿叶红瓦之间,令人心旷神怡。进房间休息了片刻,女人换了漂亮的碎花长裙,细细的带子吊在脖子上,露出光滑迷人的后背。她戴上宽边的遮阳帽,一个人跑到海滩上。斜倚在一棵高大的椰树下看海,像一幅优美的画。他把这幅画摄入镜头,然后走过来拿给她看。"真漂亮!"他由衷地说。只是,不知道指的是美人,还是风景。

午饭后他们来到一个海滨游泳场。香蕉船、海上滑水、海底漫步、冲浪、海上降落伞等水上娱乐活动丰富多彩,他忍不住去一一尝试,男人多半都是爱运动的,哪个男人不贪玩呢?女人什么活动也没有参加,租了一个遮阳的躺椅,浑身上下都涂好了防晒霜,躺在上面休息,看海,看书。她看着他乘着降落伞从天而降,脸上带着孩童般的笑容,玩得开心的时候,男人都会重新变成小孩。

时间还有,他拖了把躺椅靠在女人身旁:"你在看什么书?"

女人说:"杜拉斯的《直布罗陀的水手》。"

他接口说:"我已经老了,有一天,在一处公共场所的大厅里,有一个男人向我走来。……我是特地来告诉你,对我来说,我觉得现在你比年轻的时候更美,那时你是年轻女人,与你那时的面貌相比,我更爱你现在备受摧残的面容。"

女人有些动容,虽然《情人》的开头几乎人人皆知,但还是第一次,有个男人在她面前,念出这段著名的开头,虽然他只记住了几句,最著名的几句。

他们开始聊天。从杜拉斯扯到很远。他讲了自己小时候的经历,父亲早逝,母亲很辛苦地把他带大,懂事的姐姐为了这个有出息的弟弟,付出了很多。他们交流了工作上的一些心得体会。作为一个专业人士,女人对政策的把握相当精准,业务规范都了然于胸,他对她颇有些刮目相看。

他去买了两只椰子回来,递给她一个,两个人一边用吸管喝着新鲜甘甜的椰汁,一边继续聊天,轻松又愉快。

她的那本《直布罗陀的水手》,停留在他过来聊天时翻到的那一页,195页:她再次停下不说了,细细打量我,带着一丝嘲弄,但始终非常和蔼。"你不太喜欢这个故事。"她说。"这不成理由,"我说,"我还是很想了解它。"

入夜有五彩缤纷的烟火装点着芭提雅的夜空。到处灯火通明,大商店、大酒店、歌舞厅、夜总会霓虹灯闪烁耀目,街道两旁亭式小酒吧鳞次栉比,流行音乐充塞大街小巷,马路上行人摩肩接踵,车水马龙,通宵达旦。白天的芭提雅是沉睡的,入夜才开始活跃起来,到了午夜才进入高峰状态。所以凌晨的时候大街上才是灯火辉煌,处处回荡着动感十足的音乐,以及拉客妹们扭动的性感,人流不息。

导游带他们去观看了人妖表演。看着这些比真正女人还要妩媚艳丽的人妖,女人觉得真是大开眼界。导游说,目前泰国人妖的盛行是旅游的关系,由于手术的费用不再昂贵,而且技术越来越精湛,所以制造出来的人妖就越来越上档次,更加光彩照人了。人妖除了不能生孩子,和真正的女人没有什么区别。只是他们的平均寿命只有四十岁,人老色衰之后生活很是艰难。大家就忍不住叹口气。

回酒店洗过澡后,她没有再读小说,沉沉睡去。白天导游讲的丽莎的故事进入了她的梦乡。

丽莎三十岁的时候去美国进修了一年。歌坛新人辈出，花无百日红，丽莎自己也感到了厌倦。她的个人感情总是不尽如人意，不知道什么时候她才能像一个普通女人那样开花结果。

丽莎决定在美国过一年普通女人的生活，远离舞台，远离记者，远离光怪陆离的娱乐圈。她换上 T 恤、牛仔裤，像一个普通的大学女生那样上课，记笔记，虽然只是一个旁听生的身份，但格外满足，毕竟，她十五岁就离开校园了。

她和戴维的邂逅就是一出非常普通的校园爱情故事。图书馆里意外相遇，一见钟情，戴维是个 ABC，二代移民。他当然知道丽莎的大名，但没想到她这么朴素，没有明星架子，对相爱的人来说，身份从来都是次要的。

没有了万众瞩目，丽莎真正拥有了一份轻松随意的爱情。她搬到戴维的公寓，系上围裙为他煲汤，尽情地做一个幸福的小女人。戴维受西方教育多年，非常绅士，尊重丽莎的生活方式，他们如胶似漆，三个月后，就私订了终身。

戴维的父母对丽莎也很满意，觉得她一点没有明星的架子，很随和，有礼貌，人品和修养极佳。真是天赐良缘！

他们订婚了。

一个月后，丽莎和戴维为筹备婚事陪父母去了新加坡，他们的老家在那里，长子长孙的媳妇得让老祖母看看。老祖母对丽莎还是满意的，虽然家里佣人们对丽莎的各种崇拜让她有点不悦，但丽莎已经说了，婚后会淡出演艺圈，尽职尽责地做一个妻子。老祖母自然也没有什么可挑剔的了。

三天后，家族大聚会。戴维外地的叔叔一家也回到了新加坡。叔侄见面，如同晴天霹雳！丽莎一眼认出了唐先生！唐先生显然知道丽莎将成为自己的儿媳，但丽莎无论如何也想不到戴维和唐先生会是近亲。她完全不知道该怎么掩饰自己，一顿饭吃得心事重重，所有人都看出了她状态不对，虽然她演过很多戏，但基本上都是本色演出的花瓶，她没有演技应付自己人生的这出大戏。

是夜，她向戴维坦白了过去发生的一切。两个人都极为痛苦。戴维说他也不知道该怎么办，得好好想想。

事情还是未能瞒过精明的老祖母。她知道真相后大怒，坚决不同意这桩婚事。无论戴维怎样向她求情，她只是一再坚持，唐家丢不起这个脸。可是，丽莎即将与戴维结婚的消息早已见报，该怎么给外界一个交代？

几天后，报纸上一则消息让所有人大吃一惊：由于祖母的反对，丽莎和戴维的婚约取消，因为丽莎不愿意婚后退出演艺圈。

"转朱阁，低绮户，照无眠。不应有恨，何事长向别时圆？"这阕词，真是丽莎心情的真实写照。"人有悲欢离合，月有阴晴圆缺，此事古难全。但愿人长久，千里共婵娟。"

在芭堤雅的第二天，由于行程安排不是很紧凑，所以他们早上睡到8点左右，在酒店享受了丰富的早餐，导游接他们到了东芭乐园，在这里安排了当天一天的游玩。女人想到可以看大象表演，顿时就兴奋起来。导游说，东芭乐园是当地一个华人出资兴建的，占地很广，芭提雅的植物基本上都是这边卖出去的。在这片乐园里面，华人老板安排了很多的泰国当地人居住，给他们工作，负责他们的生活。车子沿着小路慢慢地开进去，女人感觉像是进入了森林公园,所见到的植物都以热带植物为主。下了车沿着路慢慢地欣赏各种热带的花草,突然看见一只大老虎趴在一个台子上,大家都远远地看,女人童心大发,一个人上去付了钱,驯老虎的人把懒洋洋的老虎拉起来,摆姿势陪她拍照。他拿起相机拍了若干她和老虎的合影。他们在这里看了两场表演,一个是泰国当地的民族风情舞蹈,另外一个是大象表演。

大象表演非常有趣,女人看得津津有味。那些大象一个个地拉着尾巴,排队出场,分别表演了骑自行车,投篮,飞镖,画画,等等绝技! 这里的大象已经是很习惯表演了,还会摆出姿势来吸引目光,投中的时候甚至会有像人类一样的动作来庆祝。大象一表演完毕,就会来到看台上,用长长的鼻子问观众讨吃的,女人买了香蕉给它们喂食,大象是她从小到大最喜欢的动物。

中午和晚上都吃泰餐,女人已慢慢习惯当地食物,特别是对冬阴功汤赞不绝口,还有酸酸甜甜的菠萝饭,一整天她都玩得尽兴,吃得开心。他一直陪在她身边,两个人之间越来越有默契。晚上导游带大家去看看当地有名的成人秀,都是成年人,大家坦然自若地欣赏。那些身为男人,却有着比女人更妩媚妖艳的容颜和曼妙的身姿,是这个城市最矛盾的倾诉。沿街的露天酒吧是芭提雅的另一个舞台,女人们穿着妖冶性感的服装袒胸露背地围坐在吧台前,不时可见半老的西方男人拖着姑娘的手乘车离去,恍惚间以为回到了越战时期,空气中隐含的欲望气息,可以杀死一切所谓的冷静和理智,只剩下赤裸裸的放纵。酒吧妹妹都很尽职,在桌子上一刻不停地跳舞,努力地招揽客户,陪着喝酒的也想尽办法跟客人玩各种游戏,服务很是不错。女人喝了一点酒,微醺的面庞格外迷人,他又一次看呆了。趁着酒兴,他拖着她的手,半拉半拽地和她一起回到酒店。女人还是清醒的,她在房间门口冲他妩媚地道了声晚安,转身进房,关上了房门。

睡前,她继续读那本《直布罗陀的水手》,读到了第232页:我听出了她的声音,尽管我几乎听不见。那男人已经完全恢复了他的面容。他现在望着她的目光里有一种粗俗的放肆,里面糅合了清醒、自信和好奇。

他们要回曼谷啦。导游说路上要带他们去体验骑大象,晚上夜游湄南河。这将是他们在泰国度过的最后一天。昨天看完了大象表演,女人就一直蠢蠢欲动,很想骑上去感受一下,今天终于如愿以偿!他们来到一个专门给游人看表演和体验的地方,走上高高的木架子,女人和他两个人共骑一头大象,他们小心翼翼地跨上大象,这头大象走起路来好像晃得厉害,女人坐在上面有点害怕,只能紧紧地拉住扶手,后来慢慢习惯了这种晃动,感觉还是很有节奏的。指挥大象的人在快结束的时候停下来,让游客把照相机给他。帮游客拍照,拍得很不错,骑在大象上的两个人看起来很有气势。

大巴上,导游继续给这些客人们讲丽莎的故事,不知道这几年她带过多少团,给多少人讲过她终生难忘的丽莎。

丽莎三十五岁的时候遭遇了一生中最后的爱情。功成名就多年,丽莎已慢慢淡出歌坛,在世界各地旅行。她生命中最后一位情人是比她小十岁的西班牙摄影师斯蒂文。他身材瘦高,常常将长发在脑后扎成一个马尾,很有艺术家的气质。丽莎希望在异国的土地上过着凡人的生活,所以他们很少和当地华人来往,在华人世界里,丽莎是永远的传奇。

丽莎和斯蒂文恋爱之后,无论出现在哪里都有斯蒂文陪伴左右。她外出的时候，斯蒂文不仅同行，而且替她拿登台演出服装，帮她搬运化妆箱，有时则充当司机和护花使者。二十五岁的斯蒂文初识丽莎时，并不知道她的大明星身份，两人自然而然地交往，擦出了爱的火花，这让丽莎一点心理压力都没有，因此她十分珍惜这段感情。斯蒂文对丽莎十分照顾，尽管如此，两个人之间还是有太大的差距。姐弟恋，年龄是差距；大明星和普通摄影师，身份和经济条件是差距。

丽莎从来没想过和斯蒂文结婚。经过感情上那么多挫折，她只想有个专属于自己的男人，婚姻，孩子，她已经不去幻想了。

她的身体状况也不理想。大约年轻时打拼太多透支太多，她的心脏似乎出了点问题，不太健康。

和斯蒂文的感情波澜不惊地持续了五年。四十岁的时候，丽莎和斯蒂文外出旅游，结果魂断异乡。

那天下午，一向和丽莎形影不离的斯蒂文不知何故离开酒店独自外出。丽莎一个人留在豪华套房，突发心肌梗死，她挣扎着移向房门，想打开房门呼救，可惜，最终倒在了地上。当服务员进门打扫的时候，发现她倒在门口，手张着，离门把手只有一点点距离，却是生与死的距离。她被送往医院，紧急抢救之后终告不治。

没人知道斯蒂文为什么会离开，去了哪里。丽莎死后，他不知所终。"雕栏玉砌应犹在，只是朱颜改。问君能有几多愁，恰似一江春水向东流。"

这是旅行的最后一夜。他们登上了一艘颇豪华的船，夜游湄南河。船上有自助晚餐，还算丰盛。有乐队现场演奏好听的音乐。导游和他们依依不舍地合影。

在导游的号召下,他们开始在船上跳舞。一开始是欢快的迪斯科,女人投入地扭来扭去,很久没有这么尽兴地跳舞了。乐队演奏起了邓丽君的《甜蜜蜜》。女歌手投入地演唱:

> 甜蜜蜜,你笑得甜蜜蜜
>
> 好像花儿开在春风里
>
> 开在春风里
>
> 在哪里在哪里见过你
>
> 你的笑容这样熟悉
>
> 我一时想不起
>
> 啊……在梦里
>
> 梦里梦里见过你
>
> 甜蜜笑得多甜蜜
>
> 是你……是你……梦见的就是你
>
> 在哪里在哪里见过你
>
> 你的笑容这样熟悉
>
> 我一时想不起
>
> 啊……在梦里

他很绅士地邀女人跳舞。他们配合默契。歌声优美,他忍不住动情地拥

紧了她:"你舞跳得真棒!""你也很好。"女人很客气。音乐中,他们旋转。他
贴近她耳畔轻声说:"你真美,第一眼看见你就觉得你真美。坐了一夜的飞机,
还是那么美。我从来没有见过一个女人睡了一夜不梳不洗还那么美。"

　　女人想起了飞机上他从自己身边走过时那深深的凝望。睡眼惺忪的自
己,或许真的是美丽的吧?

　　湄南河两岸,夜色阑珊。

　　机场。他们在免税店里购物,女人看着他拿着太太开的单子买各种化妆
品,一丝不苟。她笑了笑。飞机上,他们相邻而坐,女人继续看她的书,《直布
罗陀的水手》。长途飞行中,她终于看完了最后一页:接近加勒比海时,海很
美。可我还是说不上来。

　　他的太太和小孩子一起来接机,他礼貌地跟女人道别,他们不顺路。女人
独自上了一辆出租车,两眼望向窗外。他们从来没有真正相遇过,身体没有,
灵魂也没有。

　　　　　　　　　　　　　　　　　　　　　　　　　　　　2012 年 2 月

■ 小城故事

很多年以后，当我长大成人，当我开始步入中年，我突然明白，原来自己经历的那些过去都在一步一步地成为历史。比如说这座小城，虽然处在地图上一个很不起眼的位置，但是我十八岁之前所有的个人史都和它密切相连。

在我小的时候，小城是解放后父辈们一砖一瓦在旧城上建设起来的新县城，有着北方县城共有的格局，有一座政府办公楼，有一个县医院，有一个电影院，有一家邮局，有一所小学、有一所初中、有一所高中……每一个单位旁边，都盖有家属院，基本上前院办公、后院生活，大人们孩子们，工作生活都混在一起，显得热热闹闹，严肃活泼。后来孩子们长大，像鸟儿们扑扑棱棱地先后离开了这个小城。再后来，小城撤县改市，在东边，在靠近大海的地方，建起了新的政府大楼，有着相应配套的行政建制。曾经附属于各个单位的家属院不存在了，我们小时候没有听说过的房地产公司一家一家成立起来，把一个个分散的家属院组成了一个个商品房小区，它们挂着某某家园、某某新苑等温馨的名字，但是邻里之间，却变得陌生而又客气，再也没有小时候东家长西家短的那种亲切。

我休了年休假，回家看望父母，重新来到小城。走在熟悉的马路上，我惊喜地发现，虽然新城建设得越来越漂亮，但老城依然完好地保留了下来，原来主要的那几条马路没有一条被拓宽，老县城四四方方的格局仍在，我完全可以凭借记忆画一张小城的老地图，从南到北主要有四条马路，从东到西主要有五条……有些单位还留在老城区没有搬走，比如我小时候读书的小学、初中都还在原来的地方，和我家在一条马路上，只是小时候记忆里宽敞的操场似乎变小了很多。同过去有所不同的是，现在我家的房子变成了学区房，因为地段的原因，无论是买房还是租房，都变得炙手可热。

三年前，为了给留在老城生活的父母尽孝，我在父母家住了二十多年的老房子旁边买了一套商品房。老爸原来的单位搬到了新城，腾空了的办公楼及周边一些平房被开发商买下盖成了两座住宅楼，小高层，当我想到要为父母买套房子的时候，这两座小高层已经卖得所剩无几，我看中了一套两房两厅，据说已有好几个人相中了这套房，但还没有付定金。我立刻和售楼小姐签了合同，第二天就付了全款，小城房价当然比一线大城市便宜很多，但这个单价和八年前我在上海买房时相比，基本上一样。

我把购房合同拿给老爸老妈看，他们很高兴，但就是不肯去住我买的房子。我妈说："我在这个房子住了快二十年，楼上楼下都处得像一家人，这个房子虽然小了点旧了点，但就我们两个老人住，足够足够了，新房子留着你们回来的时候住吧。"

在老家工作的同学听说我买房都很吃惊，他们说："你干吗不买到新区？那些住宅小区配套完善，绿化优美，大家都喜欢住在那边。"我笑笑，说我喜欢住在父母旁边，生活特别方便，买菜、购物、看电影、去医院……都是走几分钟的路就到了，连自行车都不必骑。再说，离开老家二十多年了，新区对我太陌生，我喜欢老城，喜欢这里的一草一木，因为连马路边的那些树木也都在我小时候就长在那里了，看着就亲切。

我户口本上的籍贯不是这个小城。但这有什么关系呢？我出生在这个小城的县医院，在这里上了幼儿园，念了小学、初中、高中，在我十八岁离开家上大学之前，这个小城几乎就构成了我全部的人生。

八岁的时候，我读完小学二年级。暑假要结束的时候，由于我爸的工作调动，我们家搬到了县政府大院，和冬梅住在一个院子里。冬梅比我大一岁，和我一个班，她妈和我爸还是一个单位的同事。从上三年级开始，我们两个慢慢成了好朋友。

直到今天，不借助照片，我依然能想起冬梅小时候的样子，浓眉大眼，个子高高的，脸盘大大的，性格很直爽，头发还有点天然卷儿。和我是家里的独生女儿不同，冬梅还有一个比她大两岁的哥哥，她哥哥是个神童，从小就学习成绩出众，是她全家的骄傲。不过在我们小的时候，冬梅可不以这么一个哥哥为荣，她觉得父母偏心眼儿，喜欢哥哥不喜欢自己，因此常常和她哥哥打架。

我家和冬梅家虽然住在一个大院里，但一个在南头，一个在北头，南头是一排一排的平房，北头拆了些平房盖起了简易的楼房，筒子楼，除了是一层一层的建筑，和平房格局也没啥变化，还不如住平房自己家有个小院儿，可以种种花草蔬果。我家住一楼，楼前有空地，大人们寸土必争地种上了菜。

读小学的时候学校里年年号召同学们种蓖麻，说蓖麻的用处很大，飞机飞行也要用蓖麻油。我们从小没坐过飞机,岂止是没坐过,连见都没见过。大约小城很偏僻,以前的民航航线也少,小时候从来没有飞机飞过小城的上空。因为飞机的神秘,和飞机相关的蓖麻在我们眼里很神圣,学校发给我们蓖麻种子,我们都特别认真地去种,希望能收获很多很多的蓖麻贡献给国家。我爸在楼后找了一小块空地给我用,楼前阳光充足的地方是大人们用来种菜的,我只能在楼后不见光的地方认认真真种起了蓖麻,每天浇水,焦急地等着它们发芽。冬梅也在她家小院里种上了蓖麻,我常常跑去她家看她的蓖麻长得怎么样了。

从北头跑到南头,经过一栋楼房,大院当中的一个炮楼,几排平房,就到冬梅家了。冬梅从小是个特别热情的女孩子,他们一家人都很热情,每次我去他们家,他们都把我当自己孩子,因此,像我这么一个敏感脆弱的女孩子,是非常喜欢去她家玩的。虽然冬梅嘴上说不喜欢她哥哥,但在我面前,她还是因为有个哥哥而多了几分优越感。因为我没有哥哥,连姐姐也没有。在还没有实行计划生育的年代,这是一件非常奇怪的事情,每次我问爸妈为啥我家就只有我一个孩子时,他们就含糊其辞。后来听冬梅妈妈说,我妈身体不好,生我的时候大出血,差点搭上性命,我爸就坚决地结了扎,不让我妈再遭这种罪了。

好吧,我要跑一下题,说说那个炮楼。炮楼是日本鬼子侵华时留下的,是一栋非常坚固的花岗石建筑,不知道为什么一直没拆,在政府大院里突兀地保留了很多年,并且还住进了好几户人家。花花姐一家就住在炮楼里。

花花姐在我们大院里是很厉害的人物,她长得漂亮,有着一双少见的丹凤眼,可谓眉目含情。她上面还有两个威武的哥哥,能替她遮风挡雨,因此没人敢惹花花姐,包括那些小痞子们。她毫无悬念地成为我们大院小姑娘们的头儿,寒暑假、课余之外的时间,大家都跟着她耍,如果谁一不小心得罪了她,基本上就等于被整个大院的姑娘们给孤立了,只有重新赢得花花姐的青睐,才能回到我们这个大集体中。我是个独生女,上无哥姐撑腰,下无弟妹陪玩儿,从来都是小心翼翼地跟着大家,跟着花花姐,很怕一不小心就被大家给抛弃了。从小大院里的孩子都叫我小不点,因为我个子长得小小的,爱哭鼻子,还老是跟大孩子玩,上学也比别的孩子早上了一年。

那天我跑去冬梅家看她种的蓖麻,在她家小院里遇到了花花姐,她正和冬梅的哥哥说说笑笑,穿了一条印着大花的连衣裙,裙子和她红扑扑的脸蛋相映生辉。看得出来,花花姐很讨好冬梅的哥哥,她仰着脸和他说话,故意装出很文雅的姿态,全然不似和我们在一起时的飞扬跋扈。可是,冬梅的哥哥是个神童,从小考试就是得第一名的,我们大院里的大人们都说,他将来肯定能考上北大,他怎么能瞧得上花花姐呢?她学习一点都不好,只知道讲究穿着打扮。我和冬梅上小学四年级的时候,他们两个已经上初一了,并且分了一个班里,因此关系比上小学的时候更密切了一些,花花姐很主动地接近冬梅的哥哥,这点我们都看出来了。

我和冬梅在角落里研究她种的蓖麻,花花姐和冬梅的哥哥都没有注意到我的存在,我一边和冬梅说话,一边时不时打量一下他们。大约是因为照不到阳光,我的蓖麻发芽之后,没长多高就死了,冬梅家的蓖麻倒是苗壮成长着,后来收获了很多的蓖麻籽,学校还给她发了奖状。这让我非常非常的沮丧,连养蓖麻我都养不过她,不过我成绩一直比她好,其实,也只是好一点,冬梅学习也不错，我必须每次非常用心地考试，才能保持比她成绩好一点。冬梅倒没有意识到我的用心，她习惯了什么都比我强，个子比我高，长得比我漂亮，还有个成绩优秀的神童哥哥，我还总是没事儿就往她家跑，跟着她玩儿。

　　不知道是不是因为种植蓖麻的失败，那年学期结束评三好学生，全班同学无记名投票，老师让我和另外一个同学统计得票，我唱票，他在黑板上画正字，我鬼使神差地把好几票原本选冬梅的票唱成了自己的票，反正，老师也不会去查。最后，我比冬梅多了两票，成了五个三好学生之一，冬梅落选了。她有点小失落，不过，她的性格大大咧咧的，也没太在意，本来她考试成绩就比我差一点，输给我也很正常。

　　我有一点小小的不安，但没有让任何人看出来。我高高兴兴地拿着三好学生的奖状回家了。

　　假期里，我去冬梅家的次数明显比以前少了。倒不是我心里有鬼，而是我有了新的小伙伴。我爸爸的好朋友杨伯伯从下面公社调到了县里工作，他们家也搬到了小城，住进了我们院里。杨伯伯有三个儿子，最小的儿子小林比我大一岁，和我同上四年级，他已经办好了转学手续，假期结束就能转到我们学校了，不知道会不会分在我和冬梅的班里。

　　我和小林哥痛痛快快地玩了一个假期。杨伯伯很喜欢我，有一次我在他家吃饭，他看着我拿筷子，一脸慈爱地说："这个丫头将来嫁不远啊，你看你拿筷子离筷子尖那么近。"我有点小紧张，我可不想一辈子老死在这个小城里，长大后最好能远走高飞，去看看外面的大千世界。

　　大约有一个星期没去冬梅家，冬梅有点在意了，她很少见地到我家找我玩了。我们玩得还是很开心，我得意地跟她说，我也有个哥哥了，是杨伯伯的儿子，叫小林。

开学后，小林哥竟然真的分到我和冬梅这个班里来了，我开心得差点叫起来。上学、下学，我们三个经常结伴一起，然后没多久，我就开心不起来了，因为，小林哥被冬梅"抢"走了。

记得那一天冬梅很神秘地给我看了一张纸条儿，是小林哥写给她的，纸条上写了点啥我已经记不清了，只记得小林哥叫她"梅妹"，我还记得冬梅一脸掩饰不住的得意。反正，她一下子就有两个哥哥了，还是比我多一个。这件事我介意了很多年，我和小林哥的友谊因为两家大人的关系一直维系着，但我始终无法在心理上继续亲近他，他和冬梅倒是进了中学之后就不怎么来往了，直到长大成人，直到今天。

好了，不管有多少不那么愉快的小插曲，我和冬梅还是一路做着好朋友，顺利地升入了初中，从小城那所小学来到了五百米外的初中。唯一令我不快的是，我们遇到了小学学制从五年改成了六年，因为多上了一年小学，也就距离考大学又晚了一年。我是那么迫不及待地希望考上大学离开小城，虽然我很喜欢这个平静的小城，喜欢它绿树成荫的马路，喜欢它麻雀虽小五脏俱全。有一个新华书店，有一个电影院，有一个图书馆……这构成了我童年时全部的文化生活。我是这三个地方的常客。

我们考初中的这一年，冬梅的哥哥以全县第一名的优异成绩考进了高中，而花花姐则名落孙山，读了职业高中。我知道花花姐再怎么仰视冬梅的哥哥，再怎么做出优雅美丽的姿态，她都够不着他了。冬梅妈很宝贝这个儿子，一直看花花姐不顺眼，我听冬梅说，花花姐常往她家跑的那两年，她妈没少给花花脸色看，为此，冬梅的哥哥甚至指责她妈妈是个"泼妇"！冬梅妈气到不行，她拍着胸口问儿子："我哪里做得不对？我怎么就成了泼妇了？""泼妇"，我被这个词汇给吸引住了，我觉得冬梅的哥哥真厉害，居然敢说自己的妈妈是"泼妇"！

冬梅的妈妈其实是个知识分子，她爱子心切、望子成龙，花花姐这样的女孩怎么能是她儿媳妇的人选呢？既然不是，就不要纠缠自己的儿子。从小，冬梅的妈妈就给我们讲她培养优秀儿子的心得体会，我印象最深的有一条，就是为了培养孩子的耐心，她经常让冬梅的哥哥去数绿豆，给他倒一碗绿豆，认真地数多少颗。冬梅的爸爸是那代人中不多见的大学生，高级工程师，是个副厂长，温文尔雅。冬梅的气质和爸爸妈妈都不同，她天真烂漫，无拘无束，无忧无虑，一天天长成一个性感少女。

很多年后，当我读了纳博科夫的《洛丽塔》，我一遍又一遍想象他笔下描绘的那种性感少女。"现在，我希望提出这样一种观点。在九岁至十四岁这个年龄段里，往往有好些少女在某些比她们年龄大两倍或好几倍的着迷的游客眼里，显露出她们的真实本性，那种本性不是人性而是仙性，也就是说，精灵般的。我提议把这些精选出来的人儿称作'性感少女'。"

在我的少女时期，我身边的女同学中能算得上性感少女的，就只能是冬梅了。上初一的那一年，我十二岁，她十三岁，但她比我高了半个头，大腿修长，肤色白里透红，出落得越发漂亮，确实像个精灵。这么漂亮的性感少女怎么会不引起男生们的注意呢？刚上初中不久，有一天冬梅又神神秘秘地来找我，这次不是小林哥给她写纸条了,而是一个初三的男生给她写情书,要约她看电影。冬梅说:"你和我一起去吧,我一个人不敢。"

在我幼稚的十二岁,我就很可笑充当了电灯泡的角色。我和她鬼鬼祟祟地去了电影院,两个女孩子结伴去看电影,再敏感的妈妈也不会觉得有什么,没有人知道,有一个男生怀着一腔叫"爱情"的新鲜玩意儿,在电影院门口等着他的性感少女的到来。

男生只买了两张票,看到我们两个人,一时有点不知所措。我不知道该怎么办,我说:"要不我走吧?"冬梅很仗义地说:"别,要走咱们一起走。"那时候电影票很抢手,男生不可能再去买一张,他最后很爽快地说:"要不你们两个去看吧。"

我难以置信地和冬梅看了一场非常精彩的电影——《黑郁金香》,给佐罗配音的演员声音太好听了,我爱上了这个声音,那个时候我没有想到,几年后我会在大学的礼堂里亲耳听到他的声音。沾了冬梅这么大一个光,让我感到有些不安,我觉得我和冬梅的差距越来越大了,没有男生会喜欢我,我唯一能比她强的,就只能是学习成绩比她好了。

上了初中以后,我学习比以前刻苦了很多,成绩也越来越好,经常也能考到全年级的第一名。冬梅的成绩倒进步不大,因为来约她的男生越来越多,这多多少少分了她的心。冬梅妈察觉到了一点情况,但冬梅的性格很烈,每次她妈问,她都激烈地反应:"什么事儿也没有!我们就是正常的同学往来。"后来冬梅妈拐弯抹角地向我打听,我替冬梅遮掩:"大姨,冬梅就是和男同学正常交往,她性格活泼,同学们都喜欢和她玩,你看我不爱说话,都没人愿意找我玩儿,我可羡慕她了。"

我和冬梅继续亲亲热热地做着好朋友,偶尔也闹点小别扭,但总是很快就和好了。上中学后我们又多了几个共同的好朋友,五六个女生经常互相串门儿,交换喜欢的课外书。那几个同学不住在我们家属院,所以假期里我们就骑着自行车满城晃悠,从这个家属院窜到那个家属院,那真是无比快乐的少女时光。

我们大院还是老样子,冬梅家住的平房小院一直没拆,只不过后来接上了自来水,小的时候,一排房子只有一个公用的水龙头,她还往家里挑水呢。她从小长得结实,不像我,一副营养不良发育不全的样子,小时候我太挑食。如果说冬梅发育成了一个性感少女,那么读了职业高中的花花姐,则迅速成长为一个女阿飞,在小城名气渐响,和不三不四的社会青年出出进进,时不时有人为她打架。像花花姐这样的姑娘,少女期似乎总是特别短,一过十五六岁,立刻就变成了时髦的社会女青年,穿大喇叭裤,高跟鞋,烫头发……在乌烟瘴气的职业高中,老师们拿这些学生一点办法都没有,反正他们以后不会上大学,要么招干,要么招工进工厂。好学生都集中在小城最好的高中县一中里面呢,他们当中的一小部分,将来会像金凤凰一样,通过高考飞出这个小城,飞进各个大学。那个年代,即使是最好的高中里,也只有一小部分优秀学生能考上大学本科,一部分上大专、中专等,还有一部分要么回家务农,要么招工招干。

大家都觉得,即使整个一中只能有一个人能考上大学,那毫无疑问就应该是冬梅的哥哥。他就是这么牛。有这么牛的一个哥哥,自己长得又漂亮,被那么多男生追捧着,冬梅简直就是一个骄傲的小公主。

初二的时候，班里从外地转学过来一个男同学，他长了一张可爱的娃娃脸，眼睛大而亮。老师安排这个男同学和冬梅同桌。大约是因为晚熟，这个娃娃脸男生一点不像其他男生那样，把冬梅当公主般捧着，他们常常吵架，过两天又和好，和好了又继续吵。冬梅跟我说："你知道吗？他身上有一股吃奶的小孩子的味道。"像上次冬梅的哥哥骂他妈是个"泼妇"一样，我又被冬梅这句"有吃奶的小孩子的味道"给震撼了，一个初中男生身上怎么会有这种味道呢？我完全想象不出来，有时候我也会故意走到娃娃脸男生旁边，可是，我什么都没有闻到。

小城的读书时光过得很快，无论是初中三年还是高中三年。初中毕业这一年，我们的生活发生了很大的变化，确切地说，冬梅一家发生了很大变化，可谓是喜事连连。冬梅的哥哥不负众望地以全县第一名的成绩考上了北京大学。冬梅的爸爸当上了厂长，他们家也搬离了住了多年的平房，搬进了工厂的家属院，住进了宽敞明亮的楼房。有这两个大喜事比着，冬梅顺利考上高中的消息简直就是太平淡了。我中考的成绩比冬梅高了一截，在学习这件事情上，我始终压她一头，这也是我们认识这些年来，我唯一能比她优越的地方。

政府大院里的日本炮楼终于拆掉了，花花姐一家也搬走了，我不知道她搬去了哪里。她职业高中毕业了，后来听我妈说，她招工进了新华书店卖书，相对而言，这还算是个文雅体面的工作。

中考结束的这个暑假，是我和冬梅的友情岁月里最后一个亲密假期，虽然她搬了家，我还是常常会骑自行车去她家里玩，有时候，是我们五六个兴趣相投的女生一起到她家里玩，她哥哥有时在家，有时不在家，有时在家的时候他会出来和我们打个招呼,有时即使他在家我们也见不到他。他马上就是北大的学生了,怎么会把我们这些初三刚毕业的女生们放在眼里呢?

也许是太小就和冬梅的哥哥熟悉的缘故,我从来没有像其他女生一样觉得他头上笼罩着神秘的光环。我认为他脾气暴躁,从小被妈妈宠坏,有着神童共有的缺点:智商高,情商却比较低,不太会与人相处。可是,在其他十五六岁的少女眼里,他简直就是一个完美的白马王子,个子高高的,戴着眼镜,帅气而又儒雅。

我们上高中了,离考大学越来越近,离远走高飞离开小城的日子越来越近,我简直有着难以想象的激动,学业再苦再累我都没觉得有什么。我个子长高了一些,开始渐渐摆脱黑瘦单薄的小女孩形象,还变出了双眼皮,看上去比小时候好看了很多。慢慢开始有高年级的男生给我写信了。我想起初一的时候分享冬梅收到的情书的往事,简直不敢相信自己居然也能收到男生的情书了。

我和冬梅不再是同班同学。高中里学业紧张,她又搬了家,我们疏远了很多,各自在新的班级里有了新的好朋友。据初中时经常一起玩的女生们说,冬梅上了高中后变了很多,她越来越美,也越来越骄傲,不太喜欢和我们这些原来的好朋友一起玩了。假期里,本来大家还是很热衷地往她家跑,结果后来听说,她在外面跟别人讲,说我们往她家跑是冲着她在北大念书的哥哥去的,一气之下,大家就不愿意去了。

关于冬梅的闲话时不时会传到我耳朵里,我从不多话,也不向冬梅去求证这些。我努力念自己的书,对追求自己的男生不理不睬。大家说冬梅和她哥的关系变得特别亲密,她太以这个哥哥为荣了,语文课老师出题目写作文,要求写《我的集体》，冬梅写的居然是她和她哥哥两个人的小集体。我一下子想起来小时候冬梅和她哥打架打得不可开交的那些日子，因为父母的偏心眼儿，她可没少哭鼻子。冬梅确实变了，可是，我们都会一天天长大，就像小城在一天天变旧，不是吗？

高二的时候我们文理分科，我学了理科，冬梅学了文科，我们的距离更远了，连考大学都不用在一起竞争了。春夏之交，国家发生了很多大事，这个时候冬梅早恋了，她和高三的一个男生公然地出双入对，以她的个性，她想做的事情是没有人能阻止得了的，父母不能，老师也不能。好在早恋也不是什么天大的事儿，冬梅我行我素地谈着恋爱，我继续对所有追求自己的男生横眉冷对。只是有一天放学，天下着雨，我撑着伞走在雨中，突然看到冬梅和她的男朋友亲亲热热地打着一把伞走在前面，那个男生紧紧搂着她的腰，冬梅一头飘逸的长发垂在他的手背上。看着他们的背影，不知为什么，我有了一种怦然心动的感觉，那一刻我非常非常嫉妒冬梅，因为我从她的背影里看到了甜蜜。

我在一片茫然中度过了这样一个特别的春夏，升入了高三，开始迎接命运的挑战，开始了为离开小城而进行最后的冲刺。我成绩很好，正常发挥的话考个名牌大学不成问题，我妈希望我考北京的大学，因为离家更近一点，我却坚持非上海的学校不报。高考结束，我顺利地被第一志愿录取了，冬梅却发挥不佳，只考上一个专科。从六岁认识冬梅，到十八岁考上大学，在我的人生中，这是我第一次真正领先了冬梅一步。从小，我就处处不如她，不如她漂亮，不如她长得高，不如她有个优秀的哥哥，不如她受男生欢迎，虽然我学习始终比她好一点，但她成绩也不错，一直到高考，我们才最终凭录取通知书决出胜负。

谁说高考不是人生最关键的一场考试呢?

　　上了大学我很快就恋爱了,我只是比冬梅晚了两年体验到了爱情那种甜蜜而已,毕竟,我还比她小一岁呢。我和男朋友是在大学同乡会上认识的,他家距离我家只有二十公里。大学一毕业我们就结婚了,我常常会想起来小时候杨伯伯说的话,这个丫头拿筷子离筷子尖那么近,将来一定嫁不远。我从不向任何人包括中学时代的好友们分享自己的恋爱心得,在这方面,我一直守口如瓶。有个名人曾说,爱一个人就一辈子为她守口如瓶。我认为,为爱情守口如瓶可以更好地保护自己。

　　考上大学以后我就离开了小城,大二的时候我家也搬离了那个大院,搬到了另外一个单位新盖的家属楼。原先那个县政府大院里,南头是一排一排的平房,北头是几栋筒子楼,中间还有一个日本人建的炮楼,这些都渐渐成为历史,成为记忆。

　　离开小城 20 年间,我妈渐渐成了我关于小城旧人旧事的信息来源,每次回家,她都会给我讲一些她听到的消息。冬梅的哥哥大学毕业后分到了省城,在恋爱方面始终不那么顺利,大约冬梅的妈妈对儿媳妇也比较挑剔,他拖到快三十才结了婚,然后没有两年就离婚了。花花姐在新华书店工作了几年,结了婚,生了孩子,后来因为从书店里往家拿书被发现了,然后就给开除了。冬梅专科毕业以后本来有机会不回小城,她爸妈帮她在当地的城市找好了单位,但她却坚持要分回小城,因为她谈的男朋友在小城工作。这些信息令我有眼花缭乱的感觉。

　　读大学之后我偶尔也能在假期里碰到冬梅。她家后来又搬了,搬到了新城的住宅小区,有一次我去别人家串门,在小区里碰到了她,她热情地邀请我去她家坐坐,我推辞不过就去了。进了她家的大门,我突然看到一个高高大大的帅气男生,看上去很面熟,眼睛黑又亮,但绝对不是她的哥哥,也不是我在高中时见到过的她的那个男朋友。冬梅有点害羞地跟我说:"你不认识他?他初中还和我们同学了两年呢。"我恍然大悟,哦,这就是当年那个"身上有一股吃奶的小孩子的味道"的男生!冬梅居然和他恋爱了。冬梅说他后来参了军,复员后在小城电力部门工作,待遇很好,冬梅读大学的时候他们再相遇,然后恋爱,冬梅就是为了他坚决放弃了在城市工作的机会而回到了小城。这真是——缘,妙不可言。

小城越来越旧了,我却越来越喜欢它,因为空气中满满的都是旧日的味道。我在小城买的那套新房子,楼层很高,站在阳台上,整个旧城都尽收眼底。我家旁边的马路两旁这两年新开了很多的小店,卖服装、食品、日用品,等等,我妈说:"你知道吗?花花姐就在附近开了一家烤鸭店。"每次回家,我妈都会从她店里给我买一只啤酒烤鸭。我妈说花花姐这些年过得很不如意,从新华书店下了岗,又离了婚,独自带着儿子过了好些年,后来又结了婚,和新男人在我家附近开了一家烤鸭店,生意也一般般。我妈问:"你想不想再见见她?"

有一天午后,我特意来到了花花姐的烤鸭店,这是一间很小的门面,上面写着"花记啤酒烤鸭",烤炉就摆在门外的马路边上,一只只鸭子吊在上面。我在门口看到了花花姐的侧影,她趴在一台电脑前,正在上网,看上去身材很臃肿。她没有看到我,看到了应该也不认识我了。后来我又碰到过她一次,她正好从店里走出来,站在烤炉前翻看那些鸭子,这次我把她看了个真真切切,她老了，身材发福了，但由于个子高，看上去还不是太显胖。虽然脸上脖子上都是皱纹，但她的丹凤眼仍然很俏丽，看得出年轻的时候是个美女。好像每一个小城，都会有这么一个传奇的美女，在年轻时有过无限风光，然后历经沧桑，到了中年以后，就会守着一家小店，就像守着曾经的青春，曾经的传奇。

　　我慢慢溜达着回到了自己的家，自始至终，花花姐都没有看到我。进了家门，我跑去照镜子，和花花姐相比，我看上去年轻很多，关键是瘦，还保持着年轻女子的身材。我看着镜中的自己，一头长发乌黑漂亮。我用力地拔掉了一根突兀的白头发。三十五岁以后我也有白头发了。我想起来我们小时候一起住在那个大院，花花姐是女生中的孩子王，她说跟谁玩就跟谁玩。刚上三年级的时候，我被传染了头癣，在医生的要求下被剃光了头发，那真是痛苦的黑暗的时光，我变成了一个小光头，每天还要在头上涂抹气味难闻的药膏。我遭到了花花姐肆无忌惮地嘲笑和嫌弃，她叫我"小秃子"，不允许别的女孩子和我玩，我又自卑又伤心，一路哭着回家。在回家的路上，我遇上了冬梅，她听说了我的遭遇，气愤地说："没关系，我和你玩！"她热情地把我带到了她家里，她的神童哥哥，也没有嘲笑我这个小光头，大约那个时候，戴着眼镜的他始终也没有分清楚她妹妹领回家的到底是个小男孩还是一个小姑娘。

　　在孤孤单单的小学三年级，我和冬梅变成了好朋友。可是，后来我们的友谊并没有进行得很好。但这没有什么，成长本来就充满了遗憾，我们都淡忘了很多故事，因为生活还在继续。

2012 年 9 月

■ 故园之恋

上

　　那是一个闷热的上午,初一女生燕燕的暑假生活已经进行了一个月。一大早她就有些莫名其妙的烦躁,早饭草草吃了几口就跑回自己的房间关上门去看小说。她是一个正在发育中的少女,穿着白色的运动短裤,蓝白条纹的汗衫有些偏大,包裹着她瘦小的身躯。要很多年之后她才知道,那天她穿的是一件海魂衫。

　　海魂衫的来历是这样的:英王格奥尔格二世一天目睹一位公爵夫人骑马疾驰,身着蓝衣,扎白色腰带,颜色十分和谐典雅。当时英国海军正不满意现用军服,期望革新,于是受到启发的他,宣布新的海军制服做成蓝白相间,后在各国海军中迅速传开。

　　当然,在十三岁少女燕燕眼里,这只是一件有些特别的汗衫而已,因为是消防员舅舅送给她的。那天,燕燕不确定自己有没有听到打雷的声音,在夏日的滨海小城,雷阵雨习以为常。但她清楚地听到了远处传来了一声沉闷的袭响,紧接着,她就感觉到一股温热的液体从小腹涌出,顺着大腿流了下来,在一阵短暂的晕眩之后,她起身用手摸了摸短裤,就看到了手指上沾染了鲜红的血。

她第一次来例假了。

这天是星期六,爸爸妈妈都去上班了。但是,每个女生的妈妈对女儿的初潮都有所准备。燕燕马上就满十三岁了,春天的时候,妈妈就给她备好了新的月经带,仔细地洗过,在背阴处晾干。妈妈曾告诉过她,把干净柔软的卫生纸叠成两头尖薄中间厚实的条形,塞进月经带两端的松紧带里,就可以用了。妈妈还嘱咐她,平常的时候,要多叠些卫生纸备用。

小学六年级的时候燕燕就注意到了自己身体的变化。她的乳房开始有微微的隆起,用力按压,还会有痛感。她的小腿和腋下开始有毛发长出。面对这些变化,她有些恐慌,妈妈轻描淡写地说:"没事儿,长一长就没有了。"燕燕很信任妈妈,她长长地松了一口气。

不过,她很快就开始了新的不安。班里的女生春英,有一天放学后在女生厕所里大喊大叫,她和另外一个女生赶紧跑去帮忙,只看见春英蹲在地上,痛苦地用手捂着肚子。她们试图搀扶她起来,春英却执意不肯,她就那么蹲着一步一步从厕所移动到了教室。燕燕看傻了眼,她第一次知道女生会遇到一个叫"例假"的东西,会让人行走不便、腹痛难忍。电光火石间,她想起了从小在公共女厕所见到的那些沾了红黑血迹的卫生纸们,一团一团地随意丢弃,她不知道它们从何而来,也没有想过它们从何而来。十二岁的少女燕燕,第一次对发育这件事情产生了困惑,带着一点点的恐惧。

春英带着哭腔对她们说:"肚子很疼! 疼得都不敢走路。"春英的脸红扑扑的,有些烦恼,又有些害羞和骄傲,燕燕不解地问:"有那么严重吗?"春英有点神秘地说:"等你来了例假以后就知道了。"

燕燕不喜欢发育,不希望来例假,不希望乳房一天天变大。她觉得漂亮的女孩子就应该五官清秀,身材瘦削,夏天可以穿短裤背心在大街上随意地跑来跑去。好在她的乳房稍有突起后就不怎么变化了,一时间她有些兴奋,她以为真像妈妈说的,长一长就没有了,等到夏天她就可以穿背心了,还是有网眼的那种。可很快她就沮丧了,她的乳房是不怎么长了,屁股却开始圆起来,她认为自己开始发胖,决定要减肥,可她本来吃得就不多,于是每天照镜子的时候,她都要转过身扭头看看屁股,看它有没有变小一点。她天真地希望自己能永远像小时候一样,像一根细细的竹竿,上下一般粗。她觉得,竹竿一样的女子才是美女,就像彩云姐姐。

彩云姐姐是舅舅的未婚妻。燕燕十三岁的时候,舅舅二十六岁,彩云姐姐二十三岁。按说,燕燕该叫彩云妗子,可燕燕刚认识彩云的时候彩云才二十二岁,刚刚大学毕业,第一次见到她,燕燕脱口而出一声"姐姐",从此就这么乱叫开了。舅舅是舅舅,彩云是姐姐。彩云在一所初中教英语,她很瘦,身材单薄,长着尖尖的瓜子脸,眼睛大又亮,左眼皮上有一颗小小的红痣。在燕燕的眼里,美女就应该是彩云姐姐这样的纸片人儿,看上去永远都像一个发育不良的少女。

和彩云姐姐相比,舅舅无疑是高大又健壮的。舅舅是一个训练有素的消防员,参加过多次火灾扑救。舅舅告诉燕燕,消防队员平时的训练强度很大,首先是正常的军事训练,其次还要进行体能训练、扑火抢救技能训练等。燕燕很崇拜舅舅,舅舅就是她心目中的英雄,像在老山前线浴血奋战的解放军一样的英雄。每次舅舅来家里吃饭,燕燕和妈妈都争着抢着把好吃的往舅舅碗里夹。

舅舅是妈妈最小的弟弟,姥姥生了两个女儿三个儿子,妈妈是老大,舅舅是老末,他们整整相差了十六岁。由于妈妈很早就出来在县城工作了,舅舅读高中的时候就住在县城的大姐家里,因此燕燕和这个最小的舅舅很亲。为了照顾舅舅,妈妈拖到二十九岁才生小孩,燕燕属龙,是个小龙女。

1976年9月9日,刚过了中秋节,燕燕妈早上出现了见红,开始腹痛,于是赶紧收拾好东西,燕燕爸用自行车驮着她去了医院,好在县医院不远,十分钟就到了。由于是初产,燕燕妈10点开始出现间歇5~6分钟的规律宫缩,到下午4点宫口还没开全,就在她在病床上疼得大呼小叫的时候,突然听到广播里哀乐齐鸣,中央人民广播电台中断了其他节目,播出了《告全党全军全国各族人民书》,播音员极其悲痛地向全党、全军、全国各族人民宣告,毛泽东同志于1976年9月9日零时十分在北京逝世。整个医院顿时陷入了震惊及悲痛之中,人们差点忘了病床上的这个产妇,幸好有个经验丰富的老医生临场不乱,她没有扔下这个已经开了指缝的产妇不管,而是耐心指导着燕燕妈用力,再用力,终于,折腾到了晚上接近10点,在整个县医院沉浸在哀悼伟大领袖去世的悲痛气氛中,燕燕大哭着降临了人间,体重六斤六两。

女儿的出生赶上领袖的去世,这让燕燕妈在月子期间心情很不舒畅,奶水就不那么多,燕燕爸戴着黑纱在单位里忙前忙后参加各种形式的追悼,后来又发生了粉碎"四人帮"等重大事件,他不太顾得上老婆的情绪和女儿的口粮。于是,燕燕一直长得很瘦小,好在月子里姥姥从灵山卫赶过来照料妈妈,这才让娘俩儿算是平安顺利地出了月子。

灵山卫,在胶南县城和黄岛之间。北倚小珠山,南濒黄海,与灵山岛隔海相望。胶南历史上多分属胶州、诸城,1946 年成立胶南县,因地处胶县南部而得名。燕燕就是一个土生土长的胶南姑娘。县志上说,胶南原是古代的琅琊郡。早在六千多年前,就有人类居住在这里,开创了灿烂的琅琊文化。现在已经发现的三十多处古文化遗址和大量的文物古迹,把胶南的历史追溯到原始社会初期。

燕燕 3 岁的时候,舅舅就来到了县城大姐家,在胶南一中读书。所以,燕燕小时候是舅舅帮忙带大的,为了照顾这个最小的弟弟,妈妈在生了燕燕之后没有马上再要第二个小孩,结果,过了几年,实行了计划生育,政策不允许燕燕爸妈再生一个孩子了,燕燕就成了第一批独生子女之一。但由于有舅舅在,燕燕的童年一点都不孤单。在紧张的学习之余,舅舅把精力和关爱都倾注在这个小女孩身上,燕燕就像小尾巴一样跟着他。

燕燕六岁的时候,舅舅考上了省城的警察学校,寒暑假,舅舅用自行车载着燕燕到处玩,去爬山,去赶海,他教会了燕燕骑自行车、游泳,一直到三年之后毕业,舅舅分到了黄岛的消防中队,住进了单位宿舍,他和燕燕在一起的时间才慢慢少了。小时候的燕燕最喜欢玩抛沙包,用两只手抛三个沙包,耍杂技一样,这是舅舅教会她的。在她的眼里,舅舅无所不能。从小就没有男孩子敢欺负她,因为大家都知道她有一个很厉害的舅舅。

　　后来,舅舅工作越来越忙,燕燕要一两个星期才能见到他一次,后来,舅舅谈了女朋友,他开始带着彩云姐姐一起来燕燕家。看着纸片儿一样的彩云姐姐,燕燕怅然若失。她常想,舅舅为什么不等她长大呢?

　　燕燕一天天长大了,终于迎来了少女的初潮。这本来是个平常的夏日,中午一家三口还在平静地吃饭,妈妈做的是芸豆蛤蜊面,燕燕胃口一直不好,那天中午她心神不安地吃了半碗面条就说肚子疼,跑床上躺着了。一直到下午,他们才听说发生了大事,黄岛的油库起火爆炸了,全家人顿时坐立不安,他们联系不上舅舅,但想也不用想,舅舅一定奋战在救火的第一线。

　　一家人的晚饭吃得索然无味,燕燕妈死死地盯着电视上新闻播音员的那张脸,电视上没有任何现场的画面,只说是黄岛油库因为雷击发生了大火,各级领导极为重视,消防战士、部队官兵等都赶往救火一线。燕燕妈喃喃自语着:"她舅也不知道怎么样了。"

　　这是一次震惊世界的大爆炸。燕燕后来从电视、报纸上了解了爆炸发生的整个过程:

　　1989年8月12日9时55分,黄岛油库2.3万立方米原油储量的5号混凝土油罐突然爆炸起火。到下午2时35分,青岛地区西北风,风力增至四级以上,几百米高的火焰向东南方向倾斜。燃烧了四个多小时,5号罐里的原油随着轻油馏分的蒸发燃烧,形成速度大约每小时1.5米、温度为150℃~300℃的热波向油层下部传递。当热波传至油罐底部的水层时,罐底部的积水、原油中的乳化水以及灭火时泡沫中的水汽化,使原油猛烈沸溢,喷向空中,撒落四周地面。下午3时左右,喷溅的油火点燃了位于东南方向相距5号油罐三十七米处的另一座相同结构的 4 号油罐顶部的泄漏油气层,引起爆炸。炸飞的 4 号罐顶混凝土碎块将相邻三十米处的 1 号、2 号和 3 号金属油罐顶部震裂,造成油气外漏。约 1 分钟后,5 号罐喷溅的油火又先后点燃了 3 号、2 号和 1 号油罐的外漏油气,引起爆燃,整个老罐区陷入一片火海。失控的外溢原油像火山喷发出的岩浆,在地面上四处流淌。大火分成三股,一部分油火翻过 5 号罐北侧 1 米高的矮墙,进入储油规模为三十万立方米全套引进日本工艺装备的新罐区的 1 号、2 号、6 号浮顶式金属罐的四周,烈焰和浓烟烧黑 3 号罐壁,其中 2 号罐壁隔热钢板很快被烧红;另一部分油火沿着地下管沟流淌,汇同输油管网外溢原油形成地下火网;还有一部分油火向北,从生产区的消防泵房一直烧到车库、化验室和锅炉房,向东从变电站一直引烧到装船泵房、计量站、加热炉。火海席卷着整个生产区,东路、北路的两路油火汇合成一路,烧过油库 1 号大门,沿着新港公路向位于低处的黄岛油港烧去。大火殃及青岛化工进出口黄岛分公司、航务二公司四处、黄岛商检局、管道局仓库和建港指挥部仓库等单位。18 时左右,部分外溢原油沿着地面管沟、低洼路面流入胶州湾。大约六百吨油水在胶州湾海面形成几条十几海里长、几百米宽的污染带,造成胶州湾有史以来最严重的海洋污染。

过了几天,新闻上说,经过两千两百名官兵的奋力扑救,黄岛油库大火于 8 月 16 日 11 时全部熄灭。战斗过程中,消防官兵始终战斗在火场的最前沿,整整奋战了五天四夜,十四名消防勇士献出宝贵的生命!

这其中就有燕燕二十六岁的舅舅。

燕燕接下来的暑假生活全乱套了。这个三口之家常常传来号啕大哭的声音,燕燕妈哭了一场又一场。燕燕的眼泪早就流干了,她不知道妈妈哪里来的力气,能对着每一个上门来慰问的人都放声大哭。姥姥、姥爷都已经去世,舅舅又没有结婚,于是燕燕家就成了烈士的家,领导们来了走了,记者们来了走了,彩云姐姐来了走了……

只有见到彩云姐姐,燕燕才知道还有比妈妈更悲伤的女人。她本来就瘦,这场变故更是让她整个人脱了形,燕燕忘不了她红肿的、空洞的眼睛。燕燕妈抱着彩云,两个女人一起哭,妈妈哭得撕心裂肺,彩云哭得肝肠寸断。这悲恸的一幕深深地印在了十三岁少女燕燕的脑海里。

上了初二以后,燕燕变得有些寡言少语,同学们都很崇拜她有个英雄舅舅,可她觉得自己似乎失去了整个世界,失去至爱亲人的这种痛苦别人怎么能够体会呢?当英雄有什么用?连妈妈的笑容也换不回来。自从舅舅去世,燕燕觉得家里就像变成了一个冰窟。

初二的女生们大部分都开始发育了,可燕燕对来例假这件事情非常抵触,她不想让别人知道她也发育了,虽然,来例假的女生能享受到一些特权,比如说可以不用上体育课,可她宁愿在操场上跑圈也不想让别人知道她来例假了。

据说有的少女初潮以后要好几个月甚至半年才会来第二次,可燕燕的例假从第一次开始,每月都很准时地到来。和别的女生痛经痛得死去活来相比,燕燕基本上没有任何生理期的不适。每次她都把自己的卫生用品精心藏好,上厕所也都是躲开同学悄悄地去,所以,没有同学发现她也是来过例假的女生了。

一年多过去,直到初三的下学期,有个女生实在好奇地问她:“燕燕,你怎么还不来例假啊?"燕燕满不在乎地说,"啊,我来了,上个月刚来。"大家就都松口气,总算班里没有不来例假的女同学了。

燕燕很想念死去的舅舅,那件海魂衫她再也没有穿过。每当想起舅舅的时候,她就会把它放在胸前,舅舅和她在一起的那些时光就像放电影一样一幕一幕地在她面前闪过。有一次,她甚至梦见舅舅结实的身体压在自己的身上,不知道为什么,在梦里她感受到了一种奇妙的快乐,有一种像飞腾起来一样的快感。

初三的时候,他们学了生理卫生,但燕燕仍然对男女之事懵懵懂懂。初三结束她顺利考上了胶南一中,舅舅也是从这个学校毕业的。暑假里,妈妈带她到灵山卫走亲戚,彼时她是个羞涩内向的少女,和农村的亲戚们没什么话说,于是一个人在村子里乱逛。在路上她看到了两个光屁股的小男孩,互相追逐着打闹,她饶有兴趣地看小孩子耍,看着看着,两个小孩当街比赛起了撒尿,看着他们骄傲地挺起了自己的生殖器,那一瞬间燕燕无师自通地懂得了男女之事。

就在那个暑假,燕燕和同学去青岛玩,在黄岛到青岛的轮渡上,她意外地看到了彩云姐姐。自从和妈妈在一起抱头痛哭过之后,整整两年过去了,彩云姐姐再也没有登过她家的家门。爸爸妈妈也从来不提起她。对于痛苦,除了回避还有什么更好的法子呢?彩云姐姐那么年轻,她应该开始新的生活。

现在的彩云姐姐一脸平静和幸福,她的纸片儿似的薄薄的身材不见了,腹部高高地隆起,四肢粗壮了不少,胸部也丰满了很多。燕燕简直是难以置信地看着这个女人,看着这个当年瘦削的像发育不良的少女般的女人,就像充气一样膨胀了起来,她对女人的身体再一次产生了深深的迷惑。

彩云姐姐并没有看到燕燕,她很快就要当妈妈了。舅舅于她,已经是翻过去的一页了。

为了缅怀英烈,政府在黄岛油库火灾废墟上修建了烈士纪念亭和公园,让他们与曾经生活过、战斗过的城市同在。黄岛英雄纪念亭就是燕燕舅舅人生的终点。

下

"姐,我是阿海,我们店装修好了,今天就开始营业了,您什么时间有空来做做头发?"

"这个周六下午 3 点吧,等我把孩子送去英语班就到你那儿去。这就算约好了,到时候你给我留出时间。"

"好嘞,到时候见!"

电话里阿海的声音有一种掩饰不住的兴奋,朱燕华挂了电话,顺手将了一把从额前垂下来的头发,小区门口的这家"海祺美容美发店"停业装修了两个月,她的头发一直没有打理过,是该去做一做了。就在发型师阿海给她打电话的短短两分钟不到的时间里,她已经迅速地把周六要做的事情理好了头绪。上午儿子小宝在家写作业,她去超市购物,中午叫必胜客外卖,下午 1 点半钢琴老师来给小宝上课,她要陪听。钢琴课之后是小宝的英文课,3 点钟她把小宝送到外教那里,就可以有两个小时去做头发了。

朱燕华生于 1976 年 9 月 9 日这个特殊的日子,是处女座。据说处女座的人追求完美,吹毛求疵是他们的特性。多数的处女座都很谦虚,但也因此给自己造成很大的压力。处女座的人不喜欢闲着,对别人常常乐于服务。对于星座这一套,朱燕华觉得不怎么可信,但似乎也有那么一点道理。

相比舶来的星座学,少女时代的朱燕华对属相多少有点迷信,她属龙,今年是她第三个本命年。据说龙年出生的人,因有神龙般神秘变幻莫测的特质,所以个性令人难以捉摸。她属于富有野心的梦幻家。喜欢冒险、追求浪漫的生活,同时性情淡泊、不拘泥于世俗之见,自然而然给人一种大人物的风范。

朱燕华不是什么大人物,但也算事业有成,家庭美满。她是青岛某机关的主任科员,老公林涵是当地报纸的副总编,儿子小宝上小学三年级,学习成绩不错,课外还在上英语、钢琴、跆拳道、围棋等多个辅导班。

12 月 1 日这天是个周六,一早林涵就去了报社加班。朱燕华按照她几天前拟好的计划把所有要做的事情都顺利地做完了,下午 3 点,她准时出现在了"海祺美容美发店",经过新的装修之后,这家店改了一个时髦的新名字:海祺SPA 造型会所。阿海正在给一个客人吹头发,见到朱燕华进来马上就把吹风机给了一个小弟,然后热情地迎了上去:"姐,好久没见你了,你看我们店装修得还行吧?"

朱燕华矜持地四下环顾了一圈,客气地说:"不错,挺上档次的。"

阿海心情很好,他没让洗头小妹帮忙,亲自给朱燕华洗头发。他大概二十七八岁,个子不很高,也不是很帅,但一副干净整洁的样子,看上去颇有亲和力,而且,理发的手艺相当不错,是店里最受欢迎的理发师之一。去年,朱燕华办了张会员卡,一家三口的头发都是阿海打理,她还经常会做做美容、SPA 等项目。

"姐,你这头发还是年初烫的吧? 我觉得可以挑染一下,再重新烫一烫。这次我们店装修花了不少钱,我还入了股,在老家还供着套房子,你看你再往卡里充点钱吧。"

朱燕华不太喜欢每次到店里来总被催着多花钱,但她涵养好,也不愿意直接回绝,就客气地扯开话题:"阿海,你老家是哪里的? 结婚了吗? 有孩子吗?"

阿海说:"我老家牟平的,孩子刚两岁,爷爷奶奶带着呢。"

朱燕华心中一动,林涵老家也是烟台牟平的。

"那你牟平哪儿呢? 我家小宝奶奶家也是牟平的。"

"真的? 那还是老乡呢,我是牟平姜格庄镇的。大哥老家呢?"

听到姜格庄镇四个字,朱燕华的心重重地撞击了一下。

朱燕华高中毕业后考到广州的中山大学,她成绩好,完全可以考山东大学,可是,舅舅去世以后妈妈似乎提前进入了更年期,情绪很差,常常无缘无故地冲她和爸爸大发脾气,她的青春期因此过得很不愉快。对舅舅的思念让她在高中的时候陷入了一段早恋,她和胶南驻地某海军战士偷偷地恋爱了,她不知道是爱上了这个战士的笑容还是迷恋他身上穿的那件海魂衫。妈妈像发了疯一样阻止了少女燕燕的早恋,当年母女之间的冲突可谓惊心动魄。最终,燕燕在父母强大的压力之下屈服了,尽管那个英俊的战士一再对她保证:"我不会辜负你的,你也不要怕你父母反对,不管你爸爸在胶南当多大的官,我爸爸都比他官大。"

一直到多年以后,朱燕华才意识到当年那个喜欢她的小战士可能是个将门之后，是啊，胶南最大的父母官也不过是个县团级干部。她自己心里很清楚，她是把小战士当成了舅舅在爱，所以，对那段被掐断的早恋并无遗憾。上了高三以后她学习极为刻苦，一门心思要考一所外地的大学，离家越远越好。

在广州读书的四年，可能南方的城市开放、宽容，她随心所欲地谈了几段乱七八糟的恋爱，可每每到最后的关头，她总是不能放松自己的身体，她是那么害怕男友们对她身体更深一步地探索，最后总是搞到狼狈不堪，男友们颓然而去，她自己也沮丧不已，不知道自己到底是怎么了，明明感情上已水到渠成，身体却极端抗拒。

大学毕业的时候，由于是家里的独生女儿，在父母强大的压力之下她只好回到了青岛工作，父母动用了所有的关系给她打点，她参加公务员考试的成绩也很好，最后顺利地进入了机关工作。一工作，就有热心人士给她牵线，林涵是她见的第一个相亲对象，他们一见钟情，迅速陷入了热恋。第一次见面，林涵穿了一件燕燕非常熟悉的海魂衫。当她第一次带林涵回家见父母时，燕燕妈一眼就看明白了女儿为什么会选这个男人：他长得真是很像燕燕的舅舅。

这次恋爱谈得非常顺利，在林涵面前燕燕迅速地丢盔卸甲，似乎过去恋爱时的那些心理障碍从来都不曾存在过。在他第一次进入她的身体的时候，她轻轻地叹了一口气，原来自己并不是真的有毛病。她的第一次，并没有出血，就像十三岁时的初潮，她也没有像其他女生那样腹痛难忍。

认识一年多以后，朱燕华和林涵决定领证结婚，有了结婚证就能赶上单位的福利分房。由于晚婚的条件限制，朱燕华必须在 9 月 9 日过了二十三岁生日之后才能开出结婚介绍信，可是林涵作为一个记者太忙了，他那边的介绍信拖到 11 月才开出来,然后两个人匆匆忙忙去做婚前体检。民政局结婚登记处只在星期三办理结婚登记,星期四是办离婚的,因此,直到 1999 年 11 月 24 日这个星期三,林涵和朱燕华才终于领到了结婚证,成为了合法夫妻。

晚上两个人开心地出去吃了一顿大餐算是庆祝,可当天夜里,林涵就接到了报社的通知,让他第二天一早就赶往老家牟平去采访,因为烟台发生了海难。

根据记者林涵发回的报道,那天发生于烟台附近海域的山东烟大汽车轮渡股份有限公司"大舜"号滚装船遇难事故,船上共有旅客船员三百零二人,抢救生还二十二人,其余二百八十人或遇难或失踪,造成直接经济损失九千万元。1999 年 11 月 24 日 13 时 20 分,山东烟大汽车轮渡股份有限公司"大舜"号滚装船,经山东省烟台港航监督签证,由烟台地方港出发赴大连,途中遇风浪于 15 时 20 分返航,调整航向时,船舶接近横风横浪行驶,船体大角度横摇,由于气象及海况恶劣、船长决策和指挥失误、船舶操作不当、船载车辆超载、系固不良,产生位移、碰撞,引发火灾,导致舵机失灵、船舶失控,经多方施救无效,于 23 时 38 分在烟台市牟平区姜格庄镇云溪村距海岸 1.5 海里海域处翻沉。

林涵在烟台待了将近一个星期,回家之后抱着朱燕华放声大哭:"太惨了!"更让他感到悲哀的是,他拍了那么多现场照片,采访了那么多人,最终他写的关于烟台海难的深度报道没能见报。

要很多年后他们才明白,在林涵的职业生涯里,这样的事情会变得司空见惯。

洗完了头，阿海开始修剪朱燕华的头发，关于烟台海难的话题，他轻描淡写地说："那都过去十来年了吧，我当时在县城读书，听村里人说，其实船沉得离岸并不远，但是天太冷了，很多人都是活活冻死了，尸体漂上岸的时候，衣服都没有了，就看到白花花的一片。"

看到朱燕华沉默不语，阿海迅速换了个话题："姐，你这阵子头发掉了不少啊，我建议你做个头皮护理，我们店里刚进了一套设备，我可以给你做个头皮检测。虽然我们经常洗头，但毛囊还是很脏的，不彻底清理就会堵住头发的生长。"

因为多了层林涵老乡的关系，朱燕华碍于面子就让阿海随意折腾自己的头发，阿海的手艺不错，剪完头之后她明显看上去精神了很多。临近中年，她也确实感觉到头发开始掉得多了，如果能做做护理也不错。于是，她顺从地听阿海的指示用机器检测了她的头皮，在屏幕上看到毛囊根部的确有脏兮兮的油污一样的东西，她决定做一下这个头皮护理。阿海说整个疗程要做十次，半个月一次，总计五千元，她的卡上还有两千多，于是，她又去充了五千块钱。推销成功的阿海心情很好，最后还请示了经理加送了她一次护理。

店里的经理和朱燕华一家都很熟悉，付钱的时候朱燕华问："今年好多行业都不大景气，你们店生意好吗？我看顾客一直都挺多的。"

经理笑笑说："我们影响不大，不管其他行业赚不赚钱，我们这行都不会没生意做的，谁都得剪头发做美容，你说是吧？"

朱燕华笑笑说："那倒是。"她在心里算了一笔账，自从两年前在这家店办了张 VIP 卡，她就隔三差五往里面充钱，阿海给他们一家三口做头发，当然得给他算业绩,她自己的美容师秀秀,更是各种法子让她掏腰包,做脸,做 SPA,做经络理疗……有一次,她躺在美容床上做 SPA,按摩的时候听到秀秀在夸自己的身材保持得好,皮肤也好,她心想,下一步,她该动员我去隆胸了吧?果然,秀秀说:"姐,前些天我有一个客人,都四十多了,她去做了隆胸,效果可好了!"

朱燕花扑哧一声笑出了声。小时候她希望自己身材扁平,到夏天的时候可以穿小背心上街,长大以后她果然如愿以偿。那时候她天天照镜子看屁股希望不要再长胖,可她最终还是长成了细腰肥臀,80 - 60 - 90 的三围数字多少有点特别。为了维持身材样貌,这两年,她给"海祺美容美发店"贡献了两万多块钱,看上去自己是体面的中产阶级,可有的时候真不知道是谁在给谁打工。

林涵去年提了副总编,但这两年传统媒体的广告收入一直在下滑,他对纸媒的未来不太看好,前些天朱燕华还听他念叨,《德国金融时报》快关门了,该报最后一期将定格于今年 12 月 7 日,大约三百二十名员工将失去工作。出版方说,随着广告收入的不断下滑,已找不到任何办法在 12 月 7 日以后继续出版这份亏损的报纸。自创刊以来的十二年里,《德国金融时报》累计已亏损两亿五千万欧元。数据显示,德国报纸的广告收入正不断下滑,今年前十个月较去年同期下降了 6% 。

自从新闻系硕士毕业进了报社,林涵已经在新闻战线上工作了整整十四年,朱燕华和他一起经历了城市报业的崛起与辉煌,也在网络时代新媒体的冲击下感受到了传统媒体的日薄西山。但是,相比对报纸广告收入的关注,林涵更多的时候是在反思自己的职业生涯的意义,私下里他常常跟朱燕华发牢骚:

"有时候觉得干这行真没意思,总是这也不让报,那也不能登,上面领导的指示要听,广告客户的意见也要尊重,几年下来再有理想的人也没有了激情。"

对于自己的职业生涯,林涵最大的自嘲是,这么多年,他所从事的工作其实都是在把事故讲成故事。1999 年烟台海难的那次采访深深刺痛了他,那么多不该消失的生命就这样消亡了,最终体现在报纸上的只是一个冰冷的死亡数字,而这个数字是不是含有水分,你可以怀疑,但不能乱说。

朱燕华非常非常常理解自己的丈夫,在二十三年前黄岛油库的那场大火中她失去了挚爱的舅舅,那么大的一场责任事故,最终也变成了一场消防员为救火英勇牺牲的可歌可泣的故事,以一座英雄纪念亭的方式矗立在那里,却没有人去为那一场又一场惨烈的事故、为那么多无辜死去的人们建个碑,黄岛大火没有,烟台海难也没有。维克多·雨果在《悲惨世界》中说:人的心只容得下一定程度的绝望,海绵一旦吸够了水,即使大海从它上面流过,也不能再给它增添一滴水了。有很多年里,"黄岛"这两个字在朱燕华的家里不能被提起,他们小心翼翼地躲避着这个心底的伤痛,仿佛不去提起也就不曾存在一样。二十多年里黄岛有了开发区、保税区,青岛和黄岛之间修了隧道建起了跨海大桥,青黄不接的局面一去不复返。他们一家似乎无视这些变化的存在,无视从胶南分出去的这个黄岛公社一天天发展起来,变得比胶南更时尚、有吸引力,连房价也比胶南高出了一大截。

走出"海祺 SPA 造型会所"的朱燕华看上去面色有些凝重,在这不到两个小时的时间里她想起了太多伤心的往事。她去英语辅导班接小宝下课,然后回家准备晚饭,等着林涵加班回来。

这是 2012 年 12 月 1 日的傍晚,一个普通的周六的傍晚,一个三口之家安享天伦之乐的傍晚。朱燕华在厨房里炖着汤,小宝在客厅里看动画片,林涵加班回来了。换好拖鞋,他到厨房看着朱燕华在忙碌,神情有些复杂:"燕燕,有个消息要告诉你。"

"啥事儿?"因为林涵的职业,朱燕华已经习惯了自己会提早知道一些信息。

"胶南要和黄岛合并了,合并后成立新的黄岛区。胶南没有了。今天晚上就会正式公布。"

朱燕华的心仿佛又被重重地撞击了一下。两个地方合并的消息其实已经传了很久,没想到最后会是这样一个结果。从此,她的故乡将在地图上消失,不复存在。二十多年来她试图忘记黄岛这个伤心之地,这个名字却顽固地取代了她的故乡,在这场抗争中,她完败。

一个是鬓发染白霜,一个是皱纹上额头。朱燕华不知道六十多岁的妈妈听到这个消息会有怎样的反应。1989 年舅舅和她们在一起过了最后一个年,那年中央电视台的春节晚会上,陈汝佳唱了一首《故园之恋》:"世上多少变迁,不改我故园的情,人间多少霜雪,难移我的如初情窦……"

晚饭的时候,朱燕华家的电视大开着,青岛电视台的新闻播音员开始播报《国务院批复、省政府决定调整我市部分行政区划》:

按照国务院的批复,我市部分行政区划调整的主要内容是:撤销青岛市市北区、四方区,设立新的青岛市市北区,以原市北区、四方区的行政区域为新的市北区的行政区域。市北区人民政府驻敦化路街道延吉路 80 号。撤销青岛市黄岛区、县级胶南市,设立新的青岛市黄岛区,以原青岛市黄岛区、县级胶南市的行政区域为新的黄岛区的行政区域。黄岛区人民政府驻隐珠街道深圳路181号。

朱燕华安静地吃着饭,电视里的声音离她是那么近,又仿佛那么遥远。

2012 年 12 月

■　蓓　蕾

蓓蕾:没开的花,花骨朵儿。

——《现代汉语词典》

　　有一天我意识到,生活的变化是从家里背景声音的改变开始的。在箫箫到来之前,我的家里是安静的,空空荡荡的房子里,有时有电视机的声音,有时是音响的声音,其余绝大部分的时间里,我坐在书房的电脑前,四周一片寂静,只听到手指敲击键盘的声音,咔咔,咔咔……

　　春节过后,3 月,箫箫搬进了我家。我平静的生活被彻底打乱。屋子里电视机的声音还有,但不再是播报新闻或者直播球赛,音响的声音也还在,但从优雅的古典音乐变成了喧闹的热门歌曲。我还是常常坐在书房的电脑前,用手指敲击着键盘,但旁边客房里,传出的是箫箫用笔记本电脑和朋友视频聊天的动静……

　　对我来说,电视、音响甚至电脑变换了声音都没有什么,箫箫才是各种噪音的来源。她太吵了。我习惯了一个人过日子,除了接听电话,和阿姨交代一下晚上吃点什么,在家里我没有人可以讲话,也习惯了不说话。可箫箫的嘴巴一刻也闲不住,只要看到我,她就要和我说话,不着边际,胡言乱语。

"何叔,你年轻的时候是不是喜欢过王蓓?"她一脸坏笑地看着我,故意装出满不在乎的样子。

"没有,你别胡思乱想了。"我很严肃地告诉她。

她撇撇嘴说:"我才不信呢。"

"不相信就回家问你妈去。"

"那王蓓当年是不是喜欢你?她每次跟我爸说起你的时候都是,你看看人家小何,你再看看你怎么混的。"

"你最近学校里有没有考试?要是成绩跟不上学校不要你了,你就得回家去读书!"我不想和箫箫纠缠这个无聊的话题。

王蓓是管箫箫的妈妈,我发小的老婆,十四岁的时候我就认识她了。

两个月前,十六岁高一女生管箫箫因为在老家闯了祸被王蓓送到了我这里来借读。

快过年的时候,王蓓打来电话跟我痛斥她这个不省心的女儿:"箫箫早恋了,还三心二意的,一会儿和这个男同学好,一会儿又和那个好了。有个17岁的男生被她甩了,一时想不开就跳了楼,幸好只是摔成了骨折。但人家的家长却不依不饶,到学校里、到我这里都闹了好几次了,让箫箫为这件事情负责。箫箫在学校待不下去了,这可怎么办啊?"

这是寒假里发生的事情,跳楼的男生读高二,箫箫刚考上这所重点高中才读了一个学期。王蓓说为这事儿管伟气得差点犯了心脏病,箫箫被关了一个寒假。

王蓓很发愁:"箫箫才一个高一女生,连自己都不能负责,如何去对别人的人生负责?你也不是不知道咱们老家那个小地方风言风语那么多,我还是一个初级中学的副校长呢,竟然教育出这样的女儿,这让我的脸往哪儿搁?箫箫以后在学校里还怎么待?"

开学后,眼看这事儿越闹越大,王蓓没办法,就和管伟商量把箫箫送到我这里来避避风头。我和管伟是从小穿一条开裆裤的哥们儿,箫箫刚满月就认识我这个何叔了,我不能不管她。

王蓓在电话里跟我说起这些事情的时候,余气未消,一个劲儿地说:"箫箫这孩子太给我丢脸了!"我只好安慰她,孩子还小不懂事,暗地里,我却忍不住在心里叹口气:果然是龙生龙、凤生凤,这遗传的力量你不服不行。

我连一句婉言拒绝的话都说不出口,作为这么多年的朋友,我只能替王蓓夫妇排这个忧解这个难,让问题少女管箫箫本学期暂时住在我家,在上海借读。

虽然成了所谓问题少女,但箫箫其实非常聪明,成绩也很好,发生这样的事情影响学业相当可惜。我不得不在心里说,这也是遗传啊。我在最短的时间内托人找了附近这家重点高中的校长,虽然托的人身份很高,但学校表示箫箫只能借读一年,高三之前还必须要回老家参加高考,否则就变成了高考移民。

开学两个星期后,插班生箫箫来到了我家,开始了在本市的借读生活。

校长坚持要让箫箫参加摸底考试,他说如果成绩差太多,再硬的关系他也不能接收,不能让一个差生拖了学校的后腿。好在箫箫很给我长脸,虽然这里和老家的教材不完全一样,但她摸底的成绩相当不错。于是,校长允许了她插班借读,我总算松了口气,对王蓓两口子有了个交代。

管伟工作忙,王蓓一个人陪着箫箫来到我家。

我有两三年没见王蓓和箫箫了。王蓓四十出头,身材相貌都保养得不错,她个子不高,娃娃脸,所以不容易显老,和少女时候的娇小可爱相比,中年王蓓多了职场女性的干练,别有一番风韵。箫箫却变化很大,这两年一下子发育成了大姑娘,她长得像管伟,长手长脚,身高已经有 168 厘米,浓眉大眼,有种女孩子少见的英气勃勃。从小,她是被父母当男孩子养的,王蓓刻意地不让她走多愁善感的路子,却不想,这种中性风格的女孩子这几年大受男孩子的欢迎,上初中的时候就有男生为她打架了。

千算万算,王蓓没算到箫箫最后还是变成了一个世俗眼里的所谓问题少女,因为早恋弄得天下大乱。箫箫睡下后,我和王蓓在客厅里聊天,听见她不住地长吁短叹,我只好开解她:"算了,你也别自责了,想想咱们当年读书的时候,不也是这么过来的?"

王蓓突然就红了眼睛。一时,我们两个都没有勇气去触碰当年的往事,只好岔开了话题。

二十多年过去了,那些属于我们的青春故事,无处安放甚至无处安葬的青春,深深埋在我们的记忆里。当我们成为循规蹈矩、按部就班的中年人时,才知道曾经拥有的青春是那么的沉重,不能提起,不敢回放。

20 世纪 70 年代出生的人,真是悲催的一代。

王蓓对箫箫很是放心不下，临走之前，她对我千叮咛、万嘱咐："小何你一定要替我看好箫箫，书读得好坏不重要，可千万不要再出什么事情了，我们只有这么一个宝贝女儿。"

我用力地点头，一再保证我会尽全力看护好箫箫，让她尽快走出这段阴影，恢复正常的学习和生活。

箫箫比我们想象的坚强得多，也乐观得多。她似乎从来没有被这件意外事件打击到，来到这个陌生的城市，她充满了好奇，但很快就适应了新生活。她一直不觉得是住在别人的家里，很快，电视里播的是她喜欢的节目，音响里放的是她喜欢的音乐，我的生活就像是从广播里的严肃的财经频道给调到了喧闹的娱乐频道。

"何叔，这个歌真好听，凤凰传奇你知道吧？"

"何叔，我们同学都看《非诚勿扰》，你怎么不看呢？"

箫箫喜欢看的书都是穿越啊玄幻啊之类，我深深地感受到了和她之间的代沟。

对这个寄人篱下的小姑娘，我没有理由不疼爱她，王蓓说得没错，学习好坏不那么重要，从阴影里走出来去过快乐的生活更重要。可自始至终我都没有看出她曾经有过什么不快乐。

箫箫读书的学校不远不近，乘地铁四站路，她生活自理能力不错，并不需要我照顾。

6 点半，箫箫起床，洗脸刷牙上厕所。自己热牛奶，煎鸡蛋，吃阿姨前一天买好的面包或者糕点。

7 点 15 分,箫箫换好校服,背着书包去上学。

8 点,我起床,上厕所,刷牙,洗脸,吃早餐,看财经早新闻,开始一天的工作。

是的,你没有猜错,我是一个自由职业者。确切地说,我是一个职业投资人。股票、期货、外汇、黄金……凡是大家能想象得到的能赚钱的渠道,我都有涉猎。

8 点 45 分,我到楼下取当天的证券财经报纸,一边听着电视里的早盘分析,一边看报纸上的操盘指南。

9 点 15 分,我打开电脑里的行情软件,9 点 25 分集合竞价,9 点 30 分正式开始交易,我就会专心致志地盯着屏幕上那如同心电图一样的 K 线图。都说股市是经济的晴雨表,对职业投资人来说,K 线图就是心电图,是财富和健康的晴雨表,很多时候,做投资玩的就是心跳。我有一个 QQ 群,专门交流各种股票信息的,股吧上,我也很活跃。做投资的乐趣并不仅仅在于自己赚多少钱,而是看自己的判断能不能比别人更高明、更准确,当你能准确判断一波大涨或大跌时,在股友们面前的那种自豪感是难以形容的。

11 点半上午交易结束,送餐的服务生会准时上门,我是附近一家营业部的大户,本来可以在那里享有一间大户室,但我嫌那里环境不如在家里舒服、自由,就选择了在家看盘交易,但作为大户享有的免费午餐,营业部的经理还是每天会准时安排人送到家里,而且,是根据我的口味找了一家小店特别定制,并不是简单的盒饭。

饭后的时间,我会午休片刻,到阳台上抽两支烟,准备下午继续看盘。

下午 1 点,我重新回到电脑前,继续看心电图。

3 点,一天的交易结束。我会看看盘后点评,听分析师解盘。

3 点半,我出门,去会所健身。

4 点,钟点工阿姨买好菜进门,打扫卫生,准备我和箫箫两个人的晚饭。

5 点半,箫箫放学回家。

6 点,我和箫箫一起吃晚饭。

7 点,我看新闻,箫箫回房做功课。我在书房里上网,看各种盘后信息,财经要闻,经济数据,关心晚上欧美股市的开盘情况。

10 点,箫箫洗澡、睡觉。

12 点,我洗澡、睡觉。

在箫箫到来之前,晚上我会隔三差五和一帮做投资的朋友吃饭、K 歌,过热闹的夜生活。我的朋友三教九流都有,做投资,一定要广交朋友,信息就是财富。箫箫来了以后,我减少了晚上的应酬,我答应了王蓓,在箫箫彻底适应新环境之前尽量多陪陪她。

可是我们,有着二十多岁的代沟,真没什么可交流的。

晚饭的时候箫箫喜欢跟我讲学校里的事情,用她一贯的大呼小叫的夸张口吻。

"何叔,我完了,我又得罪人了!"

"你才去了一个多月,不至于吧?"我心想再怎么着也不会闹出跳楼的事情来了吧?

"我们班那个大美女,最近一直对我不理不睬,她看我的时候,那眼神儿恨不得吃了我!"

"你要注意跟同学搞好关系,女生心眼儿小,可能你平常不注意的时候得罪了人自己都不知道。"

"不是这样的,不是,"箫箫摆摆手,"我听同桌说,原来她是我们的班花,自从我转学过来以后,男生们觉得我比她漂亮,认定我是新一届班花!"

我把嘴里嚼着的饭狠狠地咽了下去,过了二十多年,中学生们的生活还是这么无聊,男生们还是那么乐意给女生按漂亮程度打分、排名,选班花、校花。

"王蓓说中学的时候和你是同学,当年我妈是不是班花?"箫箫对我和她妈的关系充满了好奇,尽管我一再强调,我和她爸管伟才是发小。

"你妈还行吧,王蕾更漂亮一些。"

当王蕾这个名字从我嘴里脱口而出的时候,我拿着筷子正要夹菜的手颤抖了一下。箫箫也一下子沉默了。在她的家庭里,王蕾是个不能触碰的伤口。在我的人生中,同样如此。

莫泊桑说,生活不可能像你想象的那么好,但也不会像你想象的那么糟。我觉得人的脆弱和坚强都超乎自己的想象。有时,我可能脆弱得一句话就泪流满面;有时,也发现自己咬着牙走了很长的路。

小的时候我是个表面上沉默寡言却一肚子心眼儿的坏小孩,管伟和我从幼儿园的时候就在一个机关大院里长大,他单纯、仗义,喜欢惹是生非,在外面风风火火地闯祸,却很少有人知道他闯的那些祸很多都是我给他出的主意。我看上去那么老实,大人们从来想不到我有一肚子坏水儿,大院里有一群半大不小的男孩子整天在外面胡作非为,大家看到的都是管伟领头儿,是孩子王,却想不到我在这群整天闯祸的孩子们当中扮演的是军师的角色。还是我妈了解我多一些,时间长了,她看出了端倪,知道很多坏主意都是我拿的,但她疼我,只是私底下敲打我两句,并不向那些大叔大婶们控诉我的调皮捣蛋。

作为上个世纪60年代末70年代初出生的一拨小孩儿,我们都有兄弟姐妹,每家有两个或者三个小孩,男男女女,很热闹,大院里孩子很多,男孩子和女孩子从来不一起玩,还经常打架,在我们童年的时候,女孩子的剽悍丝毫不亚于男生。管伟小学六年级的时候欺负他的女同桌,那个女生也住我们院儿,他扔了一块砖头砸了女生的头,流了一点血,那女生回家抄起菜刀就要找他拼命,后来是管伟父母出面赔礼道歉才算了结。

这个厉害的女生名叫李艳。

我出生在胶东的一个县城,靠海,据说是中国海岸线最长的一个县。但我们生活的县城并不直接靠海,离海边还有几里路。等我们学会了骑自行车,就成群结队地去海边耍。小的时候自行车要凭票供应,我爸爸在机关里工作,印象里小时候爸爸一直在为老家的亲戚们搞自行车票,最受农村亲戚欢迎的就是永久的二八大自行车。后来,自行车可以随便买了,后来,自行车设计得也越来越漂亮了,女人们有了小巧轻便的二六自行车,前面是斜梁的,一抬脚就能骑上去,不需要像以前骑男式的二八横梁自行车那样,要把腿高高地撩起掠过车座才能骑上。

北方女孩子长得人高马大,李艳就很典型,高高的个子,很粗壮,圆盘似的一张大脸,把一辆旧的二八男式自行车骑得虎虎生威。

我、李艳、管伟,在一个大院里长大,小学都分别同班过,那个时候我们经常调班,调来调去,小学六年下来基本上全年级的学生都曾经同班过。小学毕业我们一起考上了县城里最好的初中三中,我和管伟在二班,李艳在四班。

就这样没心没肺地一边上学一边玩,我们升入了初中,开始有了晚自习,因为初中很关键,关系到升高中,上了高中才有可能上大学,考不上高中就只能读职业中学、技工学校,那里一向是坏孩子扎堆儿的地方。对农村学生来说,初中毕业的时候还可以考中专,提早实现农转非。在我们当年,很多初中成绩优秀的孩子都为了农转非早早地考了中专,很可惜。

初一下学期快结束的时候,印象里是快到夏天,麦子熟了,我家来了客人。我妈年轻时候的好朋友宋阿姨一家从甘肃调到了我们县,我爸我妈帮宋阿姨找的工作是到县郊的一个小学当老师,宋阿姨的丈夫王叔叔的工作还在联系当中,他们一家四口万里迢迢来到了胶东的这个县城,暂时借住在我家。

王蓓和王蕾是宋阿姨的一对双胞胎女儿,和我同岁。由于是异卵双生,她们两个长得并不是很像,王蓓是圆圆的娃娃脸,王蕾却是瓜子脸,很清秀。几年后,欧阳奋强和陈晓旭主演的电视剧《红楼梦》在全国热播,当我第一眼看到陈晓旭演的林妹妹出场时,就觉得她长得真像王蕾。那种安静、忧郁的气质,完全不像是我从小熟悉的大大咧咧的李艳那种姑娘。

我家的房子是机关大院里最早盖的一座住宅楼,在管伟家还住平房的时候,我家就搬进了有独立厨房和卫生间的单元楼。我家三个房间,一个走廊,一个厨房,一个卫生间,当年尚没有淋浴设备,我们都在机关公共浴室里洗澡。我爸我妈住一个房间,我姐住一个房间,我住一个房间。我姐大我两岁,当时读初三,因为成绩不好,考高中没啥指望。

宋阿姨一家的到来把我家塞得满满的。我的房间让给了他们两口子住，我姐的大双人床上睡了她、王蓓、王蕾三个女孩儿，我爸找出了一张行军床，在走廊里给我搭了个铺。

那年是1985年，我十四岁。

王蓓和王蕾插班到我读书的那个初中，我们同龄，她们两个比我小四个月。王蓓和我及管伟同班，王蕾和李艳同班。

客人住到了家里，短暂的新鲜感过后，我意识到自己的生活发生了改变。不是因为我睡觉的地方从房间转移到了走廊上的行军床，而是我家里顿时多了很多的声音，很多属于少女的欢快又吵闹的声音，就像背景音乐一般，让我的家变得无比明媚。由于多了两个女孩子，我家三个女生简直就像是一千五百只鸭子，她们天天在房间里笑啊闹啊，叽叽喳喳地说话，听流行歌曲，跟着录音机学唱。

1985年，东方歌舞团的成方圆演唱了罗大佑的歌曲《童年》。

"池塘边的榕树上，知了在声声叫着夏天。草丛边的秋千上，只有蝴蝶停在上面。黑板上老师的粉笔还在拼命叽叽喳喳写个不停，等待着下课等待着放学等待游戏的童年……"时至今日，一想起《童年》这首歌，我脑海里浮现出的旋律既不是罗大佑略带沧桑的声音，也不是成方圆有些浑厚的女中音，而是一个清脆脆的少女的声音。

那是一个星期天的下午，我在外面玩了一天，满头大汗，一进家门就先喝了一大杯凉白开，突然，女生们的房间里有人唱起了歌，一首我从来没听过的好听的歌，"一天又一天一年又一年迷迷糊糊的童年"，我听呆了。我走到姐姐房间的门口,发现门大开着,王蕾拿着一个手抄的歌本,正唱着《童年》。她扎着马尾,穿着白底红花的确良连衣裙,是从遥远的地方突然来到我家的隔壁班的那个女孩。

"你唱什么唱啊?难听死了。"我走上前去,一把夺过了她的歌本,打开房门扭头就冲下楼梯,就听到她一声惊叫,然后是我姐姐在背后大声地骂我:"你这个小王八蛋!"

我跑到管伟家里,两个人一起研究王家姐妹的这个抄满了流行歌曲的笔记本,上面有热门电视剧《霍元甲》《上海滩》等的插曲,还有程琳、朱晓琳、成方圆的歌,甚至还有《塞北的雪》,每一首歌都有简谱、歌词。

晚饭的时候,我磨蹭着回到家,心想王蕾肯定在我爸妈面前告了我一状,没想到,吃饭的时候风平浪静。我看了王蕾一眼,她面无表情。

饭后,我瞅了个机会,把歌本往女生们的房间里一扔,又跑去管伟家写作业去了。

管伟很羡慕我家多了两个漂亮的女生,他家只有他和一个比他小两岁的像跟屁虫一样的弟弟。我们会讨论王蓓和王蕾谁更漂亮,他说王蓓漂亮,我毫不犹豫地说:"屁,当然是王蕾漂亮!"

表面上,我们两个在王家姐妹面前趾高气扬,从不正眼看他们。

上了初中的李艳延续了对管伟的仇恨,每次见到他就"呸",管伟就骂她"破鞋、交际花",李艳看看自己穿的鞋,恨恨地说:"我鞋哪里破了?哪里破了?"

李艳和王蕾一个班,很快就成了好朋友,不知道她在王蕾面前说了我和管伟多少坏话。反正我觉得王蕾对我越来越疏远。

很快,王家姐妹在我家借住的生活就结束了,一个多月后他们搬走了,搬去了宋阿姨单位腾出来的两间平房,当然不在我们大院里。好在县城总共也没有几条马路,走过去走过来也用不了十几分钟,但我从来没有去过她们的新家。

他们搬走后,我家里的背景音乐就像从收音机的音乐频道又调回了原来的频道,变得单调、乏味。我从走廊搬回了自己的小屋,夜深人静的时候,我常常会回味女生们曾经唱过的那些好听的歌儿。"多少的日子里总是一个人面对着天空发呆,就这么好奇就这么幻想这么孤单的童年……"

上了初二以后,王家姐妹在学校里变得很出名,因为她们漂亮、成绩好,说着好听的普通话。身在一个县城中学里,我们除了语文课读课文要用普通话读,平常老师同学交流都说胶东方言,带着一股海蛎子的腥味儿,王蓓、王蕾从外地转学过来,不会说当地方言,就一直说普通话,男生们在一起的时候喜欢模仿她们两个说话逗乐儿。在我们眼里,她们两个就是不折不扣的校花。我虽然和这两朵校花在同一个屋檐下生活了一个月,但只有在没人的时候,我才会跟她们两个打招呼;很多人在一起,我对她们不理不睬,装作不认识。

那个时候的男生都喜欢这么耍酷。电视剧《寻找回来的世界》所向披靡,每个男生都幻想着自己是谢越,而女生们最好都像宋晓丽那样。

王蕾始终比王蓓更出色一些,她成绩最好,一不小心就能考全年级的第一名,而且唱歌跳舞都很好。教师节学校里组织演出,平常大家都是排练一些合唱的曲目,这一次王蕾却独出心裁地来了一个女生独唱《我爱米兰》。

至今，我仍然觉得那是歌唱老师的最好听的歌。

学校里没有适合独唱用的麦克风，王蕾就端着带底座的平常校长开会用的麦克风，大大方方地在全校师生面前演唱："老师窗前有一棵米兰，小小的黄花藏在绿叶间。它不是为了争春才开花，默默地把芳香洒遍人心田。啊，米兰，啊啊，米兰，像我们敬爱的老师，像我们敬爱的老师，我爱老师，就像爱米兰。"

这歌唱得太震了！周围的男同学们都在狂吹口哨，我什么也说不上来，就深深地吸了一口气："王蕾这个女生真是特别！"

不仅会唱歌、跳舞，学校里的演讲比赛、作文比赛，王蕾也总是能轻轻松松地拿第一名，再挑剔的老师都会说，这个孩子将来考高中上大学一点问题都没有！在我的少年时代，能考上大学是一件无上光荣的事情，我清晰地记得我们大院里一个傅姐姐有一年考上了北京大学的化学系，全院轰动！

我从小生活的这个县城，规划得方方正正，南北方向主要有三条马路，东西方向主要有四条马路。从大院儿去初中的学校，要走一条东西的马路，文化路，县图书馆、教育局、文化局等单位都在这条路上，马路两边种着高耸入云的水杉树，树干挺直，郁郁葱葱。

每天，从家到学校，步行十分钟。我妈不让我骑自行车上学，说那么近用不着。管伟却整天骑着一辆旧自行车，如果路上碰到我就捎上，我毫不客气地跳到后座上，两个人骑着车呼啸而过。我从小学的时候就迷上了读小说，尤其是武侠小说，最早从《今古传奇》上连载的《七剑下天山》看起，我从梁羽生的《白发魔女传》一路看到了金庸的《射雕英雄传》，书和同名电视剧基本上是同时看的。

我很喜欢黄蓉。其实华筝我也挺喜欢的,总觉得郭靖能把她们都娶了就好了。我希望长大后娶一个名字带蓉的女孩儿,可以像郭靖一样叫她蓉儿。

可女生们都不那么爱黄日华演的郭靖,她们喜欢苗侨伟演的杨康。这让我非常不理解。

连李艳这么咋咋呼呼的女生都爱苗侨伟。我经常碰到她和我们院里那帮姑娘在角落里交换明星贴纸,有时候她也会慷慨地把翁美玲的大头照送给我。

有一天,李艳慌慌张张地跑来跟我说:"你知道吗?翁美玲死了,她为苗侨伟自杀了!"

我的头嗡的一声。等我买来电视杂志搞清楚真相,才知道李艳说的又对又不对,翁美玲确实开煤气自杀了,却是为了汤镇业而不是苗侨伟。

我难过得甚至掉了两滴眼泪。我喜欢的蓉儿就这么死了。这是我第一次遭遇心爱女孩儿的死亡。

管箫箫这一代女孩子已经完全不知道翁美玲是谁了。她从来不看娱乐杂志,一切娱乐新闻都是从网上的渠道获得。她更关心的是,哪个明星又整容了,谁和谁都整成了一模一样的尖下巴。

在我的中学时代,无比美好的上个世纪80年代,美女们不用整容,每个人都有每个人的美丽,不像现在的明星,都像是一个模子里刻出来的,我总是记不住她们的脸。就像王蓓和王蕾是孪生姐妹,可她们的脸还是有区别,王蓓脸圆,王蕾下巴尖,我一直分得清谁是谁,从来没有把她们两个搞混过。那是个连孪生姐妹都很容易分辨的年代,除了长相,她们两个气质也毫不相同。

上了初三,我们的学习压力顿增。班上那些农村户口的学生,上了初三,他们就面临了农转非的选择:是报考高中还是考初中中专?考上中专就能把户口转出来,毕业后就成了国家干部分配工作,这对很多农家子弟是非常大的诱惑,毕竟考高中不一定考得上,就算考上了高中再过三年也不一定能考得上大学。于是,不少成绩优异的农村孩子为了农转非提前结束了中学生活,他们上了中专,退出了高考的竞争行列。

我们这些机关大院长大的孩子,从小是城镇户口,不需要农转非,所以都一门心思准备考高中。

学校的晚自习加了一节课,每天晚上9点半才放学。早上7点钟就是早读。我开始觉得每天睡不醒。

中考前两个月,管伟神神秘秘地跟我说:"王蕾和她班一个男生搞对象了!那个男的是初三从外地转学来的,一看就是个小痞子!"

我不相信,可管伟跟我发誓他没有胡说。

有一次在我们院碰上李艳,她和王蕾同桌,我就问她:"听说王蕾跟人好了?"

李艳很吃惊:"你怎么知道的?王蕾不让我跟别人说。"

看来这是真的了。早恋,多么神秘啊。李艳沉浸在一种好奇和替人保守秘密的激动之中。我看着她红扑扑的脸,觉得这个姑娘真傻。

我们参加了中考,什么意外都没有发生,除了成绩不好的管伟,我们几个都顺利考上了县一中,那是本县最好的学校。一中出了很多的人才,其中有个最出色的校友后来成了共和国的一个部长。

中考结束的那个暑假,我们疯狂地玩了一个暑假。我和管伟学会了在大海里游泳,天天在海水里泡的代价是:我们都晒黑了,心也玩野了。

宋阿姨经常会到我家来玩,和我妈拉呱儿。我从来不问她王蓓和王蕾的事情。倒是我妈每次都会羡慕地说:"老宋你真有福,养了两个闺女,长得又漂亮,学习又好,将来考大学肯定没问题。你看看我这儿子,成绩总是中游,将来能考个大专就不错了!"

我就"哼"一声,心想她们还不知道王蕾搞对象了吧。要是知道了,不知道该急成啥样呢。

这个暑假,除了玩,我还疯狂地看课外书、看小说。离我家不远有一个邮局办的书报亭,卖各种报纸杂志,有很多文学期刊,《收获》《十月》《台港文学选刊》《中篇小说选刊》,等等。我妈没有给我很多零花钱买杂志,但那个卖报刊的雷哥是我们院的,从小就认识我,他很慷慨地允许我进去看杂志,那时候他谈了一个女朋友,有时候他会离开工作岗位去给女朋友办事儿,就委托我临时替他看着这个书报亭。

我很乐意做这份工作,没事儿我就泡在那里,看各种杂志,看不完的甚至可以带回家看。晚上窝在床上看一夜小说是多么惬意的事情啊。

那天午后,刚刚下过了一场雷阵雨,雷哥又偷偷约会去了,我一个人在书报亭里待着。突然,我看到了王蕾远远地走过来。她还是那么瘦瘦的,又文静又好看,气质独特。

"你怎么会在这儿?"她显然很惊讶。

"帮人看摊呗。你想买啥?"

"啥也不买,就翻翻看。"

"那你进来看吧!"我很大方地邀请她。

王蕾犹豫了一会儿,还是跟我一起进了书报亭。我扔给她一个板凳,拿来一摞文学杂志让她随便看,我说:"我知道你喜欢看书,你作文写得真好。上次作文比赛你得全校第一,还上台念作文,你念的是《故乡的沙枣树》,我没记错吧?"

王蕾有点害羞地笑了,露出洁白整齐的牙齿,低下头安静地看书。

我们不再说话,但我却心生欢喜,忍不住吹起了口哨。她就坐在离我很近的地方,我看得见她头发的分叉,头皮很白很干净。她穿着素色的长裙,直至脚踝,手腕上戴着一串玻璃珠子,五彩缤纷的。

那个下午很长,又很短。雷哥回来的时候,王蕾就走了,我看着她的背影,觉得她走路的姿势真好看。这真是一个连走路都会让人议论纷纷的姑娘啊。

上了高一,关于王蕾早恋的消息就飞快地传遍了全校。

其实我早就知道了,和王蕾恋爱的那个男生叫孙治军,他一直和社会上的闲杂人员来往频繁,是个挺有名气的小混混。我不知道王蕾是吃错了什么药,看上了他,难道女生都喜欢杨康那样的坏男人吗?

高中重新分班,学校里汇聚了来自全县各个乡镇的优秀学生,不像我们刚上完的初中,是以县城及县城周边村子里的学生为主。很多年后,县城周边的村子都消失了,县城东西南北四面扩张,我们小时候捉蚂蚱挖地瓜的庄稼地都变成了马路、厂房、开发区。

那是 1987 年的 9 月,我们变成了高中生。那一年,满大街都在放崔健的摇滚经典《一无所有》。

一中这届高一有八个班,我和李艳分在一个班,王蓓和王蕾分在了一个班。管伟他爸托人让他去了位于某乡镇的二中。不出三个月,又托人从二中转学到了一中,分到了王蓓那个班。

上了高中,王蕾继续一脸骄傲地做着一个成绩优秀的女生,热衷于各种文艺活动。高一第一个学期快结束的时候,一中会举行一年一度的迎新演出,每个班级都要出节目,所有的节目排练后还要经过初选,才能进入最后的全校演出。每一年的这场演出,都是一中男生评选新一届校花的秀场。

王蓓和王蕾排的一个节目被选上了,姐妹俩为元旦演出排练了一个女生歌舞二重唱《粉红色的回忆》,还被安排在了压轴表演。

这不是王蕾第一次在一中的秀场上亮相了。高一第一次期中考试,她考了全班第一,全年级第三,全年级前十名都会上台从校长手里领取奖学金,她风风光光地上台,在一群戴着眼镜的书生气甚至乡土气十足的高材生行列里,显得一枝独秀。她穿着时髦,相貌清秀,十分扎眼。

事实上,她一进高中就被高二、高三的男生们包围了,据说情书收得多到来不及看。

除了和一个小混混谈恋爱,王蕾一切都很优秀。

王蓓也很优秀,虽然成绩不如王蕾那么好,但仍在前十名之列。姐妹俩在迎新晚会上且歌且舞,"夏天夏天悄悄过去留下小秘密……"我盯着王蕾看,看她一边唱着歌一边往台下飞着媚眼,管伟却对王蓓情有独钟,又抛出了三年前的老问题:"你觉得王蓓好看还是王蕾好看?"

我毫不犹豫地说:"王蕾!"

他坚持说:"王蓓!"

他开始追王蓓,求我替他写情书。他知道我读书多,作文写得好,而他除了长得高、跑得快、跳得远,学习成绩基本上一塌糊涂。他爸让他以后当体育生参加高考,所以,从高一的下学期开始,他每天下午都要参加体育专项训练。

我对给女生写情书这种事情十分反感,更不用说替别人代写了,我扔给管伟一本《中外名人情书大全》,让他自己看着办。

"我曾经问个不休,你何时跟我走,可你却总是笑我,一无所有……"我大声唱着崔健的歌,觉得这才是最牛的情书。

在我看来,孙治军也一无所有,可王蕾却一门心思地跟他走了。高一刚风光了一个学期,王蕾这朵新晋校花才刚出了半年的风头,就出了大事!

高一下学期刚过了一个多月,学校召开全校师生大会,整顿校纪,对一些违反校纪的学生分别给予了留校察看甚至开除的处分,当我听到王蕾也在被开除的名单之列时,不啻晴天霹雳! 青春的脚步刚刚迈进 1988 年,她还没满17 岁!

各种小道消息漫天飞舞,还是管伟从王蓓那里得到了最确切的消息:王蕾和孙治军有了不正当男女关系,她未婚先孕,去做了人工流产!

我实在不忍心看王蓓哭到红肿的眼睛。亲妹妹出了这样的大事,她怎么能不痛苦?

王蕾再也没有出现在一中的校园里。在家休息了半个月后,宋阿姨万般无奈地把她转到了乡镇的二中。几个月前,管伟刚刚从那里转到了一中。

命运就这样发生了逆转，我们的高中生活还在继续，可是王蕾却离开了一中的校园。

李康在《运命论》中说："木秀于林，风必摧之；堆出于岸，流必湍之；行高于人，众必非之。"出了这样伤风败俗的事情，王蕾就像脸上刻着被一中开除的红字一样去了二中，乡下的学校管理更严格，作风更死板，她成绩出众却深受排挤，过得很不开心，流言不断，每个人看她的眼神都是怪怪的。

管伟听原来二中的同学说，不知道王蕾是不是有些自暴自弃，去了二中后她和孙治军的关系非但没有断，还和社会上一些不务正业的小流氓们混在一起。当年，本县有个号称"十三太保"的所谓流氓团伙，一中、二中都有人参与其中。

我妈说，二中的老师告诉宋阿姨，王蕾成绩还是很好，如果安心读书的话，仍然有希望考上大学。可宋阿姨根本管不了王蕾，骂也骂了，打也打了，可她坚持在歪门邪道上走下去，丝毫不愿意回头。

高二就快念完的时候，社会上一群不三不四的年轻人为王蕾争风吃醋，在二中打了一场群架，惊动了公安部门，为此，王蕾又被二中开除了。从此，她再也没有回到校园，十八岁的那年夏天，她辍学了。

快放暑假的时候，管伟和王蓓也偷偷地好上了。王蓓比王蕾心细，她把这段早恋隐瞒得很好，除了我，没有人知道他们两个恋爱了。暑假里，管伟和王蓓经常偷偷摸摸地约会。

过了暑假我就要升高三了。我学理科，成绩中等偏上，我突然意识到如果再不发奋，我可能就考不上大学，可能就要在这个小县城待一辈子，考干或者招工。

被二中开除后王蕾被她爸塞进了啤酒厂做了工人,因为全县再也没有哪所高中肯收留她了。她那么有才华,长得又漂亮,本来应该顺利考上大学,离开这个小地方,到大城市展翅翱翔。可是,孙治军这个男人彻底毁了她。

管伟对孙治军早就恨之入骨了。高三开学前的一个月黑风高夜,管伟找人把他从家里骗了出来,我和他一起把孙治军收拾了一顿。

小的时候我经常和管伟一起跟别人打架,我出点子,管伟出拳头。读中学后,我觉得打架是很丢人的事情,用拳头解决问题算什么呢?打赢了对方也是胜之不武。

当我和管伟一起把孙治军按到地上拳打脚踢的时候,我却感到了发泄的快感,很久没打人了,打的又是欠揍的,真是痛快!孙治军吃了大亏,只能抱着头在地上求饶。

管伟骂他:"这是替王蕾收拾你,你都把她给毁了!"

孙治军却猛地抬起头来,气愤地说:"谁毁了她?后来是她不要我了,我才是被她给玩儿了呢!"

我和管伟面面相觑,又补了他一脚,然后骑着自行车离开。把孙治军一个人留在荒凉的郊外,留在无尽的黑暗之中。

我们在黑暗里骑着车,很长时间没有说话。我突然问管伟:"你跟王蕾睡过觉吗?"

"没有!"他大声否认,"我也就摸摸她,亲个嘴儿!"

孙治军说,王蕾最早是和他睡觉,还怀孕流产,但后来去了二中,她和很多男的都睡,不知道给他戴了多少绿帽子,最后,还甩了他,那场著名的群架之后,孙治军也被二中给开除了。

1989 年,我们十八岁了。我从来没想过要和女生睡觉,《射雕》里也没写郭靖和黄蓉睡觉。我想不通王蕾看上去像翁美玲般娇小可爱,又聪明,她为什么那么喜欢和男人睡觉呢? 一直到高二结束被二中开除,王蕾的成绩始终在班里的前三名,如果有地方肯让她继续读高中,她一定能考上大学。

可是,她没有考大学的机会了,因为全县没有一所高中会再要她,她臭名昭著,哪个学校都怕她给学校招惹来各种是非,影响其他学生的学习和管理。

高二念完的那个暑假,我过得很不开心。很多时候都是闷在家里苦读,读课外书,也补文化课。王蕾的事情让我爸妈极度震惊,我妈甚至自责,如果当初不帮助他们一家调回老家,王蕾会不会就不会变得这么叛逆,彻底被毁掉。自责之余,我妈加强了对我的看管,逼着我一定要认真念书。

其实高二结束的时候,我的成绩已经能进入全班的前十名了。高二分科我学了理科,数理化是我的强项,慢慢很多高一成绩比我好的女生都给落在我后面了。王蓓和李艳高二都上了文科,王蓓成绩很好,李艳成绩平平,高考基本上没戏。管伟专心致练体育,走体育考生这条路。

对我们来说,高考就是人生的独木桥。

二十多年后,我的生活中又出现了一个高中生。对管箫箫来说,高考不再是独木桥,随着高校的扩招,基本上高中毕业生都有学校可上,而且,除了国内的高校,她还可以选择报考港澳及国外的大学。

王蓓跟我说过,她最坏的打算就是,假如管箫箫没法再回老家就读,就直接到国外留学去,唯一让她头疼的是留学费用,他们两口子又得省吃俭用攒钱了。

因此,虽然在老家出了人命关天的大事,十六岁少女管箫箫依然生活得很开心,过着没心没肺的快乐生活。

箫箫对我的生活充满了好奇,她认定我是一个有钱人,她想知道我是怎么赚到钱的。

"何叔,我爸也炒股票,但没见他赚啥钱,还老是被套,我妈老埋怨他。你怎么炒股票就能赚那么多钱?"

"天机不可泄露!如果连你都学会了赚钱,我还怎么能赚到钱呢?"我觉得箫箫的精力应该放到学业上,不要年纪轻轻就想着投资赚钱什么的。

箫箫趁我没注意的时候,偷偷翻看我的一些股票投资的专业书,被我发现以后,立刻予以了没收。

对于投资股票这件事,理论上人人都能说得头头是道。我尽可以在箫箫面前大摆龙门阵,跟她吹吹巴菲特怎么投资,彼得·林奇又怎么炒股。比如,巴菲特的十招投资之道是:1. 风险第一。2. 关键是耐心。3. 利用市场。4. 别迷信理论。5. 不懂不买。6. 不提供管理建议。7. 不要过多后悔。8. 远离失败者。9. 投资只为价值。10. 不稳不买。

而彼得·林奇则认为:1. 如果找不到好公司的股票,尽量把钱摆在银行,等发现再说。2. 买股票时要知道为何而买,光说"这只股票一定会涨"是不够的。3. 买股票是为了获利,而非保本。4. 假如你因预期会发生某些事情而买进股票,当预期落空,就应该卖出股票。

这些大道理人人都能看懂,可又有几个人能在市场上坚持做到这些呢?在我看来,在中国股市,能做到不贪婪、不恐惧,你的投资就至少成功了一半。

我对箫箫说,人生就和投资一样,不要太贪心,也不要太害怕。

她似懂非懂地看着我。

我告诉她,快乐固然很好,但不要那么多,比如说,有很多人喜欢你是很好,但你其实只需要一个喜欢你、你也喜欢的人就够了。失败很可怕,但也没什么值得恐惧的,只要能活下去,就有机会从头再来。

不知道这些投资版的"心灵鸡汤"箫箫有没有听进去。

我和王蓓全家都非常庆幸,那个为箫箫跳楼的男孩子只是全身骨折,在床上躺几个月就能完全康复。青春这么美好,又那么脆弱,没有什么痛苦值得去付出生命的代价。

我不知道王蓓有没有跟箫箫讲过王蕾的故事,这是她从来没有见过的亲姨。我只知道不管我对王蕾有多么难以忘怀,都轮不到我在箫箫面前谈论她的事情。

法拉奇说,生活实在让人惊讶,我们的伤口以惊人的速度在愈合。要是不留下疤痕,我们甚至记不起曾经流过的血。

有一度我以为我已经忘记了王蕾,毕竟她离开我们已经整整二十年,可箫箫的到来,却无时无刻不让我想起王蕾,想起那些惨痛的往事。

高三的日子完全可以用昏天黑地来形容,做不完的题,熬不完的夜,没完没了的摸底考……我知道我的人生就押在了这场考试上了,所以格外玩命,成绩也在一次又一次的摸底考中越摸越高,我仿佛看到了大学的门已经在为我开启,人生第一次,我知道命运是可以掌握在自己手中的,只要自己努力、拼搏、玩儿命,你就能挤上那个独木桥。

整整一年我没有见到王蕾,管伟从王蓓那里听说,王蕾在啤酒厂做普通工人,洗瓶子,三班倒。我无法想象舞姿婀娜的王蕾会在车间里干着诸如洗瓶子这样的体力活,就像我姐一样。我姐高中毕业后没有考上大学,进了造纸厂,下车间三班倒,有一次我去给她送饭,发现车间里的机器轰鸣声简直是震耳欲聋,我姐就是在这样的环境中变成了一个大嗓门儿。

1990 年,我们参加高考。那一年,是意大利之夏,很可惜,世界杯比赛那一个月正是我们高考前复习最紧张的一个月,决赛那天,我们参加高考。

在我连看马拉多纳踢球都不得不放弃的残酷的迎接高考的日子,王蓓做了一件惊动全校的大事儿!她的成绩在两个文科班里一直稳居前五名,考个本科没有问题,但在报志愿的时候,她坚持只报专科!

管伟很激动地跟我说:"王蓓太伟大了!她纯粹就是为了我,她知道我的成绩最多上个大专,很可能啥都考不上,她怕我将来配不上她,就只想上个大专!"

我气愤地说:"你不觉得你自私吗?你要是喜欢她就应该让她上好的大学过好的生活,你必须劝她报本科,否则将来她会后悔,会埋怨你一辈子。"

管伟还是厚道,他果然去劝了王蓓。

但是,谁劝也没有用,老师劝,父母劝,王蓓铁了心就只报专科!她知道管伟考专科都够呛,不能让他觉得自己高不可攀。这就是一个十九岁女生的最朴素的爱情观,多年来我从来没有问过王蓓,有没有为当年的选择后悔过,好在这段感情最终有了个开花结果的理想结局。

平常看上去文静沉默的王蓓，叛逆起来也是九头牛都拉不回。事情闹到这个地步，管伟和王蓓的早恋终于被学校和双方父母知道了，高考在即，家长们也只能劝两个年轻人好好复习功课，争取都能考个好成绩，如果都能考上大学，父母也没什么好干涉的。

1990的初夏，我在这些纷纷扬扬的事件当中回忆起初识王蓓王蕾两姐妹的日子。1985年，我们十四岁，她们两个住到了我的家里，说着好听的普通话，爱唱爱笑，虽然只住了一个多月。我觉得她们是那么的美丽、单纯、生机勃勃，一定有着无限美好的未来，就像我们歌颂的80年代一样，属于你，属于我，属于我们80年代的新一辈。80年代刚刚过去，才不过五年的时光，这两姐妹就在我们这个闭塞的小县城弄得声名狼藉，一个永远不可能再考大学，一个放弃了唾手可得的读本科的机会。

决赛时阿根廷终于还是输了，马拉多纳哭了。我很难过，为马拉多纳，也为我错过看他流泪而难过。

大考结束的日子里，我们疯狂地玩了一个暑假。

十九岁的那个夏天，我还不知道恋爱的滋味。管伟和王蓓的爱情已经经历了一场患难与共的考验，变得更加甜蜜。年轻人的恋爱是那么美好，我能感觉到管伟尽情释放荷尔蒙的那种快意，沉浸在恋爱中的王蓓也神采飞扬。

放榜了，由于我的超水平发挥，成绩超了重点线三十分，第一志愿被上海的一所高校录取，学的还是最热门的计算机专业。王蓓的成绩果然过了本科线，但只能被专科录取。管伟文化课居然过了专科线，加上他在兴奋剂的适当刺激下取得的优异的体育专业成绩,他们两个一起考取了市里的师专,管伟是体育系,王蓓是英语系。李艳很遗憾地落了榜,连个高中中专都没录取到,我不知道她会不会复读。

我、管伟、李艳,我们从小就在一个大院里长大,十二年过去,一场高考决定了我们不同的命运。我们即将各奔东西。

十九岁时,我长成了一个身高 175 厘米的文质彬彬的小伙子,戴眼镜,不爱说话。管伟长得人高马大,身高蹿到了 182 厘米。都说女大十八变,那个泼辣的女生李艳也出落成了文静秀美的姑娘,身高有 169 厘米,我们胶东的姑娘普遍长得高、身材好。像王蓓、王蕾姐妹这样 160 厘米左右身高的娇小女生反而比较少见。王蓓和管伟在一起,十足的小鸟依人。

我妈对我的高考成绩非常满意,她热情地投入到给我收拾行装的奔忙之中,各路亲朋好友也络绎不绝地上门道贺,毛巾被、毛毯等贺礼堆得到处都是。1990 年代,很多高校还要学生自带被褥。

一个炎热的夏日,我妈一边在电风扇下给我收拾箱子,一边有一搭没一搭跟我说话:"进了大学,你要好好学习,争取考研究生,我和你爸再辛苦也供你读。"

我应了一声:"噢,知道了。"

我妈话锋一转:"平常也不见女同学来家里找你玩,你看管伟都跟王蓓好上了,当年真是想也想不到。你有没有喜欢的女同学啊?"

我闷声说:"没有,没想过这些。"

我妈又啧啧:"你看王蓓和王蕾这俩孩子,真不争气,你宋阿姨路上见了我都赶紧躲开,装看不见,实在是丢不起这人啊。俩闺女放着好好的高中不读、本科不报,一门心思就知道跟着男人跑,这才多大的闺女啊!你将来找对象,可千万不能找她们俩这样的,女人得作风好,要是作风不好,一辈子就完了!我就你这一个儿子,你可千万别给我找个不省心的媳妇回来。"

我没吭声,我想我妈一定忘了五年前,王蓓王蕾在我家借住的时候,她拉着两个女孩子的手,左看右看爱不释手,一个劲儿地跟宋阿姨说:"将来得留一个给我当儿媳妇。"

那个时候,王蓓王蕾如同才露尖尖角的小荷,十分骄傲,虽然她们对我很客气,但谁都没把我放在眼里。

我不知道我将来会爱上什么样的姑娘,只知道 9 月我将坐上火车离开家,离开我待了十九年的这个县城,到十里洋场的大上海去看外面的世界。齐秦说,外面的世界很精彩,外面的世界很无奈。

在离开学还有两个星期的时候,我很意外地见到了王蕾。

一个午后,我爸我妈我姐都上班去了,王蕾下了班,敲开了我的家门。她说听说我要去读大学了,特意买了几本书送给我。我知道工厂的三班倒是 12 点到 8 点夜班,8 点到下午 4 点中班,4 点到晚上 12 点中班。王蕾这几天上白班,4 点就下班了。

那天很热,我把电风扇开到最大,还是热得满头是汗。不知道是不是因为单独和王蕾在一起,我心情格外紧张,不知道该跟她说什么,只是一个劲儿劝她喝水、吃水果。

她还是很瘦,很美,穿着一身淡蓝色的人造棉连衣裙,裙摆很大,领口很低,我看到她秀气的锁骨就不敢往下看了。她很随意地在屋里走动,又特意去看了她当年住过一个月的那个房间。自从我上了高中,我妈就很偏心地让我姐和我换了房间,这个宽敞明亮的大房间我睡了整整三年。那张大床,当年王蓓和王蕾都睡过。

站在那张床边,我和王蕾目光相遇,我涨红了脸,王蕾却嫣然一笑:"我还记得当年你抢过我的歌本。"

我讪讪地说:"那时候小,调皮不懂事儿。"

"现在呢?"她冲我眨眨眼。

我一下子看呆了,这个女孩子,这么娇媚。

她有意无意地靠近我,突然从背后抱住了我。

我感觉血一下子涌上了头,心像小鹿般乱撞,一动不敢动。她的柔软的胸蹭着我的后背,舒服极了。不知道这样子过了多久。我终于忍不住,转过身抱住她,她脸红扑扑的,一双媚眼含情脉脉地看着我,然后闭上眼睛,送上了双唇。

这是我的初吻。我的舌头粗暴地在她嘴里滑动,她很熟练地配合我,一脸陶醉。我笨拙地把她按到床上。天气又湿又热,我浑身是汗,王蕾也湿漉漉的。

在她十四岁时睡过的那张床上,她脱掉了我的衣服,又指引着我脱她的长裙,我一路被她引领着,进入了一个陌生的极乐世界。

王蕾紧紧地抓着我的后背,随着我的用力,嘴里发出有节奏的呻吟声,我从来没有听过女人这样的纵情的声音,深深迷醉。

完事儿之后,我用衣服蒙住脸,不敢去看王蕾。她若无其事地穿好衣服,用好听的普通话跟我说:"这事儿你不要告诉任何人。我有男朋友,过两年就结婚了。我一直都挺喜欢你,你进了大学要好好读书。"

她就这么轻飘飘地来到我家,又轻飘飘地走了,我瞄了一眼她的背影,她走起路来还是那么婀娜多姿。

我怀着慌乱的心情收拾了现场,浑身上下有一种要虚脱的感觉,这天儿,真是太潮湿、太闷热了。

我跑到卫生间去用冷水冲了个澡。

我妈下班回家后,看我情绪有点不对头,担心地问:"你怎么了?"

我说:"没事儿,今天太热了。"

我没有告诉她下午王蕾来过。王蕾送我的那几本书我早就收到了自己的抽屉里。

80 年代的时候每个县里都会有几家效益不错的工厂,比如我们县的化肥厂、造纸厂、啤酒厂等。我们从小习惯了从城南到城北,一路从化肥厂的味道闻到造纸厂的味道。我姐在造纸厂工作了两年,虽然上班辛苦,但工资奖金颇丰,她的收入甚至超过了干了一辈子革命工作的我爸、我妈。因为她对家庭的贡献,我考上大学对我爸妈来讲就不是太大的负担,1990 年,很多高校还没有开始收学费。

王蕾虽然高二辍学进了啤酒厂,但看上去过得还不错,她衣着时髦,谈吐优雅,在文化水平不高的女工当中显得鹤立鸡群,尽管整个县城都在传着那些她和男人们乱搞的流言,可她每次都是昂首挺胸地出现在众人面前,带着她从十四岁起就有的娇媚的微笑,傲视群芳。

那是一场突如其来的交欢,我没想到王蕾会用身体为我送行。

9 月,我来到了上海,去大学报道。第一次呼吸着南方的空气,走在绿树成荫的校园里,看着周围一张张青春飞扬的脸,我一阵恍惚,我感觉校园里到处都是王蕾的影子。南方的女孩子普遍身材娇小,面貌清秀,每一个看上去都很像王蕾。我看着这些女生,心里突然一阵刺痛:王蕾成绩那么好,她本来也应该出现在这里,可她却早早地退出了这个舞台,我们向往已久的大学的舞台,只因为,她伤风败俗、离经叛道……

我们班有三十个学生,女生是男生的一半。9 月的上海依然炎热,我努力适应着集体生活,适应着和陌生的男女同学一起上课。几乎所有的男生在开学第一天就注意到了一个叫叶小倩的女生,她身材丰满,画着浓妆,在一群尚显土气的大一新生中甚是耀眼。

一进大学叶小倩就被高年级的男生盯上了,她迅速有了男朋友,是本系的一个研究生。他们毫无顾忌地出双入对,据从女生那边传来的消息,她经常夜不归宿。

有一次上英语精读课,叶小倩就坐在我前面。她穿着我在小县城从来没见姑娘穿过的吊带衫,裸露的肩膀上有四根细细的带子,两根是吊带,还有两根是黑色的胸罩的带子。不知道为什么那天她的胸罩戴得有点松,两节课下来,就见她的黑色的胸罩带子一次又一次从圆润的肩膀上滑落,她一次又一次满不在乎地把她拉上去……

我看得心猿意马,完全没听进去老师讲了些什么。

看着这个作风开放的女生,我深深地为王蕾感到不公平。我知道,这里是上海,这里是大学。我们那里是北方闭塞的小县城,是把升学率看得比天还高的中学。如果王蕾不那么早早地去追求、去享受男欢女爱,认真读书考进大学,她就会如鱼得水,而不是搁浅在北方的一家啤酒厂。

有人说,所谓文明就是本能的遮羞布。而我觉得爱情,则是欲望的遮羞布。对王蕾来说,初三时的早恋可能还是少女的情窦初开,当她从一个男人的身体流浪到另外一个男人的身体时,也许就只剩下了欲望。

我又有什么资格说她呢? 我也不过是她流浪过的男人之一,而已。

我爸写来家信,要求我在大学里认真读书,三年之内不准谈恋爱。我不置可否,我觉得自己毫无恋爱的欲望。

管箫箫利用周末的时间,去逛了好多上海的大学。她特意去看了我的母校,对校园的美丽赞不绝口。其实,现在的本科生早已经不在老校上课,他们的新校区远在闵行。

很多年后我成为了一个职业投资者。在这个看上去残酷的市场里混得如鱼得水,我喜欢市场大起大落时空气中弥漫的那种紧张而又血腥的气氛,特别是做期货时,多空双方常常杀得你死我活。我也爆过仓,看着纸上的财富骤然间灰飞烟灭。投资,其实是最赤裸裸的人性的较量。

查理·芒格说,许多 IQ 很高的人却是糟糕的投资者,原因是他们的品性缺陷。我认为优秀的品性比大脑更重要,你必须严格控制那些非理性的情绪,你需要镇定、自律,对损失与不幸淡然处之,同样地也不能被狂喜冲昏头脑。

有些时候,我给箫箫讲人生哲理,脱口而出的往往都是这些投资大师的心得体会,在我看来,这些都是放之四海而皆准的至理名言。

萧萧正是如饥似渴希望学习任何知识和本领的年纪。我和她的父母读高中的时候,对财富的概念是茫然的,80年代,在国营、集体这些传统经营方式之外,开始出现个体户,那个时候,报纸上总是宣传谁谁谁变成了万元户,我算算爸爸妈妈的工资,觉得一万元真是天文数字。现在萧萧的同学当中已不乏有钱人家的孩子,虽然算不上富二代什么的,但同学间的贫富差距已经拉得很大,怎么成为有钱人是这一代孩子关心的话题。

美丽少女管萧萧,她来上海才两个月,家乡那个为她跳楼的男生还在住院,就已经有新的男同学对她大献殷勤。王蓓的警告还是有点效果的,她不敢在这个借读的学校里发生新的早恋。

周末萧萧去补课,我正好也要外出,就和她一起下楼,刚刚走出小区的大门,就看到有一个眉目清秀的男生等在那里,见到萧萧热情地迎上去,萧萧赶紧跟我说:"何叔你别告诉我妈。"我笑笑,什么也没有说。

早恋这样的事情,堵是堵不住的。再说了,年轻时候的恋爱那么美好,为什么要堵?不影响学习和人生就好。

我在书报亭买了几份财经周刊。

号称全球投资之父的约翰·邓普顿说,要监控自己的投资,没有什么投资是永远的,要对预期的改变作出适当的反应,不能买了只股票便永远放在那里,美其名曰"长线投资"。

年轻的时候我不懂这些道理,以为爱情是长线投资,一定要细水长流。

大一的第一个学期我过得极其充实,因为第一次离开父母独立生活,一切都是全新的，又那么自由。我买了辆旧自行车，周末没事的时候就骑着它到处转悠。

管伟和王蓓在师专继续着他们来之不易的爱情，我们经常写信，偶尔，王蓓也会提一提王蕾，说她在啤酒厂干得不错，交了个男朋友是厂长的儿子，把她从车间调到了厂办。她能歌善舞，文笔又好，在厂办既能搞接待又能搞宣传，正好发挥她的特长。

我从来没有给王蕾写过信。那个炎热的夏日午后，仿佛在我和她的生命里不曾存在，什么都没有发生过。

每天傍晚时分，学校的广播里会放好听的歌曲，我不记得是哪个黄昏，突然听到了这样的一首歌：

> 乌溜溜的黑眼珠和你的笑脸
> 怎么也难忘记你容颜的转变
> 轻飘飘的旧时光就这么溜走
> 转头回去看看时已匆匆数年
> 苍茫茫的天涯路是你的漂泊
> 寻寻觅觅长相守是我的脚步
> 黑漆漆的孤枕边是你的温柔
> 醒来时的清晨里是我的哀愁
> 或许明日太阳西下倦鸟已归时
> 你将已经踏上旧时的归途

人生难得再次寻觅相知的伴侣

生命终究难舍蓝蓝的白云天

……

这歌声让我不由自主地停下了脚步,抱着几本书,站在河边的一棵树下,我把这首歌完整地听完。

我的同学告诉我,写这首歌的人叫罗大佑,小时候我们唱过的《童年》也是他写的歌。

从 1985 年到 1990 年,我在罗大佑的歌声中回忆着过往。这是在大学度过的第一个冬天,夕阳漫成天边的昏黄,远远的是淡了的故人的讯息,丝丝缕缕的歌声传来,仿佛映衬着我现在的心境:轰隆隆的雷雨声在我的窗前,怎么也难忘记你离去的转变,孤单单的身影后寂寥的心情,永远无怨的是我的双眼。

放寒假了,我迫不及待地回到了父母身边。半年离家的日子,让我慢慢懂得了父母的唠叨和牵挂。

管伟和王蓓比我晚一个星期回家,我们一起去管伟家吃饭,还有李艳。半年不见,李艳更漂亮了,打扮得也很时髦,一扫她小时候土里土气的感觉。这个小时候大大咧咧的姑娘变得很优雅,穿着自己织的紧身毛衣,扎着一条长长的马尾辫,皮肤白皙、身材丰满,一双大眼睛顾盼生辉。十九岁,正是一个女孩子最好的年龄。

李艳烧得一手好菜,她主动要求下厨房给我们做菜。可能我们几个都是大学生,她在我们面前稍稍有点自卑,系着围裙在厨房里忙进忙出,并不参与我们的谈话。

我们从幼儿园的时候就互相认识了。一晃十几年过去了，

"李艳你别忙了，坐下来咱们一起喝酒！"我招呼李艳过来吃饭。

"还有一个汤，马上就好，你们先喝着。"过会儿李艳从厨房里端出一个羊杂汤，摘下围裙坐了下来。

老同学在一起喝酒聊天真是高兴。

管伟和王蓓亲亲热热俨然老夫老妻，我和李艳都笑他们两个太肉麻。

谈完了各自大学里的趣事，我们又关心起李艳的现状。她开心地说："我现在也不错啊，在合资的厂子里做化验，挣的钱比我爸我妈都多呢。"

80 年代，随着改革开放的深入，各个地区都争相引进外资，我们这个小县城也不例外，80 年代末的时候，第一家合资企业应运而生，县里和一个香港人合资办起了一个海洋化工厂，利用我们县盛产的海藻等海洋生物加工提炼化工原料。

李艳落榜后没有复读，招工招进了这家代表最先进生产力的海化厂，这里有崭新的厂房、设备，有先进的技术，有符合现代企业制度的管理团队，在车间实习三个月后，李艳因为有高中学历，经过专业培训后又调到了化验室。不用下车间三班倒，这让她十分高兴，虽然工作强度很大，她常常晚上加班到很晚才能回家。

这是 1991 年的 2 月，对我们这些不满二十岁的年轻人来说，生活看上去那么美好，一切都蒸蒸日上，美好的前程在等着我们。我们都忍不住喝多了。

王蓓留在了管伟家里。我和李艳从他家出来，回往各自的家，其实，我们

多年来都住在一个院子里，相隔不远。那夜月亮很圆，还有半个月就要过年了，在皎洁的月光下，我突然发现李艳微红的脸庞是那么的漂亮、那么迷人。很多年来，我一直喜欢王蕾这样的小巧玲珑的姑娘，可能是在上海见多了这种美女，我第一次发现浓眉大眼的北方姑娘也这么好看，有一种飒爽的风情。

这个寒假，我们四个人经常一起玩，李艳下了班就来找我们，我们一起打牌、喝酒、聊天，过得非常非常快乐。我努力不去想王蕾，也没有见过她，王蓓似乎不太愿意提起她，只说她整天住在男朋友家里，两个人已经谈婚论嫁，准备过了年先订婚。

一个多月的寒假一晃而过，过了正月十五，我背起行囊回到了校园，开始了第二个学期的大学生活。

比起大学的第一个学期，这个学期我活跃了很多，参加社团，听讲座，做家教……我们班的风流女生叶小倩，已经公开换了三个男朋友，最近和她出双入对的是外校的一个大三学生，据说是在舞会上认识的。

这就是 90 年代初期的上海，在开放的大学校园里，恋爱的戏码随时随地上演，大家都见怪不怪。只有我会时不时怀念 80 年代的闭塞小城，怀念在刻板的中学校园里被压抑被禁止的情感，替那些因离经叛道而被无情驱赶的学生们深深感到惋惜。

我依然没有恋爱，班里有个女生主动追求我，我却对她不冷不热，一直以来，在感情上我是个被动的人。十年后，这个女生成了我的太太、我儿子的母亲；七年前，她带着儿子去了英国，我们慢慢疏于联络；三年前，我收到她寄来的离婚协议书，我很爽快地签字同意，我对她说："离婚是我对你最后的奉献。"

查理·芒格说,所谓投资这种游戏就是比别人更好地对未来作出预测。你怎样才能够比别人做出更好的预测呢？一种方法是把你的种种尝试限制在自己能力许可的那些个领域当中。如果你花费力气想要预测未来的每一件事情,那你尝试去做的事情太多了,你将会因为缺乏限制而走向失败。

我太太是个人生态度积极向上的人,读书、考研、留校,结婚、生子、出国,她一步一步地走着她想要的人生之路。我无法配合,只能放手。

进入 6 月,离放暑假还只剩一个月的时间了,我迎来了紧张的复习考试,每天晚上都在自习教室学到很晚,平常,我不是学习用功的好学生,唯有通过临考前的彻夜复习才能确保不挂科。大学四年,我很多门功课都是通过临时抱佛脚的方式考过的。

我清楚地记得,我是在去晚自习的路上接到我爸写来的那封信的。每天晚饭后,班里管信箱钥匙的同学会去取信,晚上自修的时候碰到谁就会给谁,其他的信件第二天上课的时候再分发给大家。

我拿着这封平平常常的家书,牛皮纸,贴着普通邮票。我像往常一样早早去自习室占好了位子。我甚至没有着急把信打开来看,而是先背了一会儿英语单词。父母写的信,又不是情书,无非就是家长里短外加殷殷期望,好好读书、注意身体、钱不够了就跟家里要……上封信,他们还说家里一切都好,让我安心学习,不要牵挂家里。才过了一个月,除了重复的言辞,他们又能跟我说点什么呢？

当我漫不经心地打开信,把这两页纸读完,眼泪夺眶而出。我拿着信冲出了教室,找了一个无人的角落,放声大哭。弗兰西斯·培根在《论死亡》中说:

"与死亡俱来的一切,往往比死亡更骇人:呻吟与痉挛,变色的面目,亲友的哭泣,丧服与葬仪……"

夜色里,我不知道有没有人从我身边走过,有没有看到我那变色的面目和控制不住的呻吟与痉挛。

我爸爸在信中告知了我两个人的死讯,前后相差不过半个月,死的是我最熟悉的两个女孩。

5月初,王蕾因为宫外孕大出血而死。我们那个闭塞的小县城,医疗条件相对有限,医生做手术的时候出了点差错,后来在转市医院抢救的路上,王蕾在救护车里宣告不治。她的身体一直比较娇弱,前些年又曾经堕过胎,太放纵的生活终于摧毁了她,她还不到二十岁,还未及盛开就已凋零。

5月下旬,也就是前些天,李艳从她上班的工厂四楼跳楼自杀。那个本县效益最好的合资工厂,合资方是一个从香港来的私营老板,极其好色,工厂里稍具姿色的年轻姑娘几乎都没有逃过他的魔掌,李艳长得那么漂亮,是公认的厂花,他早就对她垂涎三尺。结果,李艳这个刚烈的姑娘,不肯屈从老板的淫威,最后选择了壮烈一跳。她才刚满20岁,都还没有来得及品尝过爱情的滋味。

那个夜晚是如此的残酷而漫长,6月的上海已经十分闷热,进入了梅雨季节,我不知道脸上是泪水还是汗水,让我整个人变得湿漉漉的,几近虚脱。我为王蕾痛哭,又为李艳痛哭。和王蕾在一起的那个闷热潮湿的夏日午后,我以为我已经忘记,却发现每一个细节我都深深刻在了脑海里。

我又怎么能失去李艳呢?这个穿开裆裤时就和我一起玩的姑娘,在我们四五岁的时候,大人们开玩笑地撮合我们两个娃娃亲,可我和管伟却总是欺负她,我还记得她气愤地看着自己的鞋子:"破鞋?我的鞋子哪里破了?"

其实,做一个破鞋也没什么不好。我真想穿越到20年前去告诉她,没有什么屈辱值得付出生命的代价。我会在她跳楼之前死死地抱住她,救下她。如果她知道现在很多年轻的姑娘们都一个个主动投怀送抱去做老板们的小蜜、二奶,不知道当年的她还会不会选择以死抗争。我深深地为李艳惋惜,她那么年轻、那么傻。80年代父母们灌输给我们的贞操观害死了她,我想她妈也一定跟她说过,女人要是作风不好一辈子就完了。

活了半生之后,我看着生活中那些作风不好的女人们非但没有完蛋,反而一个个过得很滋润,我真想对当年的自己说一声:"屁!"

大一的暑假,我、管伟、王蓓背负着沉重的十字架,悲伤弥漫了我们原本应当快乐的假期。我们一起经历了这样残酷的青春,一边是同胞姐妹,一边是从小一起长大的堪称青梅竹马的姑娘,就这么猝不及防地离开了我们。我们在无人的海边点起篝火,痛悼我们失去的亲情和爱情。

一年以后,管伟和王蓓大专毕业分到了县城的两所学校,他们很快结婚、有了孩子。管伟工作几年后转行自己做海产品生意,马马虎虎,不好不坏。王蓓却在那所初中一直从英语老师做到了副校长。偶尔,她的学生们还会从自家父母那里听说当年她为了爱情与父母撕破脸放弃读本科的壮举。对今天的学生们来说,那样的故事犹如传奇。那些70年代出生的姑娘们啊!

大学毕业后我留在了上海工作,回家看望父母的时候正好赶上了管箫箫的满月酒。十六年后一个轮回,当年那个襁褓里的姑娘现在借住在我的家里,和她妈妈、她未曾见过的亲姨一样长成了一个叛逆少女。好在时代的潮流滚滚向前,无论是家长和社会，都已渐渐宽容这种叛逆，宽容他们自由地张扬自己的个性。

一个学期的借读生活结束了，管箫箫放暑假了，我送她去坐高铁回家。开车走在封闭的中环路上，繁花似锦的都市从身旁掠过。我们来到上海南站，这是一个崭新的现代化的火车站，位于虹桥交通枢纽。时速超过三百公里的高铁舒适快捷，几个小时之后箫箫就将回到我们的家乡。

送走箫箫，我一个人走出车站取车回家。我想起了1990年的那个夏天，在我离开家坐火车去上海报到的前一夜，我不能自抑地跑到王蕾上班的啤酒厂，等她下夜班，想和她告别，虽然，我不知道该和她说点什么。11点半她就提前下班了，我看到了她，却没有走上前去，因为她亲亲热热地和一个身材高大的小伙子走在一起，那是她的男朋友，来接她下夜班。他们在夜色里接吻，看上去非常相爱。

多年后我听到这首歌：头一次干杯，第一次恋爱，在那永远的纯真年代。我把我的纯真留在了十九岁的那个夏天，就像王蓓、王蕾两姐妹唱过的那首《粉红色的回忆》："夏天夏天悄悄过去留下小秘密，压心底压心底不能告诉你，暖风吹过温暖我心底，我又想起你，就是不能忘记你……"经过二十四个小时的漫长的旅行，火车缓缓驶进上海站，我看着沿途那些低矮破旧的棚户区，几乎不敢相信这就是繁华的大上海。

走出车站的时候，我不经意间抬起头，突然看到了霞光满天，异常灿烂，犹如蓓蕾初绽。

2012 年 5 月

■ **套**

　　这个故事的主人公是幸福的小两口。男主人公叫小黄，三十岁，通过公务
员考试进入某个虽相对清闲却颇有油水的机关工作。女主人公叫小芸，和小
黄是大学同班同学，二十九岁，是某个私营企业的品牌经理。他们结婚两年，
贷款买了房子，正准备买车，两个人顺风顺水地朝着小康生活迈进。在生活压
力颇大的都市，他们像很多年轻夫妻一样，暂时不考虑要孩子。城市里不想生
小孩的家庭都是相似的，避孕是夫妻生活的主旋律，安全套是他们选择的避孕
方式。

　　故事就从这个小小的不起眼的避孕套说起。

　　找个轻松舒适的周末，先去小两口的家看一看。简单的两室一厅，装修是
混水的风格，白色的门，白色的门框，配着浅色的家具，客厅是舒服的布艺沙
发，带一个优雅的拐角，印花的窗帘，印花的餐桌布，印花的靠垫，是一个系列
的，一看就是小芸的精心布置。这是一个温馨的小家。当你走进他们的卧房，
你会感慨这还是一个幸福的小家，他们的卧室，太性感了！小芸是个面貌姣
好、身材一流的女子，她凹凸有致的性感以各种大胆写真的方式布满了卧房的

墙面。不同于客厅素白的乳胶漆，他家卧房是贴墙纸的，浓烈的玫红和橙黄的花纹铺天盖地，小芸身体的各种特写分布其上，一个烈焰红唇就在床头上方，以至于小黄每次进得卧室，第一个念头就是扑到大床上去，把小芸扑倒到大床上去，缠绵时腾出一只手，拉开床头柜的抽屉，里面躺着一盒杜蕾斯，常换常新，在这样一间性感浪漫的卧房，他们一丝不挂地交欢，一丝不苟地避孕，享受着生活的美好。

周末眨眼就过去了。

周一，对上班族来讲万恶的周一到来了。小两口夜里贪欢早上来不及吃早饭，急匆匆出门去赶地铁，从家到地铁口徒步 15 分钟，路上有两三家早餐铺，小黄会顺手买个包子豆浆或者煎饼果子，小芸是女生，比较注意形象，会坚持到公司楼下的便利店买早餐。进得地铁站，两个人汇入拥挤的人群，小黄向东，小芸向西，两人头也不回地奔向各自的单位。

小黄上班时间比较固定，处理处理文件，开开会，其余时间就是优哉游哉地泡在网上，MSN 上聊聊天，写写微博。小黄在微博上的用户名叫"花心有缺"，是的，他喜欢古龙笔下的花无缺。上了微博才知道，这个社会上有那么多糟心的事情，小黄年轻气盛，虽然在机关但还没有被打磨得八面玲珑，再说，微博上他是"花心有缺"，没人知道他是某机关的科员小黄。"花心有缺"关注了六百多人，从微博女王到著名公知到草根名博，应有尽有，但是，他的粉丝数目一年来只增加到两百多人，不过，他还是交到了几个微博友，彼此转发来转发去，互动频频，私信往来。

今天"花心有缺"和"素小妖"互相关注了。小黄看了看她的自我介绍，是个刚毕业的女生，微博上链接了博客，内容基本上都是"感时花溅泪，恨别鸟惊心"之类，是个文艺小清新。小黄大学里也参加过一阵子文学社，后来终究感到文学式微，就投入到勤工俭学谈恋爱的洪流中去了。素小妖是个实习记者，业余的文学爱好者，这个笔名是她给时尚杂志投稿用的，她研究过，某小某是这些年时尚女写手通用的名字，可是，某小某们一个接一个地出名了，素小妖还籍籍无名，不过没关系，她还年轻，有的是时间，有的是机会。

下班前"花心有缺"结束了和"素小妖"的私信聊天，他们刚认识不久，彼此还客气拘束。怀着愉快的心情，小黄关了电脑准备回家了。半个小时前，小芸打电话说晚上又不能回家吃饭了，公司有应酬，她要和老板一起陪客户。

身为一家私营公司的品牌经理，小芸升职后的这半年，晚上应酬是家常便饭。看在工资涨了一截的份上，小黄虽有不快也很快适应了，作为有贷一族，谁会跟钱过不去呢？再说，他们又没有孩子，小芸不在家的时候小黄也能重温单身汉的快乐，和大学的死党喝个酒，打打游戏看看碟，时间一点都不难打发。

小黄心情很好，吹着口哨回到了家。晚饭是在外面随便解决掉的，作为两个不太会做饭的80后，某一方应酬多一点可以省掉两个人为谁买菜谁做饭谁洗碗而产生的争执。周日的下午会有一个阿姨来替他们做做卫生，每次三个小时，每小时十五元。所以，周一的晚上，他们这个小家还是相当干净整洁的，小黄看了会儿电视里的体育节目，又看了张碟，12点差10分的时候，小芸进门了，一身酒气，她酒量一般，但自制力尚好，今天晚上委实喝多了一点，因为新来的这个男总监不知道她底细，有点试探她的味道，通常，在客户面前公司的同事之间是要互相照应的。人在职场身不由己，小芸索性豁出去多喝了两杯，有点醉,但即使到这个程度她依然温婉得体,看得出来新总监和客户都对她很满意。

　　小芸进家的时候小黄虽然躺在了床上,但还没有完全睡着,所以,当小芸把手提包往床头柜随意地一放,拿了睡衣去浴室洗澡的时候,小黄鬼使神差地把她的手提包扶了一把,因为没有放稳,小黄觉得包包会掉到地上。小黄不是个心细如发的男人,平常他都不怎么在意老婆穿什么衣服配什么鞋子出门,老婆买什么包他也不多说,女人的包就像女人的脸,她有能力买名牌包包就买呗。小芸只有一个名牌包包,TOD'S,她觉得没有 LV、GUCCI 那么滥大街。这是一只藏青色的真皮 TOD'S 包,小黄无意中发现内拉链没有拉上,有张名片露出一角,纯粹是好奇,小黄把手伸进包的内层,在摸到这张名片的同时,他摸到了一个滑滑的小东西,顿时心里凉了半截。

　　名片上是某家公司的某个人,这不重要,小芸一定是喝多了忘记把名片放进名片夹,但是,这个滑滑的小东西,却是一个避孕套,和他家床头柜里面的,不是一个牌子。就算是一个牌子,它也应该乖乖地藏在床头柜里,万万不应该出现在小芸包包神秘的内夹层里面。

　　小黄还算个磊落的君子,平常不翻老婆的包和手机,哪个男人会做这种事情呢?老婆不翻自己的包不查看自己的手机就不错了。虽然在老婆包包里发现了不应该出现的避孕套,小黄还是冷静地把包包放回了原处,他把那张名片放进了小芸的名片夹,并拉上了内夹层的拉链。等小芸洗好澡上床,那个避孕套依然好好地待在她的包包的内夹层中。这一夜小芸睡得很香,大约红酒是助眠的,小黄睡得很不安生,因为那只该死的避孕套。

周二,如周一一样的上班。小黄理了理思绪,给自己泡了杯绿茶,处理完手头的工作。"花心有缺"登陆微博了,看到素小妖已经转了两条微博,内容都是最近的一个热门事件,"花心有缺"转发了她的这两条微博,并进行了得体的评论。他给素小妖发私信,三来两去搞到了她的 MSN 号码,在 MSN 上相遇,感觉两人关系亲近了一步。"花心有缺"在 MSN 上就叫小黄,因为 MSN 不同于微博,他和同学同事朋友以及小芸都上 MSN,方便联系。小芸很忙,不知道他在微博上叫"花心有缺"。素小妖知道了"花心有缺"的真实身份,对他多了一分好感,感觉这个微博上认识的男人还是信任她的,因此,也值得她信任。

小黄:听说你们报社刚换了总编辑?

素小妖:你消息真灵通!

小黄:我有同学在宣传部门,认识你们总编辑。

素小妖:要是他能跟总编辑说说让我提前转正就好了!

小黄:你工作干得好,转正还会是问题吗? 最近有什么选题?

素小妖:我不在新闻部了,到专刊部实习,跟着一个做情感版的老师,帮她拆读者来信,那些信,好变态哦!

小黄:怎么个变态法? 说来听听。

素小妖:总之就是一些怨妇们抱怨老公找小三啊婆婆难相处啊什么的,看多了都不想恋爱结婚了。

小黄:这些不能算普遍现象吧,你这么年轻,应该对生活充满期待。

小黄像个绅士一样结束了和素小妖的聊天,虽然妻子的贞操蒙上了阴影,小黄并没打算自己也破罐子破摔,出于对小芸的了解,小黄还是觉得应该信任自己的老婆。他是个思维缜密做事有分寸的男人,决定静观其变。

今天晚上小芸没有加班,他们叫了外卖,晚上看电视聊天,小芸洗澡的时候,小黄翻了翻她的包,内夹层里,那只避孕套还在。小黄安然地睡去,小芸在床上却有些辗转反侧,她在想白天的那个案子,据销售终端反映,她负责的那个品牌最近销量有所下降,她要在降价还是加大宣传力度上做选择,有没有更好的做法呢?

小芸最近工作压力颇大,虽然新总监对她还不错,可是新总监带了自己的人过来,由于他是业内翘楚,老板重金把他挖过来,他带了一个妖娆的女助手来,虽然说是私人秘书,但有风声说这个美女觊觎的是小芸的职位。在这个关头,小芸如果守不住自己品牌的市场份额,在公司的前景就难讲了。表面上,小芸和女助手一团和气,还能讲点女人间的私己话。女助手是个海归,作风新派,和人自来熟,小芸常常被她的行为惊到,但又不好多说什么,她深知,她们两个不是一路人。

周三。素小妖在 MSN 上像发现新大陆一样跟小黄说:今天有个男的给我们写信!

小黄:这有什么大惊小怪? 男人也有情感问题要倾诉吧。

素小妖:这个男的说他老婆有外遇!

小黄:他怎么发现的?

素小妖:他说在他老婆包里发现了一个避孕套! 哪个结婚的女人会随身带避孕套啊!

小黄心里咯噔一下，但还是满不在乎地说：这个证明不了什么吧？

素小妖：是证明不了什么，但是几天以后避孕套不见了！这个男的窝囊透了，又不敢跟老婆当面对质，只好给我们写信倾诉苦恼了。

一整天小黄都心神不安，烦透了，表现就是"花心有缺"在微博上疯狂刷屏，把素小妖都吓了一跳。

小芸晚上又有应酬，又是一身酒气地很晚才回家。小黄觉得自己婚姻的幸福感在下降，老是这个样子和男人喝酒应酬，就算她包包里没有避孕套也难免会出轨吧？

小芸洗澡的时候心情很兴奋，轻轻地哼着歌，今天吃饭的时候她向老板撒了个娇，老板暗示她的位子是稳固的，对她的工作很满意，总监的女助手会另有安排。总监再厉害，公司总还是老板的吧？

小黄在小芸洗澡的时候例行检查了她的包，那只避孕套还在，周三没有什么特殊情况他们会做爱，小黄很想把那只避孕套拿出来用掉以绝后患，可是，还没等他有所行动，小芸已经穿着性感的睡衣扑到他身上，他只好顺势抱住她，一只手习惯性地拉开床头柜上的抽屉。温香软玉在怀，他顾不得计较那么多了。

周四。八卦女素小妖继续跟小黄谈昨天那个发现老婆有外遇的男人，她说他们报纸打算写他的故事，因为，女人的倾诉太多了，男人的倾诉比较难得。编辑给素小妖一个任务，让她去采访这个男人，因为仅凭他的来信还不能支撑一个整版的情感故事。

素小妖：你说我跟他聊点什么呢？你结婚了有经验，我怕人家看我是个小年轻不愿意和我说。

小黄:你什么都不用多说,多听他讲就行了,关键是,要让他搞清楚他老婆是不是真的有外遇了,别没事瞎猜疑。

素小妖:老婆包里发现避孕套,然后又神秘消失,这肯定是有外遇了吧?

小黄:那也不一定吧。

小黄今天有个重要的会要开,急匆匆结束了和素小妖的交流,素小妖和写信的男人约了下午见面,她答应第一时间把见面情况告诉小黄,这要比小黄在报纸上看到这个故事提前至少一周。

下午素小妖 MSN 没有上线,小黄知道她采访去了。难得的是小芸主动找小黄聊了一会儿天,平常他们两个在 MSN 上很少聊天,因为小芸很忙,都是有事情的时候才互相知会一声。小芸很兴奋,说老板听说她每天挤地铁上下班,决定给她增加一点车贴,虽然每月只有区区 500 元,但足够让她高兴了。小黄听了却有点不是滋味,他知道小芸负责的品牌最近销售遇到点麻烦,在这个时候老板不施加压力还给她好处,是不是有什么内幕? 难道和那只神秘的避孕套有关?

增加了车贴的小芸心情愉快地选择了打车回家,还拉着小黄去吃了海底捞。80 后夫妻就是这样,赚到了就花,哪怕是过半个月才能兑现的 500 元车贴。小黄觉得海底捞的服务没有想象中那么好,但看到小芸那么高兴,他也跟着开心起来,去你妈的避孕套!

晚上,小芸洗澡的时候,小黄例行公事般打开她的包包内夹层,顿时如五雷轰顶! 去你妈的避孕套,真的不见了! 他想发作,但又不知道该怎么发作,因为自始至终他和小芸都没有提过包包里的那个避孕套,如果他现在跟她说你包包里的避孕套哪里去了,小芸完全可以否认这件事情!

他痛苦地闭上眼睛,当小芸上床的时候,他用身体语言表达了他的愤怒,他背对着小芸,不看她,虽然她洗完澡的肌肤白皙光滑,整个房间里都是她性感的照片。他闭着眼睛背对着这个可能背叛了他的身体,拒绝再去用眼睛欣赏她的美丽。小芸依然沉浸在兴奋中,完全没有注意到丈夫的异样。这一夜,两个人同床异梦。小芸梦里全是美好的未来和充满期待的职场,小黄却是悲伤愤怒,他回忆和小芸的相识相恋,他们不是初恋情侣,80后的初恋都在中学阶段就完成了。但他们彼此相爱,有相同的价值观和共同的奋斗目标,他们的婚姻应该是美满快乐的,可现在,一只该死的避孕套打破了这一切! 他翻来覆去地想,那个男人会是谁呢? 是小芸的老板,还是另有其人? 她怎么能表现得这么若无其事呢?

80后们基本上都是独生子女,从小他们的人生哲学里没有忍辱负重,只有及时享乐。何况小黄是个男人,被老婆戴绿帽子可是天大的委屈,换了谁都受不了。他很快就决定,不管小芸是不是出了轨,反正她以后也是有可能出轨的,趁着两个人还没有孩子,过不下去就离,过得下去自己也可以找机会出出轨。只是,一切不可操之过急,他算了算家庭的资产和负债,对日后可能发生的家庭变故在心中进行了一番预演,想着想着,竟然最后也睡着了,而且,睡得还不错。

周五早上起床的时候小黄若无其事地和小芸聊天,关心了一下她的工作情况。小芸说品牌的销售情况有所好转,她决定等再观察一段时间再决定是否要采取措施。小黄心里暗想,和我想的一样,我也要再观察一段时间。

虽然表面上一切正常,小黄却知道自己的生活已经不一样了,今天和昨天不一样了,本周和上周更是完全不一样了。在 MSN 上碰到素小妖的时候,他想起来那个和他命运相仿的男人,就主动问她:昨天采访进行得怎么样?

素小妖竟然卖起了关子:不告诉你!

小黄觉得女人真是不可理喻,急着要跟他讲八卦的是素小妖,八完了又不肯告诉他的还是这个素小妖。

今天的素小妖也很不一样,她的 MSN 上换了自己的头像,小黄是第一次看她的照片,觉得这个姑娘清清纯纯的,长得还不错,不由心中一动,如果真和小芸过不下去,和她有没有可能?

都说福无双至祸不单行,可上苍似乎很眷顾小黄,虽然他疑似被老婆戴上了绿帽子,但祸就这么一单,好事却来了一双。先是领导找他谈话,对他最近的工作表现进行了肯定,表示最近可能会有一些人员和职位上的调整,他如果好好努力希望还是很大的。除了努力工作,为了给同事和领导留下好的印象,他以后要更加谦虚谨慎,家庭也要和睦团结,等等。机关里的干部选拔基本上是论资排辈,小黄掐指算算也觉得自己到时候该调一调了,不由心情大好。

下午的时候,素小妖突然在 MSN 上提出要和小黄见面,说有重要事情要和他谈谈。小黄很吃惊,现在的女孩子这么主动? 他还是爽快地答应了,他说,为了听八卦,他要请素小妖吃顿大餐。

小黄知道现在的女孩子作风新派,网上有各种各样的故事和传说,就算自己,当初和小芸恋爱不久就上了床,性,真不是什么大事,对他,对素小妖,今晚会不会有额外的艳遇呢? 他这样想着,就有点蠢蠢欲动,下班的时候他特意多拐两条街找了个小超市买了包避孕套,有备无患嘛。日后他回想起这个举动,给自己的解释就是鬼使神差一般。

小黄和素小妖约会去了。他跟小芸说的是和同事饭聚,小芸一点都没多想,平常自己常有饭局,小黄趁着周末放松一下也很正常,再说,他们还有周六周日整整两天的团聚,到时候想怎么亲热就怎么亲热。

和小黄一样,小芸觉得这一周过得特别神奇,她的职场遭遇可谓大起大落,周一的时候她还在担心职位不保,到了周末,一切烦恼都烟消云散,自己还更受老板的重视了。她知道作为一个美丽能干的女人,自己在异性的老板和总监眼里都很有魅力,有时候男人们也跟她开开玩笑,她总是一本正经地假装听不懂,必要的时候她会暗示自己的老公在政府部门工作,很有前途。公司上下都知道她家庭美满,对她工作上的表现也都认可,她的人缘不错,和谁都笑嘻嘻的,唯一有点不适应的是新总监那个鬼马女助手,她总是不按牌理出牌,给她带来了一些不大不小的纷扰。周四的时候,她需要复印一下身份证,她从来不把身份证放在钱包里,怕万一钱包丢了被人连卡带身份证都拿走,因此,她的身份证单独放在包包的内夹层。结果,她发现内夹层里除了身份证,还多了一只避孕套! 她惊呆了,不知道这个玩意儿是怎么进到包里去的,想来想去,她想起周一那晚喝的有点大的酒,她去厕所回来的时候,好像发现包包被谁动过了,女助手似乎给了她一个暧昧的微笑,难道是她放进去的? 她想干什么?

小芸没办法去找女助手对质，只能自己解决掉这个麻烦，好在小黄一贯信任她，也比较粗线条，从来不关心她穿什么衣服配什么包包，也不动她的包包和手机什么的，他肯定不会发现这个套套。这样想着，小芸似乎松了一口气，她带着包进了公司的厕所，趁人不备把那只避孕套扔了。小芸深知，这东西留着就是个祸害。

经过一周紧张繁忙的工作，周五晚上小芸虽然一个人在家，但身心放松精神愉悦，她约了美容小姐去做了个脸，然后回家看着肥皂剧等着小黄归来。

小黄很顺利和素小妖见面了，她比照片上更年轻漂亮，看上去容光焕发，小黄真有怦然心动的感觉。素小妖热情地喊小黄："黄哥！"小黄不太适应这样的称呼，心想我比你大很多吗？

小黄比素小妖大八岁。80后们的确越来越不年轻了，年轻一代像雨后春笋般蹿起来，在更年轻的素小妖面前，小黄感受到了年龄的压力，80年代初和80年代末出生的两个人，俨然像有了代沟。

让小黄意想不到的是，素小妖根本无惧代沟，她爱上了一个70后，比她大15岁。更让小黄大跌眼镜的是，这个70后就是她昨天的采访对象，那个被老婆戴了绿帽子的窝囊男人！是谁说的，上帝给你关上了一扇门，同时就会给你打开一扇窗，小黄本来幻想着素小妖会是自己的那扇窗，没想到却是那个比他更老更倒霉的男人的。

素小妖眉飞色舞地跟小黄讲那个男人的故事，和他们两个的一见钟情。那个男人的老婆确实出轨了，避孕套事件之后，他跟踪了自己老婆，很快就发现了证据，老婆也不否认，表示早就爱上了自己的老板，虽然那个男人又老又丑，但是他有钱，财商超群，生意场上魅力无穷。相比之下，自己的老公是个郁郁不得志的艺术工作者，当年只是情书写得比较动人而已。那个男人不仅情书写得动人，给报社的倾诉信也写得哀婉，否则报社不可能派出素小妖专门跟踪这个故事。素小妖见到那个男人的第一面，就被他的长发和脸上的悲哀打动了，她是那样一个多愁善感的女孩子，从小生活得顺风顺水，尽得宠爱，人生中缺少的就是和这样一个有流浪气质的倒霉男人谈一场惊天动地的恋爱。

小黄内心五味杂陈，但表面上还是认真倾听并给了素小妖一些合理化建议，比如说，一定要等那个男人把婚离掉再真正在一起，等等，等等。他完全忘记了他兜里还有个不合时宜的避孕套。小黄和素小妖喝了点酒，一顿饭吃得很愉快，小黄很有风度地结了账，虽然他知道自己在这个女孩子面前一点机会都没有了。但好在，素小妖没有察觉到他对她的好感。他们认识的时间还太短，他在她面前一直是个一本正经的已婚公务人员的形象。可再短能短得过一见钟情吗？

小黄带着酒意回了家，在路上他摸到了兜里那个多余的避孕套，想也不想地就扔进了垃圾筒。不管老婆是不是真的出轨，他自己不能留下任何把柄。洗澡上床后他借口喝多了有点难受，没有去爱抚穿着性感真丝睡衣的小芸。他很快就假装睡着了，但其实毫无睡意，大脑在飞速地运转，下一步该怎么做？但不管如何，领导的话他是记到心里去了，要注意家庭和睦团结，况且，他没有任何小芸出轨的证据，那只避孕套神秘地出现，又神秘地消失，在他和小芸之间仿佛从来没有真实地存在过。

　　周六了，两个人懒洋洋地睡到日上竿头，小黄和小芸像什么都没有发生一样按照他们一周前的约定，去郊外的一个度假村过了一个周末。那天晚上小黄不知道是因为吃了当地无污染的蔬菜肉禽还是心有不甘，他疯狂地一次又一次地要了小芸，他们忘了从家里带避孕套，当欲望上来的时候谁也顾不上去看宾馆里有没有备用产品。小黄一边做一边想，这或许就是我的宿命，毕竟，小芸又漂亮又能干，还有一流的身材。他们认识了七年，恋爱谈了五年，结婚已经两年，这些数字是不可能轻而易举就一笔勾销掉的。他想起来有个长辈跟他说，婚姻就像是一个套子，即使看上去千疮百孔，却自有其牢不可破的道理。

　　周日下午阿姨来打扫卫生的时候，看到小两口腻在沙发上，头靠着头，腿搭在一起，两个人有说有笑地边吃零食边看电视。阿姨心想年轻人真是幸福啊，日子过得真甜蜜啊。她不知道她不在的这一个星期，这两个人的婚姻经历了一场看不见的风波，表面上一切平静，暗地里却惊心动魄。

　　一周后，素小妖的情感专访见报了，她用整版的篇幅写了那个男人和妻子过去的相爱和今天的分离，对爱情经不起金钱诱惑的现象进行了批判，这个舆论导向很正确，再加上她优美细腻的时尚杂志风格的文笔，报社的新总编对她的这篇文章赞不绝口，她顺利地提前转了正。半年后，以她自己的感情经历为素材的情感小说《一只妖的前世今生》登上了某家著名时尚杂志，素小妖，终于和其他某小某们一样成名了。

　　一年后，素小妖和她的男友去喝了小黄和小芸为儿子准备的满月酒。在度假村那个纵情的夜晚，由于避孕套的缺席，小芸意外地怀孕了，他们平静地接受了这个事实,生下了他们爱情和婚姻的结晶。

　　小芸临产前小黄把自己的微博名字从"花心有缺"改成了"温柔一套",没错,除了是个古龙迷,他还很喜欢温瑞安。

2011 年 9 月

■　顾思思装修记

1

顾思思提前一个月拿到了新房的钥匙,高兴得跳了起来。预售合同上写着 2003 年 3 月 31 日之前交房,她一直担心不能如期交房,掐指算算,就算是按期交房,装修时怕也躲不过上海的黄梅天,因此怎么想怎么沮丧。要是拖到黄梅过了七八月再装修,好是好,可就要多交几个月的房租,谁不想早点住进属于自己的房子呢?

自打过了年,顾思思就隔三岔五往售楼处跑,询问什么时候能交房。售楼处的经理和她已经很熟悉了,耐心地跟她说:"小区的绿化就快做完了,但工人们都回家过年去了,得到正月十五以后才会陆续回来。"顾思思就焦急地说:"不能早点让他们回来吗? 多给他们发钱他们是不是就能早点回上海了?"经理就只能苦笑。

好在很快就正月十五了,元宵节的焰火腾空而起,小区的工地也日渐热闹起来。开发商很给力,慷慨地让他们 3 月 1 号开始就可以陆续交房了。

业主们在早就开通的业主论坛上已经热火朝天地讨论好长时间了,大家都说,验收新房不能马虎,最好带律师和专业验房员一起去收房,这样才能发现房屋的质量问题,否则等交了房,再出现问题开发商就不会管了。

顾思思才不想那么麻烦呢,她心想上海人就是精细,鸡毛蒜皮计较半天,还不如早点装修早点住上新房,至少能节约两个月的房租吧?

顾思思在新房附近的老公房已经租住了一年半,每个月要交房租还要交新房的银行按揭,压力确实不小,所以她根本不想和开发商在房屋的质量问题上讨价还价,就想赶紧拿到钥匙赶紧装修。验房那天,她找了个朋友简单看了看墙壁有没有开裂,地板是不是抹平,卫生间有没有漏水等,小问题有一些,大问题谈不上,就飞快地签了验收合格的字,拿到了新房钥匙。

顾思思家的装修从3月12号正式开始了。

其实,自春节从老家过年回来,顾思思就一直没闲着,先是天天去新房子处看什么时候能交房,然后就东跑跑西看看,张罗着找装修公司。3月1号终于提前一个月交了房,而她也靠第一感觉找到了一家装修公司。

考察装修公司是从考察朋友家的装修效果开始的,她不想多花钱,三房两厅一卫的房子想控制在八万元左右的费用,所以重点看了一家花钱和她的目标差不多的同事,可看下来,发现了诸多问题,比如,他家橱柜是零拷的,龙骨是用木头劈的,踢脚线是用密度板做的……感觉八万块拿下来有难度,但她又不敢清包,就想先找个做橱柜的公司定做橱柜吧,于是从《装潢情报》上找电话,打通了一家威雅橱柜的电话,接电话的阿姨很热心:"我们公司不但做橱柜,也做装修的。小姑娘你可以来公司看看。"

阿姨记下了思思的电话,说老板一会儿过来的时候让他打电话跟她谈。结果到了下午是顾思思沉不住气给老板打了电话。老板自称姓张,他说做顾思思家这样的面积,报价在八万五左右,其中人工费一万,她感觉还可以,于是和老板约了时间去看样板房。由于顾思思老公的一个朋友老汪和他们家买了同一单元的房子,他们家是 7 楼,老汪家是 9 楼,老汪比较信任思思的眼光,想和她找一家公司一起做两家的装修,说不定还能省点钱。所以,2 月底的一个周六,顾思思和她的老公就和老汪一起去了威雅的张老板家。

顾思思的老公叫孙越,他们两个是大学同班同学,一进大学就恋爱了,毕业后波澜不惊地结了婚,算是结果比较圆满的校园爱情了。老汪是比孙越高两个年级的高中校友,老乡,他们两家人关系一直很好。

到了张老板家,他家是挺普通的两房两厅,面积不大。张老板是林业大学科班出身,北方人,人高马大的,以前专门做橱柜,这几年也搞起了装修,说起事情来头头是道。顾思思比较信任这个有学历的老板,因为以前她接触过的几个老板都感觉是包工头干起来的。张老板家已装修好几年了,但感觉仍未落伍,很多细节处理得不错,又是思思喜欢的混水的风格,她特别喜欢他家的橱柜。

看也看了,谈也谈了,顾思思和老汪基本上同意让张老板来装修他们两家的房子,他们唯一的担心是:同时做两家,质量和装修速度上有保证吗? 张老板拍着胸脯说:"一点问题都没有,我有好几个工程队,一直都是好几家装修同时在做。"

3 月 1 号交房的下午顾思思就约了张老板来量房了,说是三天后就出预算表，量房那天他带了一个助手小黄，据说以前是在家具厂干过的，现在是他的工程经理。思思家房子的结构还比较合理，她也不想搞太复杂的装修，所以就不打算做什么改动，因而也谈不上什么设计，就是局部因房间不齐整搞了两个吊橱，主卧有一面斜墙，但不是很严重，而且她比较喜欢主卧宽大的感觉，因此也没有对斜墙进行处理。

3月8号又是周六，思思不想东跑西跑，就约了张老板拟好合同带好预算表到新房子处谈，如果谈妥就直接到物业那里去办装修手续。思思这个小区的物业公司，业主们与他们进行了不屈不挠的斗争，并且斗争仍在进行之中。张老板报了一个全包的价格八万四千元左右，思思从中删除了自购的地板、厨房卫生间电器、洁具、门锁等项目，决定等物业装修申请批下来就和他签合同开始装修。

3月9号，顾思思和孙越拿着报价单在自家附近的百安居转了转，发现张老板的价格基本上比百安居的东西偏贵一点点，由于老板话说在前，这个价格是封包的，以后装修中即使出现新的费用也不再增加，考虑到奸商也是要有一定利润的，思思只是和张老板就他的材料价格偏高于百安居谈了一些疑问。张老板有些着急，说："我的用料都是很好的，而且有些项目的费用没有具体去写，你怎么也得让我赚点钱吧？"

思思很爽快地说："我就是想问问清楚价格差是怎么来的嘛，没有问题就用你家了。当然得让你赚钱了，但你得给我装好了才行！"

可是，老汪那里就出了点状况，他拿着报价单去宜山路市场转了转，发现细木工板六十元一张的也有，而张老板的报价是九十元一张，诸如此类，他对张老板产生了强烈的不信任，老汪感觉张老板这家公司太黑，但顾思思凭第一感觉还是比较信任这个北方老乡，而且，孙越认识张老板太太的上司，他太太在一家著名的律师行做财务，据说他们公司有二三十家的装修都是张老板给做的。

老汪决定不用顾思思找的这家公司做装修了。他找了一家新公司，报价比思思家少了一万元左右。老汪跟思思说最近手头比较紧，还是装得便宜点算了。

老汪因为信任思思所以信任了她找的装修公司，可现在，他不信任这家公司了，顾思思也觉得有些恼火，好像自己欺骗了朋友，于是3月10号她跑到张老板的公司，就合同的一些细节及报价问题重新谈了一次，把主卧不规则大窗台的用料从人造石降到普通大理石，就降了将近一千元。另外，老汪说张老板提供的PVC吊顶很薄质量很差，她又要求把这项武峰的PVC吊顶改成了高分子吊顶，其实她也搞不清楚这些吊顶的材质，但是想象橱卫的吊顶天天看得见，总是用好一点的吧，结果，价格又高了一大截。

最后合同敲定，橱柜、卫生间柜、门口鞋柜包括房间的几个吊柜还有一个小衣柜全部是在张老板的工厂制作，然后到现场安装，所有柜子用料都是和橱柜一样的。他们赠送拉篮、米箱、垃圾筒等，这些赠品是顾思思在他们橱柜广告上看到的。不过剔除赠品，这些柜子也不便宜，最后算下来总共一万多块钱。思思自己只负责买地板，龙骨由张老板提供。张老板给她用的是巨贵的干燥龙骨，十六元一根，价格超过了百安居。热水器、脱排灶具、水槽、浴霸、洁具、门锁还有灯具、窗帘、卫浴五金等软装饰都是顾思思自己买，其余的都包给张老板了,包给他们的合同金额是五万五千元左右。

按照装修的行话说,顾思思家装修是半包,自己买一半,装修公司买一半。有的人家是全包,自己什么都不买,全部由装修公司搞定。有的人家是清包,所有的东西都是自己买,只雇人干活,付人工费。

3月11号顾思思正式和张老板签了合同,交了第一笔钱,算是开工了,其实就是和张老板、小黄还有一个施工的小头目张师傅一起到新房子那里敲定了开关插座等的位置。前天晚上,顾思思和孙越已经在新房子里就开关插座装在哪里达成了共识,因而这个工作进行得很快,由于这些费用也是一个统包的价格,所以她即使在墙上装一百个插座张老板他们也不能反悔。可是,思思家不想有那么多插座,倒是张老板他们很有经验,在思思没有想到的地方提醒她增加了好几个插座。思思心想,我信任这家公司还是有一定道理的吧?

思思租住的房子离新房子很近,当初租在那里就是为了考虑日后装修的。刚来上海时他们就买了这个房子,可是是期房,便宜是便宜,但要两年后才能交房,后来思思就在新房附近租了房,所以她基本上是看着开发商把自己家的房子一点一点盖起来的。

为了装修方便思思还特意买了一辆自行车,自从装修开始她保持了天天去看一至两次的记录。这两个月工作比较清闲,上班的时间思思就在篱笆上认真学习,写装修日记。有事情她就随时可去工地,每天晚饭后去工地散步已经成了她和老公的良好习惯。

“房子装好了以后我要天天换房间睡!”思思神往地对孙越说。

“行,你想睡哪儿就睡哪儿,睡地板都成,睡地板我也陪着你打滚儿。”

"去你的!"思思狠狠地掐了孙越的胳膊一把,他夸张地惨叫了一声。

2

木料进场是 3 月 15 号那天,之前就是两个张师傅在墙上挖槽铺线,看看,顾思思找的这家公司姓张的真多。真难为两个张师傅,一点木料都没有,他们在这个空房子里睡了三个晚上。思思感觉这家公司比较正规,工人都穿着统一的制服,思思的懒老公孙越比较满意。

装修开始,顾思思和孙越就进行了分工,懒老公孙越把装修的事情全推给了顾思思,但是,每天下班思思能吃到孙越做的可口的饭菜。

顾思思订了能率厂家直销的热水器和灶具,之前在百安居她就看好了能率的灶具,感觉好漂亮,所以看到一家公司提供的直销价格后,她马上就用团购卡订了下来,13 升智能恒温热水器一千七百元,灶具和深罩式脱排都是六百三十元,总价款合起来比百安居便宜了五百多元。

3 月 15 号上午孙越的一个同事自告奋勇带他们去恒大装修城,到他的一个朋友店里去看地板。顾思思以前只在恒大门口瞄过一眼,感觉那里很恐怖的样子。其实那个朋友也只是做木料的,并不做地板,但他说可以帮思思买,她心里就打了一点折扣。地板思思早就想好了,买菠萝格的超耐磨漆板,百安居有好几个牌子特价,但都是光漆,她不喜欢。选择菠萝格是因为通过对地板知识的学习,有人介绍说它是性价比最好的地板。对,性价比,这是顾思思装修中最看重的一点,她没有经济实力去做豪华装修,但她也不想把家搞得很差劲儿,所以,他们就一直强调最佳性价比。比如,厨房卫生间的橱柜、洁具,属于天天要用的东西,一定得是相对比较好的。但对于涂料是立邦还是多乐士,她觉得只要是环保的,刷在墙上好看就行,也许,过两年想重新刷墙也不一定呢。

顾思思家装修风格是混水,就是所有的门框、门套、门等都是涂白色漆的。还有一种装修风格是清水,是保留了木材原来的纹理颜色,只在上面涂一层清漆。顾思思觉得清水的颜色比较深,看上去太严肃,还是白色的混水风格比较活泼、时尚。油漆涂料张老板报给她的是立邦永得丽的乳胶漆和紫荆花硝基漆,还算马马虎虎吧,这种东西她是不要自己买的,因为想用几种颜色,她可搞不定要怎么配色分别买几桶。

从恒大出来他们去了对面的同福易家丽,这也是顾思思第一感觉就比较喜欢的地方。二月底她曾自己去逛过一次,由于开业时间不太长,人不太多,她重点看了地板和洁具,没想到第二次去,卖东西的全都认出她来了。

2月底顾思思第一次去的时候,由于想到东逛西逛没买一点东西很浪费,就在那里买了一眼看中的一个水槽,不锈钢珍珠不沾油的,看上去两个斗都很大,她不喜欢现在家里用的那个,有一个斗比较小,用起来不方便。于是就买了下来,连带一个厨房龙头和一个皂液器,他们说是当天的第一笔生意,总共五百三十元就给她了,还给她送上门。老板说:"刚好我有个伙计住在你家附近,你看上去又不像能把这些东西自己带回家的样子,就照顾你啦!"

思思就对老板说了好一通感谢:"我们小区很多人家都装修房子呢,到时候一定推荐他们都来买你的货!"

顾思思的观点是,水槽是用来洗脏物的,没必要太贵。

　　第一次去同福易家丽她拿了几家地板的资料,后来打电话问美丽岛的菠萝格,老板说是现在特价,一百五十元一平方米,她的理想价位是每平方米一百四十五元左右,结果这次去,果然就特价到一百四十五元了。顾思思看上了它的绿标,是不带一点亮光的超耐磨漆板,明显比另外几家的菠萝格看上去要好,所以就很动心了。孙越和同去的朋友跟销售谈价,老板记得思思上次去看过。可能思思长得青春靓丽,几乎每家卖地板的都记得她上次去过。他们谈一百四十元,怎么也谈不下来,结果思思一开口就说一百四十三元吧,马上就成交了。思思心里这个后悔啊,果然,不多久有团购了,可她也交了定金,好在她买的真也没比团购贵多少。

　　上次顾思思还重点看了科勒的洁具,这里据说是科勒最大的一家专卖店。销售依然认识她,价格就谈得很爽快,她说肯定最低价给思思,结果一个一米七的铸铁浴缸,一个连体马桶,一个台下盆,两个进口的科勒龙头,外送了浴缸下水和法兰、S 弯,总共是四千九百元,后来看了团购价,比思思买的还贵了一些,她心理就平衡了。地板和洁具都付了定金,需要时电话联系上门送货。顺便,在她原来买水槽的地方,商家又热情地把一个标价五百八十元的奥邦雅士达浴霸三百元就卖给了她,并且没收钱,说好送货上门的时候才付。

　　去一次装修城就被老板们纷纷记住的美女顾思思,其实已经三十岁了,结婚六年,这是她到上海后装修的第一套房子,所以格外上心。毕竟,在繁华的大上海,她和孙越这两个新上海人终于安家落户了。有了房子才能安心,才能进行诸如生小孩等人生规划。

　　15 号中午,思思从同福易家丽回到家,顺便还带了一块美丽岛的样品地板。刚吃好饭能率的东西就送货上门了,思思没有让他们送到工地,而是送到现在租的房子,到需要的时候用自行车驮过去就行。下午去了工地,她发现木料已全部进场,细木工板看上去很不错的样子,是机拼杉木心环保板,其他的木料也挺不错,只是由于下雨,白松看上去湿着。装修工人还真不错,吊顶的白松龙骨他们早早批好,不下雨的这些天一直在阳台上晒着。现场有了两个张师傅,还有两个木工,看上去有些乱,但干活还挺认真。进木料的时候小黄来了,把思思家的防盗门用报纸全贴了起来,墙上的对讲机报警器也都保护了起来。思思感觉是挺正规的公司,他们还在门外贴了广告,威雅装饰现场专家,过几天就没了,可能是物业给撕了吧。

3

装修才刚刚开始,顾思思突然发现东西买得好快,这也定了那也定了,只剩了室内房门锁。所以这个东西,她决定就拖几天再买吧。室内门锁本来是可以包给张老板和门一起买的,但顾思思以不安全为理由要求自己买,其实她是有自己的小九九,觉得他们的报价太贵了。

对于思思和孙越小两口而言,买房子已经把他们的积蓄花了个七七八八,他们首付了四成,还有六成是二十年的按揭。装修的费用筹措起来就有点为难,其实他们有一笔钱,但长期投在股市里,这两年市场不好,处于被套状态,思思想割肉出来先装修了房子再说,可孙越不同意,他是做投资的,感觉市场差不多要到底了,不能把股票割在地板价上。

这个时候,思思的爸妈雪中送炭般从老家给他们汇了两万块,说是送给他们的装修费用。思思心里好感动啊,孙越家境不好,啥也帮不上,思思心里不悦,但也不好说什么。

　　所以,当孙越坚持不割肉时,思思就忍不住和他吵起来:"我爸妈给了两万,存折上还有六万,可是装修和家具家电怎么也得十五万,还有七万的缺口怎么办?"

　　孙越很有办法,他说:"借钱!"

　　思思快要气昏头了。她非常不喜欢欠别人钱的感觉,当初买房子办按揭是没有办法,可为什么装修也要欠上一屁股债呢?

　　她气得两天没和孙越说话。

　　两天的工夫,孙越就把资金缺口给填上了。

　　他向刚工作时的室友孔凡明借了十万。

　　思思和孔凡明也很熟悉,当初她和孙越一起分到了老家一个小城市,她在一家设计院工作,孙越和一百多个应届大学生分进了一家大型国企。孔凡明是其中一个大学生,他和孙越分在了一个单身宿舍。

　　思思和孙越大学里就恋爱了,孔凡明却是一进厂就开始了相亲。在工厂里,名牌大学毕业生还是很受欢迎的,有个热心大姐给他介绍了一个厂领导的千金,那姑娘长相一般,中专学历,但对孔凡明很是动心,因而非常主动。

　　思思至今还记得孔凡明结婚前一天对她和孙越说的话。当时,他们正帮他准备第二天要进行的婚礼,孔凡明苦恼地说:"我不知道我和她结婚是不是一个错误。"

　　这个疑似错误的婚姻还是给孔凡明带来了事业上的成功,他一路有老丈人提携,后来又瞅准时机跑出来单干,客户、资源都是老丈人提供的。孔凡明在同时进厂的那批大学生当中第一个发了财。

几年后思思和孙越通过人才引进到上海工作了,他们当年就是在上海读的大学。孙越和孔凡明的友谊一直保持得很好,北方人讲义气。思思在上海也见过孔凡明,只觉得他各种春风得意,思思本来想调侃他是不是还记得结婚前夜的那个困惑,后来生生地咽了回去。

孔凡明爽快地给孙越的卡里打了十万块,不要利息,约好半年后还。

顾思思虽然心里不爽,但钱到手心里毕竟踏实了很多,她太了解孙越的心理了,就敲打他说:"半年后这钱一定要按时还,你可不能到时看股市好了又拖着不还先拿去炒股!"

装修顺利地进行着。

师傅们开始做门套了,工艺方面顾思思也不懂,感觉他们和别家不太一样,是先搭好一个个门套的样子,然后再套到门框里去。张师傅问她,拼角的地方是45°拼还是保留两个直角?她怎么也没听懂,后来师傅带着她和孙越下楼看一楼的大理石贴面的接角,是两个45°斜角相接,挺别致,思思也不喜欢两块木板接成尖尖的90°直角。再问门套的宽度,他们说七厘米,思思觉得有些宽,也不喜欢平的样子,心里就很恼火,觉得这些细节他们应该事先跟自己定好。回到家后思思就很生气,想去朋友家看他们家的门套样子,结果朋友手机一直没开。

思思翻看自己积累的一大堆装修杂志,终于相中了一个款式,于是气势汹汹地给张老板和小黄打电话:"你们怎么连个图纸也没有?我不喜欢门套平平的一点设计都没有。而且吊顶的样子至今也没定下来。你们怎么这么不专业啊?"

由于发生了老汪因报价太高中途退出不用他们装修的事情,顾思思和张老板谈价钱提要求都变得理直气壮,就是觉得他们赚了自己很多钱。后来她和小黄约定,17 号下午到工地碰个头,商量一下门套具体怎么做。正好他们也约了装水管,让思思到现场看试水压。第二天思思在网上紧急抱佛脚,看水管安装试水压的相关资料,结果还是稀里糊涂,看来想速成装修专家并不容易啊。

17 号装水管前思思把热水器送到工地,下午 4 点多过去的时候,白蝶的工人已装得差不多了,装修公司也有很多项目是 OEM 的,不过她还是没勇气清包,即使突然中大奖能买第二套房子。思思跑楼上去看老汪家买的皮尔萨水管,可是,可是他们家竟然是用红色的电线固定管子的,让思思感到非常地奇怪。

4

思思的公司最近不景气,业务很少,所以她白天有很多时间泡在各种装修论坛上。春天是装修的旺季,她在论坛上认识了很多也在装修的网友。很多网友装修都累得病倒,结果她很不幸也中招了。

前两年顾思思背上长了一个东西,不痛不痒了好久,装修开始后可能太累,突然发了,背部肿了,很痛,坚持了几天,她终于撑不住去医院了。医生叫:"你怎么不早来?你背上这个囊肿都感染了。"

思思嗫嚅道："一开始也不痛，就是最近装修太忙了，结果就痛得受不了了。"

医生给她开了药，说三天后再去看，要是发了炎，就要开刀啦。

顾思思有些沮丧地回到了装修工地。

前几天和张老板吵架的时候她还不知道有专门的木线条卖的事情，以为所有漂亮别致的门套都是工人做出来的。好在她设计的式样还不算复杂，工人还是给她做出来了，就是平的门套中间留了一个棱，虽然他们说以后打扫卫生不方便，可是，思思现在只想自己的家要漂亮。小黄给了她门套的图纸和吊顶的图纸，思思家层高比较高，客厅和餐厅是南北相通的，所以吊顶很简单，就是吊了一圈边，两层，最下面一层和进门处的一道梁一样平，由于餐厅有一面墙比客厅窄，在客厅和餐厅拐弯的地方设计了一个弧形。思思还算满意。

小黄看思思气势汹汹的样子，就说："我们老板也很生气，决定给你们用最好的料做，你们这家只要不赔钱就行，一定要让你楼上朋友家看了后悔！"

思思这才想起好几天没关注老汪家的装修进度了。

老汪家 16 号开工，思思和孙越上去看了看，发现门口堆了一些杂牌子电线 PVC 管，里面还有一些中财的，但上面的字印得模模糊糊。后来老汪说，他发现管子有问题，让他们把不好的都换了。思思只能对自己说，钱少有钱少的做法呗。上周末老汪家木料来了，当时刚好思思在场，说好的干燥龙骨变成了一块块木板，自己批。老汪脸色就很难看，昨天去他家看，果然，所有的木料都换了，老汪和工人一起去恒大重新买的，细木工板和思思家的差不多，但价格就要九十八元一张啦。

除了关心老汪家的装修,思思对对门邻居小谢家的装修也很关注。思思家是 701,小谢家是 702。交房那天思思第一次见到小谢,他准备结婚,这个房子是婚房,所以他也赶着快点装修。小谢家 3 月 6 号就动工了,他请的是百安居装修,结果目前已大大超支。不过他们家活干得挺好的,进度也很快,可能是比思思家少一个房间的缘故吧。

思思事事不甘人后,看到邻居家装得快也只能这么安慰自己。不过小谢说她家进度也很快,不知道是不是也在安慰她。这个小区的业主很团结,很多都是网上认识的,篱笆这个装修网站最初思思就是听他们小区的业主在网上说的,进来潜水半月,果然受益匪浅。小谢家是柚木贴面,门套就是买的现成的木线条,巨贵,他说花了三千多,思思很庆幸自己只是让工人稍微变了变花样,就省了很多钱。不过也够工人们费事的,本来只需贴一张三合板,现在变成贴两张,中间留一样细的一条缝,就出来一个棱的感觉啦。经常去邻居家参观、借鉴、取经也是思思很乐此不疲的一件事情。

思思发现自己真的是非常非常的喜欢装修,现在上班除了看时事新闻就是在篱笆上泡着。她的公司最近很不景气,没事做,正好她装修。

装修开始半个月,顾思思的打扮就很像民工,天天穿双平底鞋,脏兮兮的,斜背一个同样脏兮兮的挎包,上班和周末逛都是这身打扮。虽然春天来了,在装修的非常时刻,思思决定还是让美丽的裙子、漂亮的皮包离自己远一点吧。

在思思看来,装修才是件让生活一天天变得美好的事情。

现在,思思家的吊顶基本要完工啦,水电线路是早就排好啦,但煤气管还没装,于是张老板就把电工张师傅派到另外一个快收尾的工地上帮忙去啦。

24 号下午,工人们量好了大理石的尺寸,说是 25 号下午来装,装好大理石,窗套就很快也会做好啦。大理石选的是金线米黄,本来老板给思思的是雪花白,她以不好看为由换了,张老板好像有点不情愿,可是思思觉得用金钱米黄他们也赚了自己不少钱。

22 号是周六,顾思思和孙越又在外面忙碌了整整一天,从早上 8 点半出门,一直到晚上 8 点半回家。上午他们在工地待了半天,网上一个朋友借了她家的脸盆去做渗水试验。说起这个脸盆,本来是刚开工的时候他们拿自己用的洗脸盆往卫生间泼水看楼下渗不渗的,结果一个小师傅说,这个盆能不能给他们用? 思思一愣,还是给了他们,回家的路上又去超市买了一个新的。第二天,还给工人们送了一个旧的扫把。思思对他们家工人挺好的,觉得他们那么辛苦,感觉他们就像自家人一样。周六上午他们还买了一箱最便宜的白酒和一箱火腿肠给他们。有朋友告诉思思,给工人塞上六十块钱给他们买酒喝,结果他们还是花了不到六十元钱到麦德隆买点东西送了过去。

26 号晚上思思两口子又去了工地,他们家的装修又有了新的进展,吊顶居然全部做好了,窗台的大理石也装上了。一周内,瓷砖就进场,泥工就要开始忙了。说起瓷砖,思思也包给装修公司了,没有自己去买。上周六的时候,她到公司和张老板碰了一个头,把橱柜、门、瓷砖、墙角线的样子全部敲定。本来她想前后阳台都铺那种粗粗的瓷砖,然后在前阳台嵌上几块鹅卵石,结果被张老板否了,他拿出他以前做过人家阳台的图片给思思看,确实,那种粗粗的像鹅卵石效果的瓷砖单看一块挺漂亮,组成一起就不太好看了,有种脏兮兮的感觉,后来决定,思思家厨房、卫生间、前后阳台都铺一模一样的玻化砖,她选了比较深的一种米色,据说看上去不显脏。玻化砖没问什么牌子的,看样品还不错,说是仿斯米克的。墙砖他们给用的是广东的一个牌子:圣德堡,有一些样品还有精美的图册。思思决定不用腰带,只分别配两块别致的花砖,颜色都是浅米色的。其中厨房的那一款,她是觉得和它配套的花砖很漂亮才选的,结果周一小黄打电话告诉她,说是厨房的那款在整个上海都没有进这种货,让她中午到工地上看着图册再换一种。

周一中午顾思思跑到工地,发现很多漂亮的样品都没有货,不知道小黄他们是不是骗自己。后来换了一种瓷砖,但花砖不是特别漂亮,她就不很高兴的样子。小黄说:"要不我去买那种漂亮的花砖贴纸贴上吧?"思思想想算了,怎么能因为花砖的原因就放弃挺漂亮的瓷砖呢?后来再想想,觉得那花砖也不错,是绿色的花纹,而他们家橱柜用的是蓝色,挺般配的。

这是思思在篱笆网上学到的知识,厨房的装修应该是冷色调的。

27号晚上思思又去看房子,发现瓷砖已经进来了,水泥之类的建材也堆满了阳台。为了橱柜后面铺不铺瓷砖的问题,她和张老板又电话切磋了一番。张老板意思是,橱柜后面不要铺瓷砖,铺了以后梅雨季节空气中水分大,瓷砖不能吸收,就全积在柜子里了,而水泥墙面吸湿性好。还有冬天,一般不开窗,水蒸气也会积在柜子里。反正,他说服思思了,就是贴好墙砖后,把不贴的地方用水泥混合801胶找平。但地砖是全铺的,因为他们家的柜子有脚。

装修一开始,张老板就建议思思家在厨房打一个排烟囱的洞,但物业以影响外立面美观为由坚决不同意。思思跑到物业据理力争了好几次,未果。27号那天思思和物业就厨房墙上打排烟洞进行了最后的斗争,她发传真给物业,申明理由,结果他们传真回来,坚决给否决了,最终,还是思思妥协了。

5

顾思思按照跟医生的约定,三天之后的下午去医院复查。医生看过后毫不犹豫地说:"伤口已经发炎了,先切开吧,等消了炎,还要再切一次。"

思思头昏昏地去挂号,到换药室接受治疗,打麻药的时候她对护士说:"我很想哭。"护士哄她,别哭别哭,就一点点痛。打完麻药,切开伤口,护士说,好多好多脓啊。思思就看见血淋淋的一大团纱布。包扎之后,护士说,明天还要再来换一次。下了床,思思突然觉得头好晕,不知道是不是因为麻药的原因,想当年看周星驰的电影,人家一边看 A 片一边自己刮骨疗伤是多么的勇敢,可自己这么小个伤口也没有不打麻药的勇气。她打电话跟同事说,待会儿不回班上了,帮忙把电脑关机,然后又打电话给孙越,让他到医院接自己回家。

顾思思其实从来没看过 A 片。她就是那种满脑子幻想、一派天真的女人。

伤口真的很痛啊,顾思思龇牙咧嘴地回了家。她一直很卖力地在装修新房,突然就变得病快快了,很多天绷着的神经一松弛,才意识到,装修诚重要,健康更可贵。所以,晚上她破天荒没去工地,孙越自己去看了看,说木工活基本干完了,地板都打好了孔,门窗套都完工,师傅们说龙骨还不急着铺。思思家所有的橱柜都是在工厂里做好来安装的,所以也没有什么其他的木工活了。

思思这才稍微放了心。

29 号周六的上午,顾思思自以为很坚强地一个人跑到医院去换药,没想到痛得在换药室就哭了起来,一边哭一边喊:"好痛啊!"护士说:"你别叫了,再叫外面的人以为里面发生什么事情啦。"医生说以后每过几天就要去医院换一次药。思思想想好恐怖,希望自己坚强一点,不要再哭啦。

身体欠佳,思思周六又是一天没去工地,孙越自己去了一趟,发现工人都出去玩去啦,因为泥瓦工还没来,而木工们又没什么事情可做了。

休息了整整一天,周日上午思思又打起精神去工地了。坐在孙越的自行车后座,像翠花和二牛般去为自己的小家奔忙,突然身边停下了一辆车,是孙越的师兄!他开车路过,看到两个人觉得很像孙越两口子,就停下来跟他们打招呼。师兄说:"我要先去办事,等办完事就到你们房子那里看看去。"

师兄是孙越的老乡,比他高两级。师兄毕业后一直在上海工作,等到孙越和思思也到上海后,师兄在工作和生活方面都给了他们一家很大的帮助,他们很感激。

思思去了工地,工人们继续不在,而她定好的科勒洁具说好下午来送货,她很担心货到的时候没人帮他们搬上去,打电话给小黄,说是在挑石膏线,思思就很奇怪,墙上的柜子还没弄好就要贴石膏线啊?

思思还跑去和物业又争吵了一番,因为原来开发商打好的热水器排气管又低又大,想重新打一个,物业死活不同意,还振振有词说设计是很合理的,她就拉着物业的一个小姑娘跑到自己家,去看墙上孔的尺寸和她家热水器管的尺寸,小姑娘答应向领导反映一下。孙越一直在旁边心疼说:"你不能生气,小心你的伤口。"可思思,一生起气来就控制不住。

思思第三次去医院换药的时候,依然痛得直冒冷汗,但她终于没好意思再在医院里哭。医生跟她说,伤口要一个月才能好,这让她十分沮丧。

都说福无双至,祸不单行。顾思思身体还没好,工作又出了状况。他们公司要裁员! 据说,她在裁员名单上!

思思心神不安地回到家,吃饭的时候跟孙越说起这件事情,孙越就有点不太高兴。毕业这么多年,思思的工作老是出各种各样的状况,她总是跟各种领导处不好关系。

孙越说:"你也得改改自己的脾气啦,不能工作上一出问题就怨这怨那,你脾气这么倔,说话又那么刻薄,从来不考虑别人的感受,领导和同事怎么能喜欢你呢?"

思思本来肚子里就憋了一团火,再加上身体又不舒服,看孙越非但不安慰自己还指责自己,一下子就憋不住发作了:"你有完没完? 不吃了!"

说着,她就把盘子里的番茄炒蛋给掀到桌子底下去了!

孙越看自己辛苦做的饭被思思一发脾气就给掀翻了,顿时气结。他的脸难看得如同那盘番茄炒蛋,他什么也没说,饭也不吃了,夺门而出。

顾思思也一肚子气进了卧室,关上了门。

孙越一个人在街上晃了半天,找了一家卖烟花爆竹的店,买了一些搬家时要用的鞭炮,然后打车去了刚来上海时他们住的集体宿舍,当时,他们很多同事住在那里,后来他和思思租了房子搬了出来。

单身宿舍里还很热闹,有些同事的老婆孩子还没有调到上海来,他们也乐得过集体生活。孙越在边上看他们打牌,然后坐下来摸了两圈麻将。

离家出走了一个晚上,孙越还是 12 点之前回了家,狼藉的餐桌、地板已经被思思收拾好了。

进了卧室,思思已经甜甜地进入了梦乡。孙越叹了一口气,这么多年他对顾思思,真是一点办法都没有。思思也很沉得住气,一晚上没给他打过电话,根本不关心他是不是离家出走不回来了。

6

顾思思家的装修陷入停滞,本来 30 号晚上说瓦工要来,可前一天下午小黄打电话说,瓦工要周二晚上才到,因为这是个最好的瓦工,张老板坚持让这个瓦工给思思家做,所以虽然还有空闲的瓦工,但只能停下来等这个最好的来了。

小黄打电话的时候思思正在百安居买锁,本来是打算去可以谈价钱的小五金店买便宜一点的锁的,可是由于她身体出状况,小五金店离得远,只能在家附近的百安居买了。买了五把配他们家混水白门的太空铝的锁,看上去挺漂亮的,总共花了五百一十九元,她还是觉得贵,可是,以前她在一些小五金店转过,思思真是没发现有合适的门锁。

思思在电话里提醒小黄:"买石膏线别忘了我们房间的几个吊柜。"果然,小黄把这事儿给忘了,说马上解决。思思发现装修的时候业主必须心细,细节问题只有自己才最上心,所以她已经分别和张师傅和小黄都强调了卫生间的两面墙都要做防水,因为背面分别是衣柜和书柜,等瓦工到来,还要再跟他们说一遍。

4 月 1 日。这个特别的日子,果然一大早思思就收到陌生的手机来电,她听不懂他的话,但隐隐感觉和自己家的装修有关,后来换了一个人说,思思终于听明白了，原来他们是来装石膏线的，由于她三个房间选了不同的石膏线，他们在现场搞不清楚哪个是主卧、次卧和书房的。思思在电话里简单地交代了一下，突然就恨不得旷班到现场去看一看。她选的石膏线，两个卧室是有简单花边的，书房是简单的线条。

思思最近上班认真了很多。

虽然那天晚上和孙越大闹一场，但孙越说的话她都记在了心里。毕业八年了，思思已经三十岁了，这八年她从老家到上海，换了两个城市，换了N个工作，都是各种关系处理不好，一冲动就走人了事。年轻的时候可以冲动，可三十岁了就该多想想问题出在哪里，无论在哪个单位，她的业务能力都是公认的，职场混得这么惨，纯属性格原因。

据能接近上层领导的同事透露，思思这次被列上了裁员名单，是因为她遭到了客户投诉。有个客户不是不满意思思的工作，而是不满意她的态度，觉得她太傲慢了。一个无职无权的小员工能让功成名就的人士感觉到傲慢，思思觉得自己的问题真够严重的。

思前想后，顾思思认为在装修、还贷以及准备生儿育女的关键时候，她还是很需要目前这份工作的。怎么保住饭碗呢？

骄傲的顾思思第一次走进了经理的办公室，和经理进行了一番长谈。她首先检讨了自己自工作以来在工作态度上存在的种种问题，米卢都说了嘛，态度决定一切。然后，她又把自己对下一步工作的设想跟经理进行了交流。经理还是很赏识思思的业务能力的，既然她能认识到自己的不足，态度又足够谦逊，也就不想再跟她计较了。经理和她交了底，虽然公司暂时不景气，但储备的几个项目还是很有竞争力的,思思对这几个项目很熟悉,是业务骨干,以后会大有作为,让她放宽心。思思就松了一口气。

工作危机解决了。思思又一门心思扑到了装修上。

晚上下雨,思思知道家里没有新的工人来,所以第一次她和孙越两个人都没去工地看看。看了网上同学们的装修帖子,有说给工人送点报纸杂志看的,思思想到自己家两个木工暂时没事做,似乎有些苦闷,周日那天见到他们就有很多话想说,他们都是江西人,方言比较重,思思听不太懂。思思就想是不是也给他们提供点精神食粮呢?说实话她挺满意这两个木工的。她发现几乎所有装修过的人家都对木工比较满意,看来木工是个比较好操作的工种吧!

周日快到中午的时候,那天半路碰上的师兄打来电话,说到了思思他们家了,其时她和孙越正在另外一个同学家参观,他们是清包,两房两厅只花了6000元,非常便宜,装得很不错,就等油漆了。他们赶回自己的新家,师兄已经等了一会儿了。

师兄饶有兴致地参观了他们正在装修的新房,认为思思家的门套挺别致的,但是客厅那个壁龛不太好。说起电视墙的这个装饰,是张老板和小黄他们设计的,就是墙上挖了个大洞,以后会装灯,然后用木板框起来,还要贴一层防火板。思思也不知道装出来的效果如何,反正又没要她的钱,张老板说免费送给她。

中午师兄请顾思思两口子到附近一家海鲜馆吃了一顿,思思惦记着下午要送洁具,就心神不安的,她被装修搅得连安安心心吃顿饭都做不到了。

下午科勒送来洁具,只送到楼下,幸好两个木工游玩归来,孙越和他们两个把笨重的铸铁浴缸艰难地运上了楼,思思给了他们二十块钱,他们推辞了一番才收下,然后说瓷砖送来的那天电梯坏了,全是走楼梯搬上去的,可瓷砖不属于他们自购的东西,所以,尽管辛苦她也不能再表示什么啦。

4月2号。思思晚上去工地看了看,张老板号称最好的泥瓦工已经开始贴厨房的瓷砖了,真有意思,这个泥工也姓张,所以当天就有三个张师傅在场,水电工张师傅也回来了。墙砖全部是横贴,看上去挺漂亮的。两个木工暂时没事做,所以放假回家了。

4月4号。中午小黄让思思去工地商量房间几个柜子具体怎么做。工地上只有泥工张师傅一个人,另外两个张师傅到一个新工地去了,看来这个公司生意还真不错。厨房间的墙砖已全部贴好,卫生间浴缸也装好了。思思定的门昨天就已经到了,厨房间的门大部分是玻璃隔断,卫生间门和房门样子都挺传统的。小黄和思思定好周日来安门,然后油漆工也是周日进场,思思就盼着从周日开始,天天都阳光明媚。

思思在装修期间一直在篱笆网上同步写装修日记,她写得又生动又实用,还颇受好评。可惜她不会上传照片,所以写到目前,只有文字没有图片,不能达到图文并茂的效果,不过这样也好,可以充分发挥网友们的想象力。

4月5号是周六,清明节,楼下人家在烧纸。刚开工的时候有同事曾告诉顾思思,装修前应该在新房子里烧烧纸,她没当回事,可装修开始后,果然身体就出状况,这几天右腿膝关节还老是疼,工作也差点出了问题。上午她和孙越去工地看了看,厨房间开始贴地砖,他们选的玻化砖颜色比较深,而且又是那种挺大块的,看上去不太好看,比起墙砖来,地砖挺不好看的样子。但是这种深的米色,据说是最不容易显脏的,为了偷懒,只好付出不好看的代价啦。他们家还是只有泥工张师傅一个人在忙,看上去冷冷清清的。

从工地出来,顾思思和孙越去浦东世贸家具城订家具,之前她已经去看过两次了,也谈得差不多了,后来回家量了量尺寸,觉得都可以,所以今天就去定了。他们定的是上海利民的家具,刚好前几天有同学在网上问利民的家具怎么样,反馈下来没听说不好,而小黄也告诉思思,利民是上海的老厂了,还不错。小黄是从家具厂出来的,思思认为他的话还是可信的。所以,既然大家都说春申江、金海马这里的家具不能买,思思就决定买世贸的吧。定了卧室的六门大橱、一米八的床、两个床头柜、一个梳妆台,然后还有一个五门的书橱,客卧两个一米宽的小床,思思决定以后让自己父母来帮忙带小孩,父母年纪大了,喜欢分床睡,她就买两张单人床放在客卧。一张书桌加椅子,再加上三个床垫,总共一万三千元。三十五天后送货上门。家具是中密度板贴面,五金都是从深圳买的。

4 月 6 日。前一天已经有一些油漆的辅料送到工地了,中午思思和张老板约好在工地见,交第三笔钱,这是她主动提出来的,因为不想在上班时间再去跑了。吃过饭去工地,最早的张师傅带了一个木工也在,冷清了好几天,他们家工地上又有三个人了。门已经装好了一扇,思思觉得自己家的门,也就厨房门别致一些,其他的门都很一般,属于那种古典型的,当时挑样子,觉得他们家门套已经线条够多了,就没有再挑那种有很多线条的门。后来油漆工又来了一个,但是张师傅说,油漆的工作还不能马上开始,要等泥瓦工干完,他们家的泥工活看样子还要再干几天,因为只有一个泥工在忙。

张老板来了以后，夸奖了思思家的门套创意，说是以后的工程中会进行推广。然后他在工地看了一圈，要求工人们把大理石窗台清理出来，不能把东西放在上面。其实思思早有此意，但没好意思跟工人说。张老板又让工人在做好的门套窗套上又用射钉加固了一下。他还特意带来了类似绷带的一些东西，说是吊顶用的，可以防止吊顶开裂，正好最近思思在篱笆上也学到这方面知识了。金属护角条也买来了，这个是贴在墙壁的角上的，有了这个东西就不用怕把墙角给磕了碰了。喷涂木器的高级硝基漆也买来了，是紫荆花的，思思特意问了是否含苯，张老板笑她多忧，说现在几乎都是脱苯的漆了。

7

现在，顾思思家的油漆工程是万事俱备，就等泥工结束了。偏偏这泥工，晚开工了四天，而且又是一个人干，急也急不得。所以思思认为最合理的人员安排应该是木工的同时进泥工，木工和泥工同时完工。

4月7日。思思下班早回家了一会儿，孙越找了辆车把放在家里的抽油烟机、灶具、浴霸、水槽等都运到了工地，因为橱柜要复量，需要这些东西的尺寸。到了工地，唯一的工人泥工张师傅依然兢兢业业地在贴后阳台的地砖，卫生间已经全部贴好了，他们买的深米色的玻化砖铺在卫生间比在厨房的感觉要好。所有的门都装好了，门锁也安上了，门锁是百安居买的景晖门锁，太空铝，小巧玲珑的，配他们家的白色混水木门很合适。

可能只有泥工一个人在工地的原因，工地上看上去乱糟糟的。思思觉得最近他们家的卫生状况不好，可张师傅一个人那么辛苦，还要自己做饭吃，就不好意思说他了。卫生间的旧马桶拆了下来,孙越傻乎乎问人家怎么上厕所,思思白了他一眼,张师傅也含糊过去了。

4月8日。傍晚的时候思思一个人去了工地,孙越和朋友出去吃饭了,思思气哼哼地想,也不带上我。泥工张师傅在铺进门口的那块东西,就是一圈中国黑大理石,里面是六块米色的玻化石,算是个小门厅,本来进门门槛那个地方也打算用中国黑的,结果那天来量尺寸的大理石供应商说不好看,说门是浅黄色的,用一块金线米黄比较好,能把中国黑的一圈边显出来,今天看了,果然效果不错,所以不能说人家卖大理石的是奸商。

泥工活干得差不多了,张师傅人真是非常仔细,思思比较满意他们家的泥工。很多人家装修都说木工好泥瓦工不好,看来张老板是把最好的泥工给思思派来了。孙越上次买的酒和火腿肠已经被木工们吃光了,泥工也没吃上点他们买的东西,思思决定过两天给他二十元小费。

本来思思家厨房的橱柜是想弄八十五厘米高的,因为家里做饭以孙越为主,据说厨师身高一米六〇,适合的橱柜高度是八十厘米,身高一米八〇的厨师适合的橱柜高度应该在八十五至九十厘米之间。可是张老板说,由于贴墙砖时没和张师傅说,橱柜只能做八十厘米高了,然后他说八十五厘米他用起来都觉得太高了。思思看着人高马大的张老板,心想,哼,肯定是敷衍我,但是,想到以后自己也许会挑起做饭的重担,八十厘米就八十厘米吧。

4月10日。思思下午去工地看了看,刚好在门口碰到泥工张师傅要离开,由于天气不好,他又跟着思思上楼拿了一块塑料布盖行李。结束了思思家的活,他又要骑自行车去另外一家工地了。思思心里还真有点不舍。她对泥工张师傅很满意,所以,昨天特意送了一张联华超市的 30 元水票给他,让他随便买点东西,他跟思思推辞了好长时间才收下。装修接近一个月,思思跟他们家的工人之间没有产生任何矛盾,工人们都挺自觉的,也没有带着老婆孩子到工地的现象。张师傅说已经把钥匙交给油漆工了,他们明天进场,所以,思思家的装修又断档了。

这几天一直有朋友到思思家来参观,对他们目前的装修状况都感觉不错,思思想,可能有觉得不好的地方人家也不好意思对自己说吧?

4 月 12 日。思思到百安居逛了逛,看了看自己今后还要买的东西的行情。她和小黄约好,下午到工地定一下厨卫吊顶的颜色还有房间墙壁的颜色,所以就先在百安居看了看这两样东西。下午到了工地,思思家的油漆工终于来了,又等了三天,让思思非常恼火,忍不住打电话给张老板,大发了一通脾气。张老板说现在一接思思的电话就头大,在电话里好一番跟思思赔不是。

装修到现在,思思没有因为工人活干得不好恼火过,就是为一些程序的衔接上和张老板发了好几通脾气。她觉得工人都是好工人,就是赚她家钱的张老板没把事情搞好。

最后厨卫的吊顶思思都选了白色,因为有人说顶面颜色应与墙面一致或者更浅一些,所以,就选了白色了。墙壁的颜色也全是白色系列,乳胶漆是立邦永得丽,客厅餐厅用的貂白,次卧和书房都是白瓷,主卧是珍珠白,思思觉得自家家具的颜色挺不好配墙面颜色的,保险起见,墙面漆还是都用白色系吧。

8

装修整整一个月了,思思业余读的在职研究生班也整整旷了一个月的课。

4月13日,思思到学校上课去了,旷课一个月,同学们见了面都问,她说在忙着装修房子呢,然后同学们就说,浦东的房子好像又涨了。是呀,房子是在涨,可对思思来说只能是一种安慰,又不能把房子卖了。

由于一直身体不太好,思思上完课回家感觉好累,睡了一觉,5点多才去看房子,不过才一天的工夫,他们家已经大变样了,所以觉得他们的工人干活还真是没得说。吊顶和门窗套都用腻子抹平了,油漆工魏师傅在批墙,就是用801胶和上白水泥批,同时把金属护角条固定在墙角。孙越出了趟差,顺便把原来老家中的一些东西带回来,他们是两年前移居上海的,在老家还有一处房子,家具家电都留在了那里,其他的东西陆续带来了上海,只剩下很多书,这次,孙越就把书给带回来了。他打电话给思思,说要把后阳台清出来,星期一直接把车开到新房子,把书堆在新家里。思思把这些事情都跟魏师傅交代好,就离开了,只要工人干活不出问题,她就可以松口气。

思思还给能率打电话,约好了周三上午装热水器。

4月15日。随着装修的有序进行,思思对在篱笆上写装修日记的热情似乎一天天在消退,很可能写到最后,她就写成了装修情况汇报了。现汇报如下:他们家在两个油漆工的努力下,已经变成了白茫茫的一片,墙壁涂满了腻子,门窗套也用白白的混合物(思思看他们拿好多东西调的)刷两遍了,但可以肯定的是,油漆和涂料还没开始用呢。在工厂做的两个柜子已经安装好了,是两个壁柜,由于他们家的墙不是直的,柜子和墙之间有一道斜的缝隙,小黄说,会用防火板全部遮住。

4月16日。思思家上午安装了热水器,能率公司的师傅忙了半天,三角阀等配件是小黄买来的,可是,热水器的排气管不够长,又加了一个弯,就得思思掏钱了,总共花了四十九元。试水的时候,虽然卫生间离厨房比较远,但水还是很快就热了,所以,能率的师傅得意地说:"13升的热水器就是热得快,10升的就没有这么快了。"看发票的时候,他看着思思的购买金额连声说:"侬买得老便宜哦。"

在工地待了半天,思思准备去上班了,下楼却发现自行车没了,知道肯定是被保安请到了地下室,她还是跑到物业去兴师问罪:"我的自行车怎么没了?"

物业说,自行车不能停在楼下,思思说:"为什么别人的车子还在楼下,我的就没了?"看思思气势汹汹的样子,物业的一个工作人员就陪着她去地下室找,结果,竟然没找着,他有点着急,就联系保安,和保安在黑乎乎的地下室转,还是没找着,物业又去搬救兵,最后,思思突然在地下室的一个角落发现了她的车子,奇怪,刚才大家怎么都没看到呢?最后,在三个大男人的陪同下,思思骑着车子不声不响地走了。

晚上和孙越又去工地,思思发现师傅们还是在刷腻子,第二遍,他们活干得可真仔细。说是明天开始要打磨,油漆工作全做好,还要十多天。师傅说:"油漆活不能着急,一急只会对房子不好,你要一着急,本来磨一天我们半天就给你磨完,还是对你们不好吧?"

师傅还说他是从别的工地上被老板抓过来的,因为他们干得好,张老板要求他们到思思这儿来,所以,本来他们已经在别家做了两天了,又被叫到她家来。然后师傅吩咐思思明天买个鸡毛掸子过来。她说,找小黄。另外一个小师傅就说,这也找小黄?好吧,思思只好回家路上在地摊上花六块钱买了一把鸡毛掸子。

4月17日。思思下班后带着扫帚和鸡毛掸子去工地,在门口就闻到了油漆的味道,进门后发现,整个家都笼罩在白色之中,油漆工已经开始在门套上喷漆,戴着口罩和帽子,门窗周围都用纸包了起来。鉴于现场空气混浊噪声强烈,她在房里转了一圈就赶紧溜了。

立邦涂料已经送来了,晚上思思也没有再和"色盲"老公去工地。孙越天生色弱,当初考大学的时候本来想考医科大学,结果查出来色弱不能学医,只好遗憾地读了经济学。说起孙越,思思忍不住就有气,装修的事情全推给了自己,还经常帮倒忙。有一次他去同事刚装好的房子帮忙搬东西,思思问他别人家都用了什么颜色的涂料,他说,他家全是白色的。过些日子思思亲自去看,什么全是白的,人家墙壁全不是白的,分别是白瓷和康馨彩!所以,有关颜色的问题,只好她自己把关了。

4月19日到20日。这个周末思思只做了一件事:买灯。周六她去东方路团购了雷士的一大堆灯,有22个是放在吊顶下和电视墙上的,还买了雷士的吸顶灯,一个方的放在厨房,一个防水的在浴室,书房和次卧也用了吸顶灯,因为够亮又便宜。总共在雷士花掉一千零六十元,所以他们同意送货。其他的灯也买得比较顺利,由于孙越基本上听从她的意见,所以他们在比较短的时间买好了客厅的灯、镜前灯和主卧的灯,餐厅的灯略费周折,不过最终还是买到了比较满意的,所有的灯(包括雷士)加在一起花了一千七百八十元,少于思思两千元的预算,不过她还准备家具进来后再买一个子母灯,大概一百五十元就能搞定。

小黄陪思思和孙越一起去买的灯。路上,他夸赞思思两口子办事效率高,因为他曾有家客户,两口子在买灯的过程中一路买一路吵,始终达不成一致。思思就笑笑说:"我还听说有的人家因为装修意见不一致结果房子没装完先离了婚呢。"这个时候,思思觉得有个好脾气的听话的老公还是很重要的,在装修这件事情上,孙越基本上没意见,一切都服从思思的意见,思思也当仁不让,一家之主当得很爽。

把其他灯运回工地,思思家的门及门窗套基本上已经喷好了,确实非常漂亮,他们都非常满意。周日下午师傅们开始砂墙,下周一可能就要上涂料了。厨卫吊顶也安排了下周一装。

9

4月23日。顾思思今天早上又去新房子了,油漆工在扫尾,居然昨天一天就上完两遍面漆了,让她觉得很奇怪,但他们很坚定地说,刷了两遍了,今天,他们就要走了。刷好的房子倒是很漂亮,不过还是出了一点问题,本来次卧思思用的是和书房一样的白瓷,结果小黄给记成和主卧一样的珍珠白了,聊以自慰的是,这珍珠白和白瓷看上去太接近了,所以他们三个房间看上去都是浅浅的黄色,感觉有些单调,可是,永得丽漆色这么深,思思用的都是白色系还这么深,若是用什么什么彩,真不知道房间会刷成什么颜色。客厅的貂白倒是很漂亮。

　　厨房卫生间吊顶的武峰高级珠光板前天也送到了,是思思签收的。木工进来后装,这样思思家就剩地板和厨房卫生间的吊顶,然后装橱柜、装灯。思思还要去买卫浴五金,她发现老龙东路上有一家建材市场东西比较便宜,决定就买那里的了,因为网上团购的银晶,她还是觉得贵了。

　　思思给美丽岛的经理打电话,周六去厂家挑地板,然后送货回家。

　　因为业务不太景气,单位最近轮流上班,思思就几乎全职装修了。她在篱笆网上的装修日记也很久没写了。思思家的龙骨是绿峰龙骨,是装修公司包的,报价是十六元一根,巨贵,好在货还不错。橱柜也都装好了,今天又来装了台面,橱柜门板是赛雅板,不错。周六去美丽岛在嘉定的厂里买回了地板,不知道为什么一定要他们去现场,结果只让开了三包看,早知道让他们直接送货上门好啦,地板是耐磨漆的亚光板,菠萝格绿标,不是太好看,但感觉质量还不错。周六去建工等着和老板一起去工厂的时候,她抓紧时间在那里买好了卫浴五金,买的是一个叫高高朗的牌子,铜制的亮光,倒是挺漂亮,打了三五折,花了三百六十元,现在已经基本安好了,只剩马桶边的纸架和马桶刷架,等马桶装好后再装。

　　关于思思家的油漆,由于两个师傅匆匆忙忙一天给他们把所有的房间刷完,果然,问题来了,灯装好后,由于思思家客厅一圈吊顶都有灯,墙壁的问题在灯光下暴露无遗,刷得太潦草啦。她愤怒地打电话给张老板,让油漆工又来重新砂墙,然后等到最后地板铺好后再来上一遍面漆。

　　由于思思家装修是她在主抓,又几次冲张老板发脾气,张老板说一接到她的电话就血压升高,所幸到现在还没碰到大问题,但小问题不断。上卫生间柜的台面时,发现没有做前挡水,但这种叫花瓣雨的台面确实漂亮,思思就没让他们返工。本来门口鞋柜也想用这种台面的,但他们已经早给她做好了一种叫汉白玉的,她也只好将就了。

孙越迷信,铺地板时让思思撒了很多的硬币在地面上,但愿能带来点好运吧。思思觉得最近确实比较倒霉,还好装修的效果算不错。

五一有十一天的长假,思思每天都奉献给了他们的新房。她后背的伤口已经不需要再去换药了,但是囊肿的根还在,医生说过几个月还要再去医院开一刀彻底根除。

拖着暂时痊愈的身体,顾思思在新房和工人们一起铺起了地板。她负责把花纹好看的地板挑出来铺在客厅等空旷的地方,那些不好看的地板就铺在放床的看不见的地方。思思在现场挑了一天的地板,累得腰酸腿疼了好几天。

地板铺了整整三天,工人们确实铺得不错,是按三六九错开铺的,另外她的选择也得到了很多人的认可:她坚持着买了耐磨漆的哑光地板,而买光漆地板的朋友,他们家的地板亮得像镜子一样。

5月6号那天,顾思思和张老板及小黄在新房子里拍了照片,交了最后一笔钱,完成了新房子的装修。张老板对顾思思家的装修效果很满意,里里外外拍了很多照片,准备用来给以后的客户做参考。由于顾思思的装修日记在网上反响不错,有好几个网友慕名而来,看了顾思思家的装修后,也选了张老板的公司给自己家做装修。张老板没想到顾思思还能给自己招揽生意,对她就有些刮目相看,虽然她常常冲着自己发脾气,他也真的不和她计较。

顾思思前些天还去同福易家丽选了窗帘,她觉得好贵啊,选来选去,最终

　　和卖家敲定全部窗帘加窗纱、罗马杆等加起来两千元整。对门小谢在百安居买的窗帘,比他们少一个房间,但花了三千多元。小谢家装修已经结束,虽然他家比顾思思家少了一个房间,但装修费用多出了一万。

　　小谢很快在新房子里结了婚,门上贴了大红的喜字。顾思思看着对门的大红喜字,感觉自己也沾上了喜气。她家的装修也进入到了收尾的阶段。

　　顾思思花九百元封了北阳台,花两百元做了保洁,地板蜡是自己买的。然后又去永乐一口气买了所有的家电,三个海尔的空调,海尔的洗衣机和冰箱,长虹的一款34寸超平彩电,LG的一个DVD,几乎都选最便宜的买了,花掉一万五千元。现在,家电都布置到位,空调也装好了,可家具还没来,因为她又去利民订了客厅的两件家具,所以约好两次订单一起送货上门。在世茂家具城,思思看中了一款彩色沙发,靠垫五颜六色的,很漂亮,四千两百元定下,她还在百安居买了特价的一组餐桌椅,一千九百九十八元,这样算下来,她已经为家具支出了两万两千元,唉,不装修不知道,花钱如流水啊。现在,他们的新家已经初具规模,还没落实到位的只剩南阳台的晾衣架,一个小玻璃茶几。大茶几是她买沙发的时候顺便看上了人家的样品,就买下了。然后还有饮水机、吸尘器等小家电。

　　辛苦了整整两个月,到5月12号,顾思思家的装修算是大功告成,刚装修好的新房子要通风除味,晾上一段时间,因此顾思思决定6月初搬新家。她希望新生活能像芝麻开花一样节节高。是啊,7楼不够高,9楼看风景明显比他们家漂亮呢。

　　9楼的老汪家差不多同时和思思家完成了装修。由于少花了两万块钱,他家的装修效果比起顾思思家明显差了很多,张老板想要的效果达到了,老汪确实很后悔当初没和思思一起用张老板的公司做装修。

更让思思觉得满意的事情是,孙越提前借好了装修资金,这让他们有足够的钱买家具家电,把新家收拾得漂漂亮亮整整齐齐。没有借钱的老汪等装修完了的时候已经是山穷水尽,他只能家具家电先买一部分,然后准备每个月发了薪水再一点点往家里添。

看到老汪家里电视没有、冰箱没有、洗衣机没有,空调也没有,不知道为什么,思思居然有了同病相怜的心酸感。

顾思思的父母找明白人查看老黄历给他们选了一个黄道吉日搬家,还特别嘱咐他们要找一个属龙的和属虎的给他们抬锅。

梅雨季节到来之前,顾思思终于搬进了新家。孙越在自己的同事中找了属龙和属虎的两个年轻人,搬家那天一大早就来到了他们租住的房子。离开租了一年半的旧房子,顾思思刚开始还有点难过,但很快就被住进新家的喜悦冲淡了。他们一起在新家里烧了一锅热水,蒸了年糕,热气腾腾,寓意日子越过越红火,一年更比一年高。

这一天确实是个好日子,阳光灿烂,万里无云。把家里的一切都收拾好了之后,孙越跑到小区的空地上,把那天晚上他离家出走时买来的鞭炮点燃了,爆竹声炸裂般响起,似乎他们生活中所有的不快乐、不顺心都跟着这些红色的小纸片们一起灰飞烟灭了。

2012 年 4 月

■ 青春热线

（一）

　　沈思明斜靠在沙发上，一边喝着咖啡，一边翻看着最新一期的《足球报》。屋里弥漫着贝多芬的田园，是一种很好的氛围，他很惬意地感受着这种有声有色的生活，直到妈妈在屋里喊："思明，都 6 点 40 了，还不走！"他这才意识到时间不早，抓起牛仔外套，就冲出了家门。

　　"雅马哈"嘟嘟嘟地发动起来。今天晚上思明值班。这位北师大心理系毕业的高材生，应团市委之邀主持了一个开通不久的"青春热线"心理咨询电话，2885488，思明早已把这个号码熟记在心中，并且在向别人分发名片时，总忘不了把这个号码也写上去，一副广邀天下宾客的姿态，殊不知，在地处北方内陆的 E 城，人们的观念还不太习惯进行所谓的"心理咨询"，即使是一些自恃新潮的年轻人。

　　春天似乎总是很短暂又很突然，漫长的冬天刚刚过去，天气一下子就热了起来。作为 E 城的"土著"，思明最不喜欢的就是这里的气候，春天短而干燥，夏天长而闷热，秋天似乎只是夏天的一个尾巴，一下子就是冬天了。毕业的时候他奉父母之命分了回来，谁让他是家里最小又是唯一的儿子呢？两个姐姐早已出嫁，对这个弟弟从小就是宠爱有加，思明的这辆坐骑就是二姐思云赞助的。思云夫妇都是邮局的干部，丈夫又曾赴美进修一年，送一辆"雅马哈"给弟弟还是拿得出手的，倒是妈妈当初嘀咕了好半天，毕竟骑摩托车是人包铁，让人不那么放心得下。

"雅马哈"的性能很好，不到十分钟的时间思明已稳稳地骑到了团市委。当年他的一个老同学李郁如今已是团市委的组织部长了，有了开通热线咨询电话的打算之后，便力邀思明。思明很高兴有个机会重操旧业，便一口应承了下来。毕业时思明通过父母的关系没去师专任教，而是进外贸公司做了翻译。当年外贸公司正炙手可热，思明尽管英语很棒，分进来还是很费了一番功夫。

丁零零……思明伸手去接电话，墙上的钟正指在七点，这么快就有人打进电话。

"喂，你好！这里是'青春热线'，我是沈思明。"

"您好。我，我该怎么说呢……"一个带着浓重乡音的女子，边说边犹豫着。

"别着急，慢慢说，咱们一起想办法。"

"我刚参加工作，还不到两个月……"

打电话的是一个刚从农村到城市工作的女孩子。思明知道，由于城市建设得很快，周围的一些农村征地扩了进来，原来的村民便成了城市居民。这个女孩子便是由于不适应从农村到城市的角色转换，产生了很重的心理负担，老觉得别人歧视她。

思明耐心地告诉她："环境的改变对你来说是件好事,你不要为你从农村出来而感到自卑,农村青年也有长处,勤奋、踏实、吃苦耐劳等品质在哪里都是让人珍视的财富,用勤奋丰富自己,用真诚赢得朋友,相信生活会回报你一份惊喜的。"

电话的那一头,女孩长长舒了一口气,连声对思明说:"谢谢!"

在一旁陪着的李郁,冲思明竖起了大拇指。

李郁和思明是儿时的伙伴,发小,今年都是二十八岁。李郁的女儿都两岁了,思明仍是孤家寡人。思明虽谈不上英俊非凡,但也是体健貌端,近一米八的个头,标准的山东大汉的样子。论学历、论工作、论家庭,在世俗的眼光里条件相当好了。别人都说是思明眼界太高,只有思明自己知道是"曾经沧海难为水,除却巫山不是云"。

毕业这几年,见过的女孩实在是不少,可思明的心里总是忘不了许可,忘不了系里的那个娇小可人的上海女孩,上海人不愿意考外地的高校,即使是北京的名牌,考进来也是上海人自成一个圈子。许可身上的那种江南女子的灵秀轻盈,那种不合群的孤傲,令思明发狂般痴迷。功夫不负有心人,许可最终成了思明的初恋情人,可思明总觉得无法走进她的内心深处,总觉得那里还有一个他看不懂的许可。果不其然,刚进大四,许可便退了学,东渡扶桑,留下思明一个人伤心欲绝,曾经他们一起畅想未来,发奋为分到一起而同考研究生……往事如烟,可什么时候才能在思明的记忆里烟消云散啊。

"思明,我说你也该给自己咨询咨询了。"李郁关注地说,"都二十八了,还不想结婚?"

思明只有苦笑,缘分的事,可遇而不可求啊。

"我老婆单位去年刚分来一个女大学生,人挺不错的,给你介绍介绍吧。"李郁这已是第三次为思明牵线了。

"我考虑考虑吧。"思明敷衍着。这时,电话铃又响了,思明拿起了听筒……

(二)

一觉醒来已是八点钟,李云天揉揉眼睛,看同室的莉莉还在酣睡,微微地打着小呼噜呢。云天恶作剧地拍了拍一个玩具娃娃的屁股,"哇——哇——"娃娃哭起来。莉莉一下子给惊醒了,嘟囔了几句,又睡了过去。娃娃是一个朋友送的,摁鼻子,娃娃会叫"妈妈""爸爸",然后是"哈哈哈"地笑,拍拍屁股呢,就会"哇哇"地哭,童心未泯的云天很是喜欢。

躺在床上,云天盯着天花板发呆,大礼拜的礼拜六,她还没想好该怎么过呢。拿起枕边的张爱玲的《色·戒》,翻了几页,云天想起了昨天晚上的事情。

云天在报社值夜班,阅完稿件之后感觉很无聊,想起在团市委工作的表姐讲过的"青春热线"电话咨询,一时好奇心起,拨通了电话。咨询什么呢?手头刚好有一封读者来信。云天是晚报"校园风景线"专刊的编辑,所以学生的来信一般都写给她。写信的是一个在校寄宿的中专生,因宿舍丢了东西而无端被怀疑,导致学习成绩下降甚至有轻生的念头。云天还没有给这个学生复信,心想何不以她的身份打个咨询电话,听听主持人怎么说?

"你好,这里是青春热线,我是沈思明。"

"您好,我是水利技校的学生。前一阵子我们宿舍里老丢东西,偏偏那几天我因为生病在宿舍的时间比较多,老师和同学就怀疑我。我发誓说我是清白的,可我觉得他们并不相信,对我很冷淡,我的学习成绩也因此下降了,我该怎么办呢?我有时都想以死示清白……"云天把一个学生陷入绝望的语气模仿得惟妙惟肖。

"小同学,我认为首先自己给自己打气很重要,要赶紧振作起来,身正不怕影子斜嘛。有了这种积极暗示的心态,不仅会使你自己挺起腰杆,也会使你周围的人逐渐修正他们的认识。同时,必要的申述很重要,可以向老师及学校领导讲明自己的情况,以便其他老师帮助你澄清事实真相,最终摆脱这件事带给你的沉重负担。生活中,不都是阳光灿烂,更有阴云密布的时候。通过此事,如果你能增强自我保护的能力以及应对外界不合理压力的能力,这不也是一个促进自己成长、成熟的过程吗?愿你早日摆脱阴影。"

"谢谢您,我知道该怎么做了,太谢谢了。"

"不客气,告诉你周围的青年朋友,有了烦恼,心里想不开,就来找我们'青春热线'。"

"谢谢,再见!"

沈思明是谁?云天放下电话,心里还在想那个好听的男中音。大学里同学来自天南地北,什么口音都有,云天对口音很敏感,她觉得沈思明讲话带些京腔京韵,莫名地产生了一种好感。在上海读了四年大学,云天见惯了南方人的精明和小气,一颗心始终向往北方,任江南风光无限,还是北方独好。

太阳升得老高了,云天停止遐思,起床梳洗。懒洋洋地啃着饼干,云天就有了采访"青春热线"的冲动。对,找表姐去!云天主意一定,立刻打开衣柜,为出门装扮起来。表姐家许久未去了,云天边换衣服边想,该给那个淘气的小外甥买个玩具,去九州还是大众商场呢?

骑上自行车,云天觉得很惬意。冬天过去了,春天虽说太干燥,毕竟是春天了,看桃红柳绿,微风拂面而来,吹皱一池春水,真让人有写诗的冲动。云天的家在E城的郊县,新闻系毕业分到《E城晚报》,是表姐帮的忙。表姐是团市委的宣传部长,工作泼辣,宣传口上认识一些人,加上云天的名牌大学科班出身,晚报的主编看过云天大学里发表的作品之后,当场拍板要下了她。看到周围不少女大学生毕业难以分配,分配之后工作也不如意,云天真为自己感到庆幸。

周末的大众商场人山人海,玩具柜台前更是挤满了年轻的爸爸妈妈和他们亲爱的宝贝。云天童心又起,索性待在一边,看售货员向顾客示范那一款又一款新式的玩具,想想自己小的时候,连一只布娃娃都不曾有过,今天的孩子实在是太幸福了。这时候云天突然觉得有只小手在推自己的胳膊,扭头一看,是一个顽皮的小男孩正拼命地往里挤,边挤边大喊"我要变形金刚!我要变形金刚!"小男孩踮起了脚,还是够不着柜台,只好挥舞着双手大叫。云天让了让身子,让小男孩站稳了,再扭头,看到了满头大汗一脸尴尬的沈思明。云天正在想孩子的爸爸真年轻,思明已在一旁开了腔:"对不起,我二姐这孩子太顽皮,没挤着您吧?"

"没关系,我也是来给外甥买玩具的。"云天客气地说,"玩具太多了,别说孩子动心,我都挑花了眼。"

小男孩又在喊:"变形金刚！我要变形金刚！"

思明把男孩抱起,很想再跟这个清秀的女孩子说几句话,可云天已走到一边去了。思明看着那个苗条的身影,若有所思。今天本想来买双球鞋,可小外甥非要缠着他一起来,看到玩具就不走了。思明付钱,买下了变形金刚,心里还在想着一面之缘的云天,这样清秀文雅的女孩子,正是思明心仪的那种,可茫茫人海,擦肩而过,能否有缘再见?

其时云天正在卖布娃娃的柜台前。云天喜欢一切的玩具娃娃,漂亮的、丑陋的、布的、棉的……常常令她流连忘返。跟云天同龄的女孩子,在她们童年的时候,玩具都相当匮乏,云天一家仅靠父亲一个人几十元的收入,是不可能奢侈到为云天买一个布娃娃的。伴随着童年读过的一个个美丽的童话故事长大的云天,便有了一种深深的娃娃情结。从大学里用第一笔稿费为自己买了第一个很小的布娃娃之后,各色的娃娃云天有了七八个之多,后来云天终于意识到,她即使疯狂地买下全世界所有的布娃娃,也不可能弥补自己小的时候没有布娃娃而"哄"一个小枕头睡觉的那种缺憾。

云天买下了一个小象打鼓的电动玩具,付完款后才发现没给开发票,不禁问道:"怎么没有发票?"

"你要报销吗?"售货员漫不经心地说。

"我不报销,就不给开发票吗?"云天愈发奇怪。

"算了算了,你要发票给你开就是了。"售货员不耐烦了,拿了几张复写纸,给云天补了一张发票联。

走出商场,云天扭头看见商厦大楼上飘动的大红条幅"包退包换包满意",心中充满了疑惑:不给顾客开发票,顾客凭什么退换商品?

(三)

两个礼拜转眼过去了。云天忙于报社的工作,一下子把采访"青春热线"的计划给抛到了脑后。干记者这一行也不容易,记者们的观念与以前有了很大的不同,都说"一流记者拉广告,二流记者写外稿,三流记者才写本报",工作不满两年的云天,眼睁睁看着在追逐物欲的人群之中,她心目中的神圣的框架在支离破碎,年轻的心中只剩下一种责任感在坚守。

除了主持"校园风景线"专刊,云天还专做一档"消费"栏目。几天前有读者来信,投诉在大众商场买的鞋子没穿几天就脱帮,可买鞋时大意了没要发票,以至于无法退换。云天想到自己买玩具的亲身经历,就把来信配了编者按发表了,谴责商家这种欺骗消费者的行为。

想到玩具就想到了表姐,上次在表姐家,表姐讲了开设"青春热线"的一些设想,特别提到了沈思明。云天当时脸悄悄红了,她没告诉表姐那天晚上她曾打过"青春热线"向沈思明求援。五四青年节又要到了,团市委准备组织全市团员青年开展"青年志愿者"活动,表姐征求云天的意见,云天脱口而出:"那个沈思明不就是一个青年志愿者吗?"

"那你最好去采访采访,在报纸上给我们做做宣传嘛。"表姐说,"我给你一个他的地址和电话。"

云天接过名片,看了看,没有说话。作为记者,她有自己的信念和标准,她不想随波逐流。

云天静下心来,思绪又回到了手头的工作,仔细理了理最近一段日子来纷乱的思绪。如果出于职业的敏感,云天会在"青春热线"刚开通的时候就去采访他们,写一篇热情洋溢的报道,可是出于一种记者的责任心,云天知道在不那么开放的 E 城,"青春热线"必会遭遇一些意想不到的事情,如今,快两个月了,"青春热线"也应该度过微妙的"青春期"了吧,当热线双方的热情都稍稍冷却一下的时候,云天知道是她采访的时机到了。

她很快地按表姐给的传呼号给沈思明打了传呼。等了很久,竟没有回电。云天不禁有些火冒三丈,她知道有些人不愿意回不熟悉的电话,没想到沈思明也是这样。这真是一种不尊重别人的行为,云天悻悻地想。

好不容易挨到晚上。一到七点,云天立刻拨通了"青春热线"——2885488。

"你好,我是 E 城晚报的李云天,请沈思明接电话。"云天气势汹汹。

"我就是。"思明愣了,竟有人指名道姓地打这个电话找他,还是报社的。

云天不容思明多想,怒气冲冲地说:"我本想采访你们'青春热线',呼你却不回电,请解释为什么?"

"小姐请息怒,小姐知不知道 BP 机是要用电池的,而今天下午我的 BP 机不幸刚刚断电。"思明又好气又好笑,心想这个女记者真有意思。

云天一下子没了话。但云天毕竟是云天,她很客气地又提出了采访的要求,而且是现场采访,就是现在。

"就是现在?"轮到思明不知所措了,"好吧,就是现在。"

云天问清了详细地址,整理好采访用的包,出发了。

二十分钟后云天推门而入。思明刚好挂了一个电话,两个人四目相对时,一下子都认出了对方就是那天商场所遇之人。思明真是惊喜交加:"这位小姐,我们见过面。"

云天有些害羞了,自己刚才那么凶。打量了一下这间简陋的办公室,她对思明说:"我是晚报社的李云天,这是我的名片。"

思明接过名片,很仔细地看了,放好,递给云天一大杯水,云天一口气喝下了大半杯,骑车骑了一路,她是真的渴了。思明微笑着看她喝水,眼里带着几分欣赏。云天拿出采访本,言归正传。

"'青春热线'开通快两个月了,这是在我市首次开设的心理咨询热线,作为主持人,请您谈谈开通热线的意义。"

"我觉得开通这个热线电话是很有意义的。社会正处在一种转型期,在向市场经济过渡的过程中,旧的机制被打破,人们的价值观道德观都发生了很大的变化。许多年轻人无所适从,产生了各种各样的心理障碍,我不敢说心理咨询能解决所有人的问题,但是从心理学的角度说,打了电话并能讲出自己心理上的一些负担和顾虑,本身就是一种积极的行为……"

丁零零……热线突然响起,思明立刻拿起了听筒:"你好!"

"喂,李局长在家吗?"

"错了。"思明很不耐烦地挂了。

"唉,这个电话经常会串线。刚接通时比较好,最近串线的事情特别多。"思明向云天解释,细心的云天悄悄记录了下来。

采访不断地被电话打断。然而与思明的谈话依然令云天感到愉快,思明说:"并不是每天都有这么多的电话打进来,毕竟这儿不是电话点歌台。"云天一下子笑出了声,和思明在一起她有一种无拘无束的轻松感,长云天几岁的思明给云天的感觉是成熟、睿智。

时间一晃就到了九点半,该下班了,思明顿感放松。每个星期值三个晚上的班,不是一件轻松的事,而这份工作对思明来说的的确确是一种奉献。云天问他为什么要辛辛苦苦地做热线主持,一个年轻人的夜生活该是多么丰富多彩啊。思明没有正面回答,只是很意味深长地说:"我有一个高中同学,大学里读了五年临床医学,可他毕业的时候 E 城的医院愣是分不进去,后来去了卫生防疫站干人事工作,你能想象他的心情吧?"

云天一下子就明白了,她知道思明是心理系的科班出身,能运用所学的心理学知识帮助别人解决一些心理上的障碍,也不枉读了四年大学。她又一次为自己能学新闻并干新闻这一行暗自庆幸。

走出团市委的大门,思明坚持着送云天回家。僻静的小路,稀稀落落的路灯闪着昏黄的光,思明显得笨重的摩托车和云天小巧的坤车,弹奏着一首不那么和谐的二重奏,而边走边聊的他们,却越谈越投机。他们谈着弗洛伊德,谈着尼采、荣格,在他们读大学时,西方哲学热潮正风起云涌,云天感慨地说:"我曾经是多么迷信弗洛伊德啊。"弗洛伊德说,小时候的渴望会沉淀到长大。云天这才明白在她身上萦绕不去的"布娃娃情结"。

他们谈着各自读书时的种种趣事,话题就到了云天读书的上海。云天惊异于思明对上海及上海人的熟悉和了解,思明沉默了片刻,轻描淡写地说:"我大学里的女朋友是上海人,后来她去了日本。"

云天同情地看了思明一眼,在她读书的时候,见过周围不少这样的故事。善解人意的她看似漫不经心地转移了话题:"你说那天去商场,本来是买球鞋的,经常踢球吗?"

谈到足球,思明顿时眉飞色舞:"当年我是系队的主力呢,踢边后卫。"

"我也是拉拉队的主力呢。"云天笑着说。

足球真是个让人百谈不厌的话题,一路说说笑笑就到了云天的宿舍,意犹未尽的他们客气地互道再见,而彼此都知道这将是一个不眠之夜。云天很兴奋,今天的采访,她收获很大,她知道了"青春热线"背后的许多动人故事,所以恨不得马上把这些变成文字,告诉她的读者。思明确实整夜辗转反侧。他知道自己喜欢上了这个颇具个性的女记者,她的清秀、柔媚,以及她工作起来的干练、麻利,还有她的不自觉流露出的孩子气,都让他怦然心动。思明自主持"青春热线"以来,每一个打进来的咨询电话都做了记录,为的是给自己保留第一手的最真实的资料。思明知道自己是热爱心理学的,曾经他的愿望是开一个心理诊所。当他把这份资料借给云天时,云天的惊喜之情顿时溢于言表,跳起来抓住他的手连声道谢,活脱脱一个天真可爱的小妹妹。思明的心有些乱了,这种感觉是在许可之后许久不曾有过的,他多么想再见到云天啊……

思明最终在黎明前迷迷糊糊地睡了一觉。

(四)

三天之后,云天的专访《热线你我他》刊登在了《E城晚报》上。文中,云天特别讲到了"青春热线"面临的一些困难:人手不够,主持人几乎是超负荷工作;一些青年素质欠佳,打进一些无聊下流的骚扰电话;电话线路时有故障,影响工作;市民对"心理咨询"缺乏正确的认识……最后,她呼吁广大市民特别是青年朋友理解支持爱护"青春热线","青春热线"愿做青年人的真诚朋友。

思明看着报纸,心里暗暗佩服云天的文笔,"腹有诗书气自华",这句话用在云天身上最贴切不过。思明拿起电话,决定主动地约云天谈谈。

"喂,晚报专刊部吗?请找李云天。"

"李记者出差了。"

"出差了? 去了哪里? 什么时候回来?"

"跟一个采访团去了南方,得十几天工夫吧。"

思明放下电话,愣怔了好一会儿,仿佛心里有团东西一下子被掏空了似的。丁零——丁零——电话连响了好几遍,他才反应过来拿起听筒。

"思明吗? 我是李郁啊。看了晚报上的文章了吗? 写得不错,反响挺好,我们领导很满意啊,多亏你的鼎力相助。"

思明客气了几句,他知道"青春热线"的成功将为李郁的仕途锦上添花,有消息说他将被提拔为团市委的副书记。人各有志,真正在政治上一点野心没有的男人似乎不多,而思明就是这为数不多的一个。眼下他全部的心思都在李云天身上,可她出差了,她会不会转眼就把自己忘掉? 思明第一次对自己感到没有把握,正因为已不是十七八岁多情的年龄,这种心跳的感觉才显得格外珍贵。思明在屋里来回走着,他知道自己将望眼欲穿地等待云天的归来。

五月下旬,一个星期天的上午,E 城的大街小巷彩旗飘舞,鼓乐齐鸣,大街上熙熙攘攘,人流如潮。今天是团市委倡导的"青年志愿者"活动日。云天穿一件大红的真丝衬衫,下穿一条水墨蓝的牛仔裤,先采访了团市委的领导,又采访了一些青年志愿者。她喜欢这样的活动,她觉得现在的青年人太自私了,对社会的奉献与关心太少,组织开展这样的活动非常有意义。作为一名青年记者,她有责任为青年志愿者们大张旗鼓地做宣传。

五月的 E 城已经很热,忙了老半天的云天额上已沁出了汗珠,可她还是兴致勃勃地采访着,记录着,直到她看到一个熟悉的身影,是沈思明! 云天立刻走上前去。外贸公司的青年人正在利用自己的业务优势为一些乡镇企业、小企业提供外贸与外语方面的帮助,帮他们写外文的产品介绍,翻译一些技术资料等。思明已经忙了大半天,忽觉眼前闪过一团红云,抬头一看,是从天而降的云天! 一时竟有些说不出话来。

云天很随意地笑笑:"想不到你还有这一手。"

"别忘了这可是我的正业。"思明颇有些得意。

云天从随身带的包中取出一份《南方周报》递给思明:"看看吧,上面有我们的文章。"

《青春做伴——一个青年心理咨询者的手记》,署名是"思明、云天"。"青春做伴",这题目太好了,思明翻看着文章,突然想起什么似的看看表,差十分十二点,马上活动就要结束了。他把报纸放进包里,从座位上拿起一个头盔,没等云天反应过来就扣在了云天的脑袋上,指指停在一边的"雅马哈"说:"到那边去等着我,中午我请你吃饭。"

是一种不容置疑的口气。

　　云天真的有些哭笑不得,戴着这头盔,觉得自己就像舞台上笨手笨脚的大头娃娃。然而思明的眼里有种闪闪发光的东西让她心动,让她无法拒绝,她还是乖乖地走到了摩托车的后座旁。仿佛漂泊了很久很久而终于有了一个停靠的地方,云天站在路旁的合欢树下,摘下头盔,拢一把凌乱的头发。天空蓝盈盈的,有白云快乐地飘动,一身轻松的云天真正感觉到了,青春,真好。

1995 年 8 月

■ 职场变形记

> 不论你多么富有、有权势，生命结束时，一切都只能留在世上，唯有灵魂跟着你走下一段旅程。人生不是一场物质盛宴，而是一次灵魂修炼，使它在谢幕之时比开幕之初更为高尚。

> ——稻盛和夫

第一章　一则寻人启事

差5分9点，楚红停好了车，抬腕儿看了看表，疾疾地往电梯间奔去。公司9点打卡，只要等电梯的时间不太久，她就不会迟到。平常，她会顺利地挤进一部电梯，摁下二十楼，一路上上停停，9点前准时刷卡。

可今天有点邪门。

如果等电梯的人太多，在上行电梯还未到的时候，楚红会选择进一部下行的电梯，坐到地下一层再升上去。今天又是一部下行的电梯先到，楚红看看门口人不多，犹豫了一下就没进去。结果，那部电梯刚一关门，哗！整个大堂的灯都灭了,所有电梯的显示灯都暗了,不知道运行到了哪一层。楚红愣了一下,很快反应过来这是停电了!

旁边超市的服务生也奔了出来,大声喊:"停电了停电了!"

楚红暗自庆幸,假如刚才迈进了那部电梯,岂不就困在里面了?

看看表,时钟已经超过了9点,她终于还是迟到了。

在这个大厦工作了七年,楚红还是第一次碰到整栋楼停电。她在大堂里耐心地等了一会儿,过不久,所有的灯又重新亮了起来,电梯也恢复了正常运转。

楚红上楼,刷卡开门进了办公室。

打开电脑,把包放到柜子里,楚红到咖啡机上给自己做了杯咖啡,这才稳稳地坐了下来,点开几个门户网站,边喝咖啡边看新闻。看着看着,她突然差点被一口咖啡给呛到,一则寻人启事吸引住了她的目光。

"寻找社长杜中国,读者找你,记者找你,编辑找你……"原来,位于B城的《都市新报》编辑记者们八个月没发工资,坚持印完最后一张报纸后无奈停报。社长不见了,他们制作了一个电子版《都市新报》头版,内容只有一个:寻找杜中国!他们还配了一张杜甫忧愁的照片:难道你比我还忙?

杜中国,这个名字对楚红来说真是太熟悉了。十年不见,没想到会在这样一则寻人启事上看到他。

看了看相关的新闻链接,楚红总算搞明白了。《都市新报》去年就停发了工资,前不久突然停报了,停报原因是社长兼总编辑杜中国失踪了,他的出走直接导致报纸无钱出报。

八年前,楚红因为一场变故从 A 城来到了 B 城,投奔杜中国。当时,他声称要创办一份最受市民欢迎的都市报,《B 城都市报》应运而生。楚红在报纸创刊一个月后加入了这个团队。一年以后,楚红离开。五年后,楚红听说杜中国也被架空,他愤然辞职,重新创办了《都市新报》,摆明了要和《B 城都市报》唱对台戏。几年后,《都市新报》还是没能撑下去,弹尽粮绝,杜中国失踪了!

楚红真是唏嘘不已。

现在,楚红坐在陆家嘴繁华地段的写字楼里,是一个朝九晚五的都市白领,中产阶层,有房有车,生活安逸。

楚红常常觉得自己就像是《西游记》里的孙悟空,长着三头六臂。像她这样受过良好高等教育的女子,多半会在一个城市寻到一份适合的工作,不疾不徐地干一辈子,过一头二臂的正常人生。可楚红在三十岁之前,已经经历了从三线城市到二线城市再到一线城市,从理科转到文科然后跳到商科三个领域的工作了,这不是三头六臂又是什么呢?

当然,楚红不是孙悟空。首先,她是个才女;其次,她还是一个货真价实的美女。美丽而又有才华的楚红经历了各种职场遭遇,最终她拥有了一双能够变形的翅膀。每一次,都在徘徊孤单中坚强,每一次,就算很受伤也不闪泪光……

职场十几年,历经各种风波,楚红早就处变不惊,没想到网上一则杜中国失踪的寻人启事,却一下子勾起了她的回忆,想起了那些久远的不愿提起而又无法忘记的往事。楚红感到了一种难以言说的伤感。说起来,楚红挺感激老杜的,感谢他当年在她无路可走时的收留,真心希望他能够平安无事度过人生的又一次波折。

在这样一个寻常的上午,那么多年前的 B 城往事一下子漫了上来。楚红陷入了回忆之中。

B 城,那是一个非常美丽的滨海城市。楚红出生在 B 城市属的一个县城里,后来改为了县级市,但从小,楚红就对 B 城有着很多美好的向往,她周围的同学朋友们都以能到 B 城市区工作生活为荣。如果不是考大学时心高气傲,非要到北京、上海这样的大城市去见见世面,楚红就应该安安稳稳考个 B 城的大学,毕业后留在那里工作、结婚、生子,离父母又近,生活环境又好。

可是,生活没有如果。楚红在上海读了四年大学,却因为爱上了高一级的一个师兄,在他毕业分到 C 城工作一年后,楚红也来到 C 城工作,和他团聚。

后来,经过了几年的波折之后,楚红还是在二十七岁这一年,身心疲惫地去了 B 城,投奔杜中国,一个人。

楚红记忆里的杜中国,身材高大,胖胖的,是个说话做事有些独断专行的中年男人。当年,他是 A 城报业集团驻 B 城的记者站站长。A 城虽然是省会城市,但由于地处内陆,经济上始终不如沿海城市 B 城发达,为了在 B 城报业市场上分得一杯羹,A 城报业集团决定在 B 城创办一份《B 城都市报》,经过各种角逐,最终 A 城报业的领导拍板,由杜中国负责筹办这张都市报,他身兼社长和总编辑。

楚红来到 B 城的时候,《B 城都市报》已经创刊一个月了,尚未打开局面。大约编辑记者队伍中刚招聘的新手比较多,像楚红这样有五年以上新闻从业经历的老兵就显得弥足珍贵。经过几年的打拼,楚红在 A 城新闻圈也算小有名气,她编辑的副刊及女性专刊深受读者欢迎,如果不是遭遇一场意外,她也不会流落到 B 城,重新从一份新报纸、一个普通编辑做起。

楚红在 A 城的一个集团的同事兼好友沈阳在《B 城都市报》创刊之前就作为外援和另外几人一起空降到了 B 城,辅佐杜中国创办这份新报纸。在楚红走投无路的时候,是沈阳向杜中国推荐了她,杜中国看了楚红以前写的文章、编辑的版面,很满意,拍板要了她。

从 A 城到 B 城,火车要行驶三个小时。楚红早上乘坐的火车中午时分抵达了 B 城火车站。沈阳来接她,他们在车站附近一家小饭店吃午饭。

B 城夏天凉爽,但立秋之后会热一段时间,民间俗称"秋老虎"。楚红是 9 月初来的,刚好赶上了"秋老虎"。因此,虽然沈阳点了楚红喜欢吃的海鲜,楚红还是没什么胃口。

沈阳看上去也有点疲惫,他刚刚值了夜班。作为总编室主任,他自从到了 B 城,几乎就一直处在昼伏夜出的状态,还有谁比常年值夜班的新闻从业人员更辛苦呢? 每天凌晨两三点大样付签才能下班,刚开始小区的保安看他的眼神就和看那些在夜总会上班的姑娘一样,因为他们的作息时间是一致的。

"你找好住的地方没有?"沈阳关心地问。

"先在朋友那儿住两天,她正帮我找房子呢。你住哪儿?"

"报社给我们统一租了房子。就在离报社不远的一个小区,走走就到了。"

楚红没话说了。同样是从 A 城来到 B 城,她就没有这样的待遇。沈阳他们是从大报过来支援《B 城都市报》创刊的主干力量。而她则是被某种神秘力量意外地刮到了 B 城,被老杜好心收留。

　　沈阳告诉楚红:"报社内部人员复杂,你要注意搞好关系。像你们主任于玲就是老杜带过来的,报社有一批人是老杜以前的心腹。我们这几个从大报过来的虽然能干活,但老杜还是挺防备我们的,担心我们会向大报领导打小报告。"

　　楚红在接下来的日子里,对沈阳说的这几股子势力一一对号入座。她首先接触的就是于玲,她的直接上司,专刊部主任。

　　于玲个子不高,头发剪得短短的,看上去干净利落,人也是快言快语。她是 B 城当地人,是个小有名气的才女,据说经常有小说在期刊发表,她老公又在政府部门任职,因此看上去优越感十足,是一种 B 城人对 A 城人特有的优越感。A 城虽然是省会,但 B 城是沿海城市,环境优美、经济发达,B 城人骨子里瞧不起 A 城。

　　"杜总跟我说了,你干报纸多年很有经验,文章写得也不错,我们专刊部就缺你这样有经验的编辑。你到这边来真是太好了!"于玲热情地迎接了楚红,她派了一张空桌子给她,但没有电脑。"咱们刚创刊,电脑不够,你先用着部里其他人的电脑吧。"

　　楚红就在这张空荡荡的没有电脑的桌子上开始了她在 B 城的编辑生涯。

　　《B 城都市报》率先实现了办公全自动化,编稿、改稿、做版全部是在电脑上完成。楚红在 A 城的时候还是剪刀胶水的手工时代,好在她聪明,很快就学会了全套编辑流程,唯一不方便的是没有自己的专用电脑,每次做版都要跟部门里的其他同事借电脑用。专刊部里文学青年居多,又都是年轻人,他们对楚红很客气,倒也没有人给她难堪。

每周部门开会的时候,楚红都会跟于玲说:"于主任,我的电脑什么时候能解决?"

于玲就说:"我跟杜总反映了,他说最近报社钱紧,刚创刊,广告还跟不上,会抓紧给你们这一批新来的员工解决电脑的。"

楚红来 B 城一个星期后,租到了一套一室一厅的房子,离报社比较近,走路十几分钟的样子,她还算满意。就当她生活安定下来、工作上刚步入正轨的时候,人事部门的人找她谈话,说她必须参加招聘考试,这是 A 城报业集团人事处要求的,所有的员工都必须经过招聘考试才能正式录用。杜中国也让沈阳跟她谈了,说考试只是走个过程,好对大报人事处有个交代。

楚红什么也没说。考试就考试,她才不怕呢。

于是,一个星期天,楚红和一批人一起参加了招聘考试。这是《B 城都市报》第二次面向全国的公开招聘,在创刊前两个月,他们刚刚招聘了一批编辑记者。

楚红拿到考卷,看到有一道题目是:《B 城都市报》的刊号是多少? 她笑了笑,准确地填上了答案。她心想这批来考试的没有几个能回答出这种专业问题吧?

果然,过几天沈阳跟她说,他听阅卷的副总编说,那么多报考者当中只有一个人答对了《B 城都市报》的刊号,他一猜就是楚红。

楚红很轻松地在这次招聘考试中拿了第一名。第二名据说第一次就参加了招聘考试,成绩也是第二名,只是因为当时有其他的考虑没有选择来报社。

楚红心里多少是有些骄傲的。

招聘考试之后,楚红在《B城都市报》算是名正言顺地立足了。她是一个对工作非常认真负责的人,很快,她编辑的《家事》《流行》等版面就成了最受读者欢迎的版面之一,作为资深编辑,她负责的版面比新手编辑的看上去漂亮多了。杜中国见到她的时候,笑容明显比她刚来的时候多了一些。

"小楚,最近干得不错!你一个人在这里工作,生活上有没有什么困难啊?"这天杜中国心情很好,见到楚红主动地关心起她来。

"挺好的,没什么困难。"楚红心想啥时候能给解决工作电脑啊?但是按照工作流程,这个要求她只能跟于玲提,她还没幼稚到领导随便关心一下就当真了。

"那就好好干,你们那个部门个个都是才子才女,报社最有才的人都在专刊部!"老杜对报社员工还真是了如指掌。

可于玲对楚红这个唯一的要求就一直是拖拖拉拉,楚红不知道她有没有真的跟报社领导反映过。总是用别人的电脑,时间长了,大家都很不方便,楚红有时候想写点自己的文章,都没电脑可用,她甚至想回A城把家里的电脑搬到B城来了。

B城很美,红瓦绿树,碧海蓝天,老城区充满了欧陆风情。心情不好的时候楚红会一个人到海边走走,坐在礁石上,听浪涛拍岸,任泪水狂流。这半年来她经历了非常大的挫折,心情灰败,整个人变得颓废。她常常哭,有时候会抑制不住自己的情绪给云姐打电话:"云姐,我觉得我的生活完全给毁了。"

云姐是她在A城的老朋友,比她大十岁,离异单身,她很能理解楚红的心情。每当楚红难受的时候,她就安慰楚红说:"别难过了,一切都会过去的,有时间我会去 B 城看你的。"

沈阳也很了解楚红的遭遇，作为知根知底的朋友，暗地里他会在报社领导面前维护楚红的利益。有时候编前会上于玲会在老杜面前说楚红的不是，她觉得楚红不好管理，不那么听话。沈阳就说，楚红在 A 城就是著名编辑了，她只是比较有个性而已。

那天，沈阳不值夜班，楚红也早早做好了版，他邀请楚红去他家里吃饭，楚红什么都没多想，很爽快地就答应了。

他们沿着海边的小路边走边聊，有同事看到他们两个在一起，露出不解的神情，楚红就很大方地笑一笑。报社给沈阳租的房子在一个老式居民小区里，简单的两室户，沈阳虽然一个人住，但把房间收拾得相当整齐。一直以来，楚红喜欢的都是干净整洁的男人，她受不了男人把家里搞得一团糟。

她坐在沙发上看电视，沈阳系着围裙一个人在厨房里忙活，半个小时就端出了两菜一汤，菜式虽然简单，但看上去清清爽爽，味道也不错。楚红兴致勃勃地和沈阳喝了瓶啤酒。饭后，楚红余兴未了，邀请沈阳去自己租住的小房子看看。

夜色涌了上来，伴着朦胧的海雾，两个人边走边聊。他们认识很多年，一直都是很谈得来的朋友，这天难得楚红心情好，他们一路说着笑着就到了楚红的家。

楚红住的地方很小，甚至连张沙发都没有，她很自然地就和沈阳坐在床边说话："这个房子还行吧？出门走一百米就是海，走到报社也就十来分钟。"

"你一个大美女，住这么简陋的房子。"

"可以了,我们部门那些刚毕业的小姑娘还跟别人合租房子呢。"楚红一向对物质看得很淡。

沈阳有意无意地往楚红身上蹭,她灵巧地躲开了。后来沈阳试图伸出胳膊来抱她,她一下子闪到了旁边,不露痕迹,也不愠不恼。

楚红知道沈阳心里想什么,但她不想,也不想失去沈阳这个朋友,用身体语言拒绝是最明智的做法。

沈阳很识相,没有进一步的动作,坐了一会儿就告辞了。

他们依然是很好的朋友。

有一天一起吃工作餐,沈阳突然冒出来一句:"你不是他们说的那个样子。"

楚红就笑了笑,什么都没说。

作为一个美女,难免会有些飞短流长的传闻,楚红不知道沈阳都听说了些什么。但从此以后,沈阳对她很尊重,再也没有肢体上的冒犯,言语上也没有。

一晃三个多月过去,要过新年了,《B城都市报》为了扩大发行量,决定出新年特刊,一百个版。分到楚红头上,就是四个专版,楚红一下子头大了,关键是,她还是没有自己的专用电脑,工作已经极其不便,出特刊所有的人都很忙,根本腾不出电脑借给楚红用。

楚红觉得自己已经是忍无可忍。于玲这段时间压力也很大,整个部门要做四十个版,每个版她都要盯,她很着急,逮谁都没好脸色。当她看到楚红竟然不在做版而是在看小说时,忍不住发作了:"楚红都什么时候了你还看小说?你的版做完了吗?"

楚红也当仁不让："我是想做版来着，可是你看大家都在用电脑，谁能把电脑借给我用？我没电脑做什么版？"

说着，楚红夺门而出，咣当一声，门在她身后重重地关上了。

于玲一时气急，楚红电脑的事情她跟杜中国提过，但杜中国要考虑那么多报社发展大计，并没有把这件小事放在心上。他只是说马上就买新电脑了，有什么困难部门内部先自己解决。现在看到楚红对自己这样的态度，于玲马上跑到杜中国那里告状去了。

不知道杜中国跟于玲说了些什么，反正楚红再回办公室的时候，于玲对她和蔼了很多，主动把自己的电脑借给楚红先用。

新年特刊还是顺利地做出来了，市场上反响很好，《B城都市报》在B城报业市场的局面一步步打开，发行、广告都节节攀升。不得不说，杜中国虽然有些独断专行，经常在编前会上冲着编辑记者大发雷霆，但他在办报开拓市场方面还是很有一套的。

元旦放了两天假，楚红坐轮渡回家和父母过新年。这半年楚红的不开心父母都看在眼里，妈妈宽慰她说："大器晚成，要有耐心。"

春节过后，人事部的头找楚红谈话，说要给招聘来的员工统一办养老保险，楚红的档案还在A城，如果要在B城办养老保险，必须把档案拿过来。

楚红很纠结。虽然B城气候宜人，离父母又近，但她还没有想好是不是要在B城一直待下去，对A城，她还是很有感情的。

楚红的档案在A城报业集团人事处，也就是《B城都市报》的主办单位那里。想了又想，她还是决定跟杜中国谈谈，让他帮自己拿个主意。

　　这是楚红第一次为自己的事情找老杜,老杜是个很有感染力的领导,他热情地跟楚红说:"你当然应该把档案转过来,在这里好好干,有前途! 现在报社经营越来越好,才半年就盈利了,接下来我还要给员工买楼,你就安心在这里干吧!"

　　楚红受到了鼓舞,决定回 A 城拿档案。A 城有很多她过去的同事朋友,这半年她一直不想和他们联系,现在心情舒畅了一些,她也该会会老朋友了。

　　她先约了云姐。云姐是一家杂志的副主编,著名才女,人很爽直。她们约在一家咖啡馆见面,云姐一见楚红,先上下打量了一番,然后满意地说:"嗯,看上去还像个小处女。"

　　楚红笑了,她都二十八岁了。

　　云姐和她聊着 A 城种种八卦,说完之后,云姐把背往椅子上一靠,手一摊说:"就这些人,就这些事。"

　　是啊,就这些人,就这些事,当初却把楚红给折腾得够呛。

　　晚上楚红又和几个大报的朋友吃饭。几个月不见,他们很关心《B 城都市报》的发展,有的人本来想去投奔老杜的,又不舍得在 A 城的种种好处,现在看到沈阳他们在 B 城干得如鱼得水,也多少有些羡慕。不知道谁说了一句:"听说文竹要回 A 城了。"

　　说者无心,听者有意。楚红听到这个消息,忍不住心中一动。

　　文竹是《B 城都市报》经济部主任,她和沈阳等人一起从大报到 B 城来支援老杜创刊。每个人第一次见到文竹,都会有惊艳的感觉,楚红也不例外,虽然她自己也是个美女,但在文竹这样精致的美人儿面前还是会感到相形见绌。

　　文竹三十岁,纤细美丽,浑身上下都是名牌,她用的唇膏、香水,很多都是朋友从国外带回来的,拎的包也全是大牌。楚红读陈丹燕的《上海的金枝玉叶》时,感觉文竹就是她笔下描写的那种大家闺秀,即使在恶劣的生存环境中,也保持着优雅的身段不肯放下。

　　楚红在 A 城时和文竹没什么接触,到了 B 城,因为不在一个部门,见了面也是互相客气地打个招呼。她听说文竹是因为感情原因主动要求去了 B 城工作,难道她打算再回 A 城是个人感情方面又有了新的转机?

　　二十八岁的资深编辑楚红,在职场摸爬滚打了六年,多少也是有点理想和追求的,她觉得文竹如果真回 A 城,对她是个很好的机会。在专刊部待了半年,她和于玲的关系越来越僵,如果她能调到经济部,等文竹回了 A 城,她就很可能被提拔起来,毕竟经济部几个编辑记者都是新手,没有她工作经验丰富。

　　这样想着,楚红就打了一个电话。

　　楚红把档案从大报人事处拿到了《B 城都市报》的人事处。回 B 城没几天,杜中国就在编前会上宣布,楚红调到经济部做《每日证券》的编辑。因为工作需要,报社特意给她配备了最先进的一台电脑。

　　大家都很愕然。于玲虽然看楚红不那么顺眼,但对她的业务能力是真心没话可说,一下子走了一员大将,她有点不开心。文竹更惊讶,私下里她是在活动着调回 A 城,但《B 城都市报》内部包括杜中国在内,她没有告诉过任何人,老杜招呼也不打就把楚红塞进她的部门里,这让她很不悦,她心想我还没说要走呢,这已经是在赶我了吗?

　　楚红若无其事地把自己的东西搬到了经济部,新电脑已经摆在了她的办公桌上。她摆脱了于玲，又终于有了自己专用的电脑，感觉非常满意。

楚红在专刊部编的那些版面，因为她的离开也取消了，她多少有点失落，她还是挺喜欢写那些家长里短的小文章的。没几天，就有读者打电话到报社："楚红写的那个家事专栏怎么没有了？"

在那个专栏里，楚红一会儿指导女性如何说服丈夫帮忙做家务，一会儿又建议她们要存私房钱，很多女读者从来没有见过这样的观点，因此非常喜欢看她的专栏。现在，她调离了专刊部，原来的专栏也停掉了。

经济部对楚红来说是全新的一个部门，好在她聪明，上手非常快。她自己炒股好几年了，对股市非常熟悉，编《每日证券》这样的版面难不倒她，就是要天天上夜班让她有点不太习惯。

和于玲的风格不同，文竹是那种和风细雨但非常认真的领导，她从来不冲着下属发火，但对编辑的版面看得非常仔细，一点细微的差错都不放过，并且，一旦发现了错误就会很严厉地批评。来这个部门没几天，楚红就经历了几次这种不温不火的批评。

沈阳和文竹当年是同一批进大报的同事，又同时派驻到了 B 城，他对文竹很了解，私下里他告诉楚红，文竹心思缜密，在大报关系又多，你得和她搞好关系，倒是于玲那种大大咧咧风格的女人反而更好相处。

文竹的无名指上戴着一颗闪亮的钻戒，她对别人说，她老公派去香港公干一年，所以她就选择了到 B 城来帮忙，杜中国是她多年的老朋友了。文竹妈妈是大报的一个老编辑，作为报社子弟，她确实从小和杜中国就认识。

楚红听到的版本却是，文竹的老公有外遇，他们在闹离婚。既然文竹要在同事面前秀恩爱,楚红也很明智地不去点破。大约文竹猜到了楚红可能知道自己的底细,对她的防范之心就又加深了一层。

楚红和文竹是截然不同的两种女人,她们互相不喜欢。

两个女人表面上相安无事地共事了一个月。

楚红很快就意识到了自己的信息有误,文竹看上去笃笃定定的,怕是不准备回 A 城了。

又过了一个月,楚红听说了文竹正式离婚的消息。她表面上若无其事,但再也不在同事面前提起那个在香港的老公了。只是那枚钻石戒指,依然很扎眼地戴在她细细的无名指上。

文竹就像她的名字,浑身上下都很细,盈盈不堪一握。大约是感情变故加上工作辛劳,文竹身体不太好。楚红看她吃各种维生素片和人参含片,就像吃饭一样。

经济部的节奏和专刊部不一样,下午 3 点股市收盘以后楚红才上班,编稿子,做版,正常的情况下 12 点之前能签完大样回家。晚上上班虽然改变了楚红早睡早起的生活习惯,但夜里安静,工作效率高,楚红在改版样的间隙里能安安静静地看书,写点自己喜欢的东西。她是一个安静的女人。

有了自己的电脑以后她泡在网上的时间就多了起来,在一个论坛上她是"原创文学"的版主,经常发一些帖子上去,人气很旺,她也因此认识了很多网友,大家志趣相投,在网络这个虚拟空间里你来我往,玩得热火朝天。

有一天晚上,文竹照例仔仔细细地看版,她说:"最近又有点不舒服了。"

"那你抽时间去医院看看吧。"大家都关切地说。

"我去找杜总去给我把把脉吧,他以前研究过中医。"文竹很随意地说着,拿着待签的版样就去找老杜了。

过了不知道多久,文竹很兴奋地回来了,她指着自己的胳膊说:"杜总真是厉害,就这么给我把了把,就把我的一些症状都给说了出来。"

楚红没说话,她觉得反正自己做不出来跑去找男领导给自己把脉这样的事情来。

文竹在男人面前是很有一套的。据A城的朋友说,她在大报跑经济口,认识好多省里的领导及其秘书,交往的朋友都是处级以上。

又过了两个月,B城人事变动,从省里调来了一个领导,被任命为B城市委书记,兼省委常委。据说,文竹和他的秘书私人关系很好。

果然,文竹明显地看上去春风得意了起来,她回A城怕是彻底没戏了。

楚红心里多少有些沮丧。

大约是因为文竹正式离了婚,杜中国在人前对文竹也变得相当随意,有一次全体员工吃饭,借着些酒意,他拍了拍文竹的肩膀,哈哈笑着说:"这个美女现在大家都可以追了,机会人人均等。"

楚红注意到文竹的脸色变得有点难堪。

在《B城都市报》员工的眼里,文竹是个相当神秘的女人。楚红虽然对她的底细了解得比别人多一些,但毕竟接触不多,看她就像雾里看花。有一次她亲耳听到文竹给一个很高级别的领导打电话,亲昵地说:"得好好干,别给咱家乡人丢脸。"

工作之外,她有自己的交际圈,从来不和楚红他们一起活动。有一次她生病,楚红去她住的地方看过她,就看到门口摆了一溜漂亮的高跟鞋,楚红从来没见过哪个女人有这么多的高跟鞋。

《B城都市报》创刊快一年了,沈阳他们这些主任们暗地里也在互相竞争,都希望自己能早一点当上副主编。楚红连当个主任都没戏,对他们的明争暗斗也就毫无兴趣。倒是沈阳隔三岔五就约楚红吃饭,让楚红帮他分析形势、拿拿主意。

楚红说:"文竹毫无疑问是你最有威胁的一个竞争对手,她深得老杜欢心,省里市里又有各种关系,唯一的劣势是在A城大报那里,颇多人对她印象不太好,觉得她业务能力一般,那场婚变也让她失分不少,大报表面上还是相当正统,离婚女人少有提拔。"

至于专刊部的于玲,楚红则认为她完全不是沈阳的对手,她是杜中国从B城当地一家杂志挖来的,在大报没有根基,《B城都市报》的人事任命权还是掌握在大报人事处那里的。

"我觉得要闻部的李主任也很有优势,他是老杜的心腹这不用提了,你看他平时溜须拍马那股子劲头吧。关键是他在大报那里也有关系,虽然他和你们不一样,是从晚报过来的,不是大报的嫡系人马,但晚报在大报集团里也是很有势力的。"

沈阳觉得楚红分析得都很有道理,他从A城到B城来,目标明确、立场坚定,就是要在这里创一番事业,副主编对他来说必须力争,不能掉以轻心。

"其实,关键还是老杜。"楚红总结说,"老杜很多疑,总担心你们这些从A城过来的人是大报掺的沙子,也没有在B城持久作战的打算。你得让老杜相

信你,首先对他死心塌地,不会往上面打小报告。其次,你是要在 B 城扎根的,
没有后路。"

楚红虽然把档案拿到了 B 城,但一天天待下去渐渐感到了心灰意冷,觉得
自己前途渺茫。要不要回 A 城? 要不要换个地方? 这样想着,她的心思又开
始活络起来。

很快,《B 城都市报》创刊一年了,这一年这张报纸在 B 城攻城略地,所向
披靡,把当地报纸杀得片甲不留,发行量和广告收入都排在了首位,大报集团
领导非常满意,杜中国当然是头号大功臣。无论是搞发行还是拉广告,杜中国
都喜欢别出心裁,有些做法颇为出格,这也为他日后的沉沦埋下了隐患。

他在 B 城圈了好几块地,除了建印刷厂,还打算搞房地产,楚红还记得他
向自己描绘的美好未来:以后每个员工都能住上报社分的房子。

楚红觉得,杜中国把摊子铺得太大了。他甚至还酝酿着要把《B 城都市
报》搞上市,准备请专业投行人士来报社讲课。

楚红对老杜描绘的蓝图毫无兴趣,她审时度势,觉得自己在《B 城都市报》
待下去毫无意义,只是在浪费时间。她在酝酿新的职场转型,在媒体做了这么
多年,编辑、记者各个岗位她都干过了,有同事开玩笑说:"接下来你该干总编
辑了。"

楚红怎么可能当总编辑呢? 她连当个主任的机会都没有。不过,她顺利
地在《B 城都市报》评上了中级职称。有了这个职称,她以后再去其他单位起
点就会高一点了。

国庆长假过后,经过认真的思考,楚红准备离开 B 城回到 A 城。她觉得人

生真是充满了讽刺,当初她以为文竹会返回 A 城,所以申请调到经济部准备接她的班,没想到文竹不走了,她却要返回 A 城去了。当然,A 城报业集团她是再也回不去了。

要闻部李主任兼办公室主任,楚红跟他商量:"李主任,我想回 A 城了,想办个停薪留职。"

李主任惊讶地说:"为什么?"

楚红陈述了一大堆理由,说自己想回 A 城,但档案关系还要在报社放一放,所以停薪留职比较好。

李主任耐心地听她说完,表示理解,他想了想说:"其实你的意思就是辞职对不对? 不如你写个辞职报告我跟杜总汇报一下吧。"

楚红心想他说得也没错,自己也不好意思直接找杜总谈这事儿,就老老实实按照李主任的要求写了份辞职报告。

李主任立刻把这份辞职报告交给了杜中国,老杜看后勃然大怒,让他马上把这份辞职报告传真给大报人事处。

当楚红看到怒气冲冲的杜中国时,知道一切都无法挽回了,不管她怎么跟杜中国解释,杜中国就是不听,她忍不住哭了起来。她不希望事情搞成这个样子,这个局面让她难以收拾。

她跑去找李主任,李主任冷冷地说:"杜总也是没有办法,谁让你得罪了大报集团的主要领导。"

楚红恨恨地看了这个李主任一眼,转身走了。

一年多前她灰头土脸地来到了 B 城,一年多后她又灰头土脸地离开了。

第二章　一个招聘广告

　　我叫楚红,就是大明星钟楚红的那个楚红。小的时候我一直觉得自己的名字土里土气,很希望能把它改成楚晓荷、楚云婷等等充满文艺浪漫气息的名字,可是到派出所改名字是个很麻烦的事情。我爸老说,楚红多好听呀,不用改! 后来上了中学,我看了香港电影《纵横四海》,立刻喜欢上了大美女钟楚红,能和她名字相同让我感到非常骄傲,我爱上了自己的名字,彻底打消了改名的想法。

　　十八岁的时候我顺利考上了大学,离开了家乡那个小县城,来到了繁华的大上海。在大学里我恋爱了,我男朋友是我的师兄,经济系的,比我高一级,他毕业后去了C城工作,为了爱情,一年以后我也来到了C城。按照现在的说法,C城是个三线城市,当年工业比较发达,我男朋友进了当地一个国有大厂,分在贸易部。在大学里我读的是环境科学专业,本来,我也可以进这个厂的环保部,工作轻松、稳定,工厂效益又好,可是,我不想和我男朋友在一个单位工作,总觉得两个人在同一个单位,一荣难以共荣,一损肯定俱损。

　　我妈有个亲戚在C城,是某局的副局长,在他的帮助下,我分到了C城环保局的一个下属单位——环保设计院。

　　按照我在大学里的天真想法,毕业后能进环保局是最理想的工作,其次是进环保局下属的事业单位,像环境监测站等,工作稳定收入高,进企业是最不理想的选择。可能是我这个亲戚能力有限,他只能把我安排进环保设计院这个企业里。为了能和男朋友在一个城市工作,我最终还是接受了这个安排。

那是一家小小的环保设计院,自收自支,多年前从政府到企业对环境保护都还不怎么重视,走的都是先污染后治理甚至不治理的发展之路。因此设计院就没什么活,和我的专业也不十分对口,我是学理科的,会做实验,但不会工程制图,但设计院是要给人家出图纸的。刚上班的时候,同事问了问我学的专业,指着对面的环境监测站说:"你应该到那边上班才对呀!"

我无言以对。那边是事业编制,工作轻松效益又好,没有一定的关系是进不去的。

由于家不在本地,我和男朋友工作后都住在各自的职工宿舍,那个时候我们都单纯,虽然谈了几年恋爱,但从来没有想到外面租房子住。当时规定男女都要晚婚晚育,必须男的满二十五岁、女的满二十三岁才能领结婚证,领了结婚证后我男朋友的工厂才能给分房。刚工作的时候我二十二岁,男朋友二十四岁,都还不到晚婚的年龄,只能先住宿舍。

我不着急结婚,就想着能做一份喜欢的工作,发挥专业特长,做个对社会有贡献的人。

我进设计院的时候正好赶上他们青黄不接,做完的工程对方拖着不付钱,新的工程还暂时没有着落。因为我是通过关系塞进来的,院长对我这个一点都不需要的新员工就不怎么待见,在他眼里,我到了设计院就等于又多了一张吃饭的嘴。

我们有三个设计室,我分到三室,和张工在一个办公室。张工是个中年妇女,矮矮胖胖的,但心灵手巧,做一手好菜,还会裁衣服、织毛衣。除了偶尔去晒晒图纸,我上班很长一段时间没活儿干,就跟着张工学织毛衣,把办公室的门锁上，我们几个女人就在房间里偷偷织毛衣。张工很会做衣服，我在大学里的一套长袖毛呢格子套裙，就被她改成了时髦的马甲和短裤，上衣去了袖子改成马甲，喇叭长裙改成了齐膝西装短裤，一身穿旧的衣服经过张工的巧手立刻变成了时髦的新衣服。

和张工相熟以后我就会关心她家里的情况，老公啊，孩子啊。张工的老公也是个资深工程师，有好几个发明专利，在另外一家工程设计院工作。他们是东北人，前些年拖家带口来到了C城。作为一个工业城市，C城开出了很多诱人的条件吸引人才，张工两口子就给吸引过来了。来了以后才发现，当初允诺的条件很多都没有兑现，但人来都来了，没有退路，只能干下去。

谈到孩子，张工的眼圈儿就红了。当初他们来到C城，本来是一家四口，可现在，只剩下了一家三口。大儿子在C城某中学读高中，有一天上体育课，突然倒地不起，等送到医院抢救，已经不行了。张工哭得死去活来，找学校，学校也不给说法，找妇联，妇联也不管。孩子在上课的时候突发心脏病，这能怨谁呢？

张工只能埋怨自己，当初不应该拖家带口来到C城，他们没有自己的房子，一直租房住，所有的家具都处在随时可以打包带走的状态之中。

看张工那么难过，我也陪着掉了几滴眼泪。刚工作，我还没学到什么本领，就先领教了命运的冷酷无情。

我才二十二岁，由于长得年轻，看上去像十七八岁的女生，一参加工作就整天在办公室织毛衣的现状多少让我有点发狂。没项目做，自然也就没钱发，我们是企业，得赚了钱才能发工资，因此每个月发薪都是一拖再拖，我们院长整天绞尽脑汁地找钱,到局里要钱、要项目。

我不想在这家设计院坐以待毙。首先,我得想办法赚点钱;其次,我要争取换个好一点的工作。

赚钱不是很难,在大学里我就做过家教,工作以后我仍然可以做,我男朋友同事的女儿上初中,成绩不理想,这个同事就让我去给她女儿做家教。后来,她又介绍了一个厂领导的女儿,我就同时做了两份家教,我想有机会接触厂领导,对我男朋友的工作也应该会有所帮助。

设计院旁边是 C 城日报的大楼,我每天从它旁边经过,上班闲来无事,我就写点散文、随笔去投稿。在大学的时候,我就经常在校报上发表文章了。很快,我的文章就不断在 C 城日报和晚报上刊登出来,我变得小有名气,还有一些读者慕名而来,找到我们设计院,想认识我,跟我做朋友,我多少有点受宠若惊。

家教和写作,对我来说都是业余时间的爱好。我的职业规划还是要在环保这个领域有所作为,四年专业教育让我成为一个坚定的环保主义者,我觉得在当今中国,环境保护事业需要做的事情太多太迫切了。

环保局有一家内部报纸,我不时会在上面发表一些专业文章,这引起了环保局宣教科王科长的注意,正好我毕业论文的题目也是和环境教育有关,该论文还得了一个全国性的奖。王科长打电话给我,让我去局里跟他聊一聊。我给他看了我的论文,谈了我对普及宣传环境保护的一些看法,我们聊得很投机,他很看好我。后来,私下里他偷偷告诉我,他们科里正缺一个人,他会向局长推荐我,最好我也能自己找找关系,这样双方一起努力,我进环保局的把握就会大一些了。

这简直是我梦寐以求的一个机会。我绝对不能错过。

在我毕业离开上海前夕,化学系有个关系跟我不错的 C 城老乡,她毕业后留在了上海。当她听说我分到了 C 城的环保部门,主动告诉我 C 城环保局局长的儿子是她高中同学,我可以去找找他。

在这个老乡的穿针引线下,我很快认识了局长的儿子小潘,他比我大一岁,在海关工作,看上去眉目清秀,是很书生气的一个小伙子,我对他印象不错。小潘当时还没有女朋友,据我们单位的同事说,这个局长的儿子找对象很挑剔,一直没有碰到合适的。

通过小潘,我顺利地认识了潘局长。我跟他谈了我想到局里宣教科工作的想法,他没说什么,只说局里领导会认真考虑。

接下来的时间,我经常往小潘家里跑,送礼,请他吃饭,和他越来越熟悉,我慢慢能感觉到他对我颇有好感,可是我有恋爱多年的男朋友,一满二十三岁就要结婚了,这些情况他都清楚,因此他并没有表达对我的好感,只是说会尽量帮我。

王科长说,局长对调我到宣教科的态度很模棱两可,他听说还有别的部门的人也在努力争取这个职位,他让我最好再找找别的关系。

可我还能再找什么关系呢?我只能去找小潘。终于有一天,小潘吞吞吐吐地跟我说,这个忙他帮不了我了,因为,我又不是他们家什么人。

我一下子就明白了,是啊,我又不是他们家什么人,不是局长的女儿,也不是局长的儿媳妇。可我怎么能为了一份工作就成为他们家的什么人呢?

我去找王科长，他无奈地告诉我，局长最终还是安排了另外一个人进了宣教科，也是一个女的，据说很能喝酒，和局长关系有些不明不白。

我们设计院设计一室有一个工程师姓高，高工说话很随便，什么"朝三暮四郎啊未婚先孕子啊"这类话让刚出校门一本正经的我觉得他真流氓。我一直觉得高工不尊重女性，因为有一次他很不屑地说："你们这些女人都是职业女性，职业女性就是以女性为职业。"

我气死了，然而十几年职业女性做下来，我越来越觉得他说的话太有道理了。我的职场生涯告诉我，基本上以女性为职业就是职业女性获得成功的最简单的一条捷径。十几年的职场失败也告诉我，我不成功，与我完全走不来这样的一条捷径有很大关系。

我没办法以女性为职业，最终调进宣教科以失败而告终，但我没有放弃在环保系统另寻机会的努力。

我转而去想其他的办法。当时我住在环保局的集体宿舍，这是一座三层小楼，一楼是车库，二楼是我们的宿舍，三楼是一个舞厅，每个周末局里会有舞会。舞会的时候，我想反正在二楼待着也是吵，不如到三楼去跳跳舞，都是一个系统的，能认识一些领导也好，没准就有人赏识你呢。实话实说，大学里我跳舞跳得挺好的。

有一个周末我又上三楼去跳舞，和一个不认识的中年男人，大小也是个官吧，跳着跳着，他突然漫不经心地捏了一下我的屁股。我的自尊心一下子被刺痛了，我并不是特别保守的女人，男女两情相悦有些亲密举动都很正常，可这个中年官员，他就那么一脸轻蔑，看都不看我，就随随便便捏了我的屁股，在他眼里,我算个什么女人?我又能算个什么样的女人?打那以后,我再也没去跳过舞,我完全放弃了要进环保局机关工作的努力,我根本就是一个连别人捏一下屁股都无法忍受的女人,既不能适应在机关里奋斗的钩心斗角,又走不了女人要往上爬必须要走的捷径——用今天的话说就是潜规则。

设计院零零散散也能接些活干,有一次我们接了一个给酒厂设计污水处理设施的工程,我和高工、张工他们在工厂里待了半个月,我又重新找到了上大学时在实验室里做实验的感觉,穿着白大褂,一丝不苟地配试剂,记录实验结果。可惜最终我们的设计方案没有被工厂采纳,他们觉得太花钱了。对很多工厂来说,排污设施就是个摆设,应付上面环保部门来检查时才会开启,如果不来检查,他们根本不会启动这些设施,废水都是偷偷排放。因此,他们觉得污水处理设施越便宜越好,我们设计的工程处理效果好,但很费钱,他们就没有采纳。

忙活了一阵子,又回到了闲来无事的状态,其间我们还去推销过工厂抵工程款的货品:各种棉纺产品。不多久,我男朋友的很多同事都用上了我推销给他们的毛巾等产品。

作为一个不能为设计院创收的员工,院长看着我们这些闲着没事干的人也越来越不顺眼,他的压力很大,又要找项目,又要去清欠。既然我们找不来项目,那就去清欠吧。乡镇有家造纸厂欠了我们好几万的设计费,院长派我去找他们厂长要钱。

我连去了几次,都没有见到厂长。院长很恼火,说你们这些女人真没用,还不如在火车站拉客的那些女人。看看,作为一个名牌大学的毕业生,我都沦落到这个地步了。

最后一次去造纸厂要钱，我是和办公室的刘大姐一起去的，她没什么文化，还是个寡妇。我们早早堵在了厂门口，一看到厂长出现，就立刻扑了上去，抱住了厂长的胳膊。厂长十分厌烦地说，我们没钱，等以后有钱就给你们了。说完，他手一挥，就把我甩到一边去了。我从来没有受过这样的委屈，当场就哭了起来，刘大姐趁势喊了起来："打人了，打人了，你们厂长打人了！"顿时，很多上班的工人围了上来看热闹。

厂长一看闹成这样，只好把我们带到办公室去谈，我一边哭一边诉说自己工作一年来的种种不容易。他看我哭得厉害，又是个有文化的大学生，终于答应还我们钱了。

我和刘大姐拿着支票得胜还朝。可是，院长听说了我们要钱的经过后大光其火，他说："你们怎么能忍受这样的屈辱呢？这样的钱宁可不要！"

我气极了，第二天就辞职了。其时，我已经在设计院工作了一年，转了正，也评上了初级职称：助理工程师。本来我以为自己会沿着助理工程师、工程师、高级工程师这条路顺利地走下去，没想到才工作一年就转了行。

改行让我心有不甘又无可奈何。

我放弃了专业，进了 C 城晚报，做新闻部的编辑、记者。当时，报社的编辑记者都是事业编制，我没有编制，只能以借调的名义进去。

在我借调到 C 城晚报之前，我对这张报纸就已经很熟悉了，因为经常在副刊上发表文章，我和副刊部的主任和编辑都认识。杨老师是最早刊发我文章的编辑，他对我的评价是：悟性很好。很多年来，我常常想起他的这个评价，我觉得我就是靠这种悟性,在职场上一步一步走到了今天。

杨老师和我本人都希望我能在副刊部工作。可是,报社安排的是让我进新闻部,新闻部缺人。新闻部石主任是个好人,他手把手教我画版、写新闻稿,我上手很快,很快掌握了新闻的五个 W,版也画得像模像样了。

当时,晚报像我这样的借调记者还有好几个。我能看得出来,大家都在做着各种努力,希望能有编制转为正式员工。所谓八仙过海,各显神通。

我没有什么神通,只能去求我的亲戚。是的,我并不是因为给晚报写稿而被晚报慧眼相中,最后还是通过关系进来的。当初帮我找工作的那个亲戚看我在环保系统实在没什么前途,又有文学才华,在我妈连续找了他几次之后,他决定帮忙我把弄到报社去。正好他原来的一个朋友调到晚报当了党委书记,他找了李书记,请了客送了礼,才让我有机会借调到晚报。我的关系档案还在环保设计院,人也赖在环保局的集体宿舍里继续住着。

由于我在进晚报之前就认识了总编辑,晚报很多人以为我是靠总编辑的关系进来的。除了我和石主任,没有人知道其实我找的是李书记的关系。

来晚报后不久,我过了二十三岁生日,符合了晚婚的条件,我开了结婚介绍信,做了婚前体检,和男朋友一起去登记结婚了。那一天风很大,我戴了一顶红帽子,蹦蹦跳跳地就去登记了。民政局的工作人员狐疑地看了我半天,才最终给我盖了章。我看上去太像一个天真的少女了,我就这么稀里糊涂地成为了已婚妇女。

在结婚这件事情上我从来没有犹豫过,谈了几年恋爱,我和男朋友感情很好,结婚是顺理成章的事情。毕业后我的精力都放在了工作上,全部心思都用来想怎么发展自己的事业,我从来没想过一个女人还可以通过婚姻来实现自己事业的发展,那时候真傻。

　　很多年后我明白,在做一个好记者、好编辑之余,你如果有更高的职务追求,对一个女人说,走以女性为职业的路线能更快地成功。我一直都没有成功过,就这么辗转了 ABC 几个城市,最后又来到了上海。

　　我的职场路径是从上海毕业分到 C 城,然后去了 A 城,后来又从 A 城去了 B 城,然后从 B 城又回到了 A 城,最后,我来到了上海。那时,我已经二十九岁了。

　　多年后我看到了著名的职场小说《杜拉拉升职记》,深有感触。有人说,每个女人在职场初期都曾经处心积虑地钻营过,我也不例外,成功的例子是杜拉拉,失败的例子就是我。

　　在环保系统的苦心经营失败后,我进了 C 城晚报,继续努力寻找自己事业发展的机会。

　　当年的晚报还是真正的晚报,每天下午出街,因此上午的新闻还来得及在中午印刷前刊发在版面上,当日新闻是晚报的一大亮点,而我们付出的代价就是早上五六点钟就得到报社做版,专刊等版面可以提前一天做好,新闻、时事、体育等版面为了保证实效性就得早上做。

　　我认真地钻研新闻业务,读了很多新闻专业书籍,再加上文字功底好,悟性又高,很快就成为了能够独当一面的编辑记者。

　　"楚红"这个名字频频出现在 C 城晚报的版面上,我把自己采写的见报文章都剪了下来,认认真真地贴在一个剪报本上。与此同时,我继续写散文,还尝试着写小说,我的小说发表在了C城一家文学期刊上,还是头条。副刊部的杨老师跟我说,你这个年纪,写小说还太早了一点,阅历不够。我觉得他说得很有道理,就没有在写小说这条路上继续走下去。

作为一家党报,我们经常要报道各种会议,我被安排去跑党政口,跑会。上午开的会,我中午就要赶回来把稿子写出来,头版已经预留好了版面,就等着我的会议报道填充。这非常考验记者快速写稿的能力,就是在一次又一次跑会的过程中,我练就了倚马可待的写稿速度。

当然,跑党政口的记者,平常也会跟着领导到处转悠,有些领导活动就不需要急着发稿,可以跟着到处走走看看,因此,我和不少市领导的秘书都处得很熟。和秘书们处久了,我对官场的了解就更深入了,那些秘书们,个个都是人精,不能小瞧。

我的社交活动开始多了起来,认识的人也越来越广,特别是在政府机关里面,交了好几个朋友。我参加了市委机关组织的一个韩语学习班,班里的学员来自各个部门,有几个同学身份很特殊,名片上他们是某某公司的员工,私下里有同学告诉我,他们是国安局的,这是我第一次接触到这个神秘的部门。

我们的同学会搞很多聚会,周末还会安排去爬山、游玩,我作为一个经常大名见报的记者,人又年轻漂亮,在同学当中很受欢迎。

当年,记者还是个炙手可热的职业,因为掌握着舆论公器,自然就有很多人有求于你。我慢慢地也有了帮别人办事的能力,更多的,是替弱势群体鼓与吹。怀揣着崇高的新闻理想,我写了很多有分量的报道,既能在凌晨3点跟着环卫工人的垃圾车体验城市垃圾处理的辛苦,也能和下岗女工打成一片报道她们下岗再就业的故事。

和环保局机关这种单位不同，新闻单位的好处是，你写多少稿子编多少版面可以量化考核，稿子写得好坏版编得如何大家有目共睹，你完全可以证明自己的能力。进C城晚报不到一年，我就参加了全国晚报好新闻大赛并获了奖。

虽然在新闻业务上渐渐崭露头角，但我作为一个心高气傲的年轻女子，在处理各种关系上却屡屡碰壁。本来，几个借调记者之间就有些明争暗斗，因为谁都知道不可能一下子解决所有人的编制问题，只能各显神通看谁能早日转正。其次，由于我刚来晚报时没有具体分条线，石主任为了让我得到多方面锻炼，要求我各个条线的稿件都要写，不要怕和条线记者撞车。有段时间我连写了几条政法新闻得到了报社领导的表扬，石主任甚至对跑政法口的老记者说："你写得还不如人家小楚好呢。"结果，这个记者就对我怀恨在心，时不时给我点难堪，我又不会处理关系，受点委屈就忍不住发脾气，有一次还在办公室摔了杯子。

在设计院的时候，我也有过和院长摔杯子的经历。多年之后，我才明白这种行为在职场里是多么幼稚、多么有杀伤力。

报社这种知识分子扎堆的地方，很容易文人相轻，表面上一团和气，背地里谁也不服气谁。而且，文化人在处理男女关系上也比较开放，有个朋友就曾经提醒过，C城日报和晚报就是一个大染缸。C城报业有几个著名才女，业余时间写作、出书，无一例外，她们的婚姻生活都比较曲折。也许，女记者、女作家这个群体并不适合婚姻生活。

我不想当什么才女、女作家。我只想干好新闻工作，多多写稿多多获奖，早一天扬名立万,解决编制问题,从而有份稳定的体面的能提升自己的工作。

可是,报社各种人际关系的暗流涌动,让我的努力工作显得那么微不足道。由于晚报总编辑和书记貌合心不合,有些人以为我是总编辑的关系,就会跑到书记那里去告我的状,书记对我就有些看法,反映到了我的亲戚那里,我的亲戚就只好再请书记吃饭。

说实话,我这亲戚这一两年为我工作的事情真操了不少心,看看我在哪个单位都处不好关系,他也就有些着急,他说:"你在哪个单位也干不满两年。"这句话深深刺伤了我,让我意识到在 C 城工作的这两年,非但没能让亲戚脸上增光,反而给他添了很多不必要的麻烦。我想,我是不是该离开这个处处要靠关系、没有多大职业发展空间的城市呢?

纵然我的亲戚找了书记帮忙,但谁也不能帮助我得到一个事业单位的编制,成为 C 城晚报的正式记者。有一天,我去给总编辑签大样时,发现他桌上有一份人事通知,另外一个和我一样的借调记者被批准正式调入报社,当然,我没有获得转正。

总编辑看到我异样的脸色,安慰我说:"他来得比你早,先替他解决,等以后有了编制再解决你的问题。"

我已经等不及了。因为,就在几天前,我在 C 城日报上看到了 A 城报业集团的招聘广告。他们招聘编辑、记者若干名,要求大学本科学历,年龄三十岁以下,最好有新闻从业经历,我完全符合条件。这个招聘信息对我来说简直就是一根救命稻草。

我决定去参加这个招聘。我先去 A 城参加了面试,面试的考官问我:"你怎么看待记者这个角色?"我想了想,大概说了些铁肩担道义一类的大话。

一个星期后我收到了笔试通知。

笔试的那两天正好轮到我早上值班,我决定跟石主任实话实说:"参加省报的招聘对我非常重要,你也看到了,虽然我这一年的工作很出色,但没有机会转为正式编制。"石主任对我的选择表示理解,他替我值了两天的早班。

当时,我老公单位正在分房子,他也非常支持我到省城 A 城去闯一闯,他相信我一定能考上省报,为此,他放弃了这次分房。

半个月后,我接到了 A 城报业集团的录取通知,我考上了,我可以离开 C 城到 A 城工作了!

在我离开 C 城前的一个月,我刚刚正式举办了婚礼。我休了一个多星期的婚假,和我老公去北京旅游了一趟。没想到回来后,就碰上了转正无门的事情,又遇上了省报招聘的机遇,我就这么突然地离开了 C 城晚报,离开了一个月前刚刚喝了我喜酒的同事们。环保设计院的同事也去喝了我的喜酒,当我看到张工他们,还是颇为动情,虽然我们只共事了一年,但他们给了我无私的帮助。

毕业之后,我在 C 城整整待了两年还多,这是我职场生涯最初的两年,也是打基础的两年。我从学环保的助理工程师转型到了报社编辑、记者,把自己对文字的业余爱好变成了职业。

我将以一个记者的身份到 A 城发展了,别了,C 城。别了,我职场梦开始的地方。

第三章　一张竞争上岗海报

二十四岁这年冬天,新婚不久的楚红离开工作了两年多的 C 城,来到了 A 城报业集团。A 城报业集团主报是省委机关报,据说诞生在革命战争的年月里,比共和国的历史还要悠久。在集团内部,喜欢把主报叫作大报,集团里还有几张子报和杂志,在大报眼里,包括发行量全省第一的《A 城晚报》在内,通通都是小报。楚红在 C 城看到 A 城报业集团的招聘广告时,以为是大报在招聘编辑记者,因为就在几个月前,《A 城晚报》刚刚进行了一轮公开招聘,楚红去参加了面试,晚报的领导对她挺满意,但因为笔试考试的时间和楚红值班的时间冲突,楚红不好意思请假去参加考试,就放弃了这次招聘的机会。

不论在职场还是感情方面,楚红总是替别人考虑得很多。比如说,《A 城晚报》的这次招聘,她完全可以撒个谎请个假去参加,但是她觉得她是亲戚介绍到《C 城晚报》来工作的,所有人都在为她能正式进入《C 城晚报》而努力,特别是那段时间新闻部非常缺人手,石主任整天为没人值班没人写稿而焦头烂额,她怎么能在这个时候一走了之了呢?

事实证明,楚红真是太把自己当棵葱了。没过两个月,她就陷入了别人解决了编制问题而她没有,亲戚又对她的工作状况表示不满,认为她给自己添了很多麻烦的困境之中,这个时候,A 城报业集团的招聘广告简直就像是黑暗里的一道亮光,为楚红提供了一个跳出困境的绝好的机会。

楚红不负众望地抓住了这个机会。所有的人都松了一口气,晚报的总编辑不再为没能解决她的编制问题而假装内疚,亲戚也终于可以甩掉她这个包袄了。当然,这个机会对楚红个人的意义最大,她终于可以离开 C 城这个保守没落的三线城市,来到省会 A 城,怎么说,这也算是个二线城市吧?

楚红去 A 城工作前,给自己的爸爸妈妈打了个电话。她从小就很有主见,考什么大学、学什么专业、到哪个城市工作,都是自己选的,这次也不例外,直到动身之前,她才告诉父母她招聘到 A 城报业集团去了。

楚爸爸很开心:"红红,祝贺你! A 城是省会,大报又是省委机关报,去了以后好好干! 原来咱们县我有个老朋友就在大报,现在可能都是主任了,要不要我跟他打个招呼?"

楚红赶紧说:"不用不用,我就是个小记者,从头开始慢慢干吧,别麻烦别人。"在 C 城,因为工作的原因楚红事事要看亲戚的脸色,她觉得有关系真不见得是件好事,还不如靠自己的本事闯呢。

楚红对自己的工作能力很自信,她心想她没有通过任何关系就靠自己的本事考进了大报,干吗去了以后再去攀高枝呢?

对她的这次跳槽,楚妈妈多少有点担心,她在电话里跟楚红唠叨:"你刚结婚成家,就一个人跑去 A 城,你老公有什么想法? 他有什么打算?"

"他很支持我去 A 城,正好他在这个厂里也待了三四年,早干够了,我们说好了,等我在 A 城正式站稳脚跟,他就辞职,到 A 城找份工作。"

楚红两口子审时度势,对两个人的职业发展做出了新的规划。

楚红二十三岁领了结婚证,半年后老公分了两间平房,他们顺利地结了婚。在她参加招聘考试之前,老公厂里面又进行了新一轮分房排队,按照她老公的分数,他们应该能分到一套两室一厅,但是,既然两个人做出了离开 C 城的决定,她老公就放弃了这次分房,如果楚红考不上,不但失去了一次工作的好机会,还将失去一次分房的机会。这真像是一次赌博,还好,他们赌赢了。

到了A城,新招聘的人员集中开会,楚红才知道,他们这一批新人要分到不同的岗位上去,除了个别人去了大报,绝大多数的人都要参加一张新报纸的创办。实际上,A城报业集团这次全省公开招聘,就是为创办一家新的子报而进行的,A城当地招聘的人员基本上都知道这一点,楚红从C城来,在集团里不认识什么人,对此一无所知,她还天真地以为她能进入大报,当一个工作又舒服、社会地位又高的省委机关报的记者呢。

楚红觉得自己的职场经历真是各种阴差阳错。本来可以去发行量大收入高的《A城晚报》,结果她自己放弃了。本来以为能去大报,结果被分去办什么新报纸。谁不知道一张新报纸很难打开局面呢? 楚红心里暗暗叫苦。她是个女人,又结了婚,只希望过稳定的安逸的生活,不想为了所谓的事业而拼命打拼。

楚红到来的时候,离新报纸《天天新报》正式创刊只有一个多月的时间了。她是听了大报领导的讲话才知道,大报收购了一家行业报,保留了它的刊号,准备出《天天新报》,原来行业报的一批编辑记者作为正式员工调入了大报集团,执行主编、副主编都是从大报中层干部中精选的强将,而楚红他们的身份是大报招聘人员,签劳动合同,但没有事业单位编制。

转来转去,楚红只不过是从《C城晚报》的借调人员变成了A城报业集团的招聘人员,不过,大报领导讲了,除了没有编制,待遇和正式员工完全一样。事实上,大报两年前就不再有正式编制的新员工了,所有人员都是社会公开招聘,要符合全日制本科学历、年龄三十岁以下的条件,等等。

楚红没有退路,只有在《天天新报》好好干下去,因为大报领导同时也讲了,他们这批新员工有三个月的试用期,如果试用期不合格,就要被辞退。

试用期的三个月,楚红工作真是玩儿命。她被分在了文体部,编副刊,分管这个部门的副总老马曾经是大报的资深副刊编辑,人脉很广,很多著名作家都曾经是他的作者,现在,他把这些作者资源让楚红共享,楚红真是激动啊,那么多她崇拜的大作家的名字就列在了这张作者清单上,有本名、地址、联系电话,她一个电话打过去就能跟他们约稿了!

马总三十五岁,有个女儿刚上小学,经常到报社来找爸爸,一来二去,跟楚红就很熟了,她很喜欢楚红阿姨,楚红也很喜欢她。楚红说话声音甜美,和马总女儿在一起的时候就会更温柔,每次听到她们两个说话,办公室里的男同事就会皱眉头,直呼受不了。楚红给作家们打约稿电话的时候,也会不自觉地把自己放在一个小学生的位置上,态度很谦恭,说话的声音也像小女生。

虽然是个名不见经传的小编辑,楚红还是约来了不少名家的稿子,她编辑的副刊版面就看上去很丰满,马总人很挑剔,但对她的工作还是相当满意的。

辛苦了一个月,《天天新报》终于正式创刊了。那一天是元旦,天很冷,所有的员工都没有放假,而是上街卖报,宣传自家报纸。马总带着女儿一起和编辑记者上街,楚红和小女孩一起在商场里卖掉好多报纸,一天下来虽然又冷又累,但是很有成就感。

创刊号大获成功! 楚红终于可以松一口气了,她去跟主任请假,说是要回C城去看老公。主任这才知道她结婚了,跑去跟马总汇报,马总非常吃惊地说:"她竟然有老公了?"

楚红也很吃惊。参加大报招聘的时候,填了那么多表,就是没有一项是填已婚还是未婚。她没想到大家会认为她是单身,因为从来没有人问过她这个问题,她也不觉得自己有必要去跟别人讲,我有老公了,我们两地分居,他还留在 C 城。

小别胜新婚,况且楚红还真是新婚。虽然一年前就领了结婚证,但正式摆酒还真是在她到 A 城来之前一个多月的事情。一个月不见,小两口有说不完的话,亲不完的热,可楚红的工作太忙了,在家待了两天,就不得不返回 A 城,为了两个人将来的好日子,他们只能暂时忍受这样的两地分居。

C 城离 A 城不远,坐火车、坐汽车都是两个小时不到就到了。

楚红在 C 城工作的时候认识很多人,他们陆续听说楚红到 A 城工作去了,有时候他们到省城开会,就会顺便来报社看看楚红,甚至会在周末的时候让楚红搭个顺风车回家。

楚红跑会的时候认识一个 C 城副市长的秘书,两个人颇谈得来,成为要好的朋友。刘秘书后来调去了市委组织部,有一次楚红搭他的车回 C 城,就听他说,C 城环保局班子换了,潘局长因为个人经济问题及作风问题被人举报,虽然没有立案调查,但也提前退居了二线,设计院的那个院长也给免职了。楚红心想,真是好人有好报,坏人有坏报,不是不报,时候未到。她不再耿耿于怀自己当年在 C 城环保系统受的那些委屈,那一次的职场变形对她来说是相当困难的,因为她放弃了大学里学了四年的专业。

楚红在 C 城晚报的时候做了一年多新闻部的编辑记者,到了《天天新报》,

她改做副刊编辑,创刊不久,总编对几个专刊不太满意,就进行了内部调整,女性周刊也调给了楚红。《天天新报》创刊后,主打城市市民阶层,特别辟出了女性版面,楚红很快就把这个女性版办得红红火火,一时,《天天新报》成了 A 城女性买报的首选。

因为女性周刊,楚红认识了 A 城的很多名女人。在楚红看来,一个女人若有了三分相貌、四分才气,再加上丰富多彩的故事,想不出名都难,云姐就是这样一个女人。

云姐是执行总编于总的好朋友。楚红刚认识她的时候,她三十多岁,离异,没有孩子,是一个小有名气的女作家。事实上,《天天新报》的总编、副总编基本上都是文学青年出身,年轻的时候都爱舞文弄墨,云姐当年也是他们那个文学圈里的。

楚红至今记得在于总办公室第一次见到云姐的情形。于总说要介绍个写女性婚恋题材的作家给她认识,以后可以在楚红的版面上开专栏。那天,云姐到了于总的办公室,过了一会儿,于总给楚红打电话让她到自己的办公室来一趟。

楚红怯怯地过去了。她平常工作都是马总直接分管,很少机会直接和于总打交道。

于总介绍云姐和她认识:"这是著名的才女,本来我想挖她过来一起办报,结果人家嫌咱们庙小,不来,不来就算了吧,能给咱们写稿也是咱们报纸的荣幸。"

云姐哈哈笑着说:"于总这里人才济济,哪里还需要我啊!"

　　楚红插不上话,就看他们两个一唱一和。

　　云姐认真打量着楚红,突然就跟于总说:"这个姑娘很漂亮嘛,她真的很漂亮!"

　　楚红脸红了。于总用一种颇为欣赏的眼神看着楚红,笑了笑。

　　云姐在楚红的女性版面上开了专栏,每周一期。《天天新报》特意为她开通了一条读者热线,每周三的晚上 8 点到 10 点,云姐会来报社接听读者热线,楚红都会在一旁陪着。打电话的多是一些在感情方面遇到困惑的女人,云姐会很耐心地倾听,然后再为她们出谋划策。一些热线故事就被她写进了专栏里。

　　这个专栏很受读者欢迎,慢慢地,楚红和云姐成为了无话不谈的好朋友。

　　云姐性格直爽,虽然感情生活颇为坎坷,但生性乐观。有一次两个人一起吃饭,云姐看着楚红,笑嘻嘻地说:"第一次见你的时候,觉得你很小,以为你还没有男朋友,我还想给你介绍对象呢。"

　　楚红也笑:"我早恋早婚,现在倒是后悔了,如果还单身,云姐认识那么多人,肯定能帮我介绍个好的。"

　　"哈哈,我看出来了,你们领导都很喜欢你。"

　　"哪里哪里啊,他们大概觉得我还挺能干活的吧。报纸还没盈利呢,领导们压力大着呢。"

　　因为压力大,马总时不时会冲楚红发脾气,发完了以后又后悔,再找个借口安慰她两句。刚开始楚红很受不了,有时候也会和他直接吵,后来慢慢习惯了他的这种工作作风,也就不那么介意了。倒是对于一把手于总,楚红很吃不准,她不知道他对自己是什么看法。这个男人风度翩翩,一表人才,报社的女同事们都喜欢往他身边凑,楚红反而一直对他很有距离感,她更喜欢马总直爽的性格,于总让她有捉摸不定的感觉。

听云姐说,于总、马总年轻的时候都是文学青年、诗人,最早在报社都是从副刊做起来的。楚红自己也做副刊,她的文学才华早在 C 城就已崭露,到了 A 城,在做编辑的同时,她还是坚持写散文、随笔,时不时在自家报纸及 A 城其他报纸上发表。至于小说,她倒是真的不写了,因为她记得杨编辑对自己的忠告:现在写小说,阅历还不够。再说了,报社的工作非常繁忙,楚红根本没有时间写大块的文章,只能零散地写点千字文发在报纸上。

于总、马总都挺欣赏楚红的才华,于总看到楚红发表的散文,忍不住夸奖她:"小楚,看不出来你还很内秀嘛。"

由于单身一个人在 A 城,楚红一日三餐都在报社食堂解决,慢慢地,她认识了报社其他部门很多人。沈阳就是在她刚到 A 城就认识的一个朋友,他在大报的专刊部做编辑,和楚红的工作有交叉,有些活动邀请媒体参加,楚红和沈阳常常会被主办单位一起邀请来,一来二去他们就熟悉了,也比较谈得来。

沈阳很爱钻研业务。楚红编辑的女性版面在集团内部颇受好评,沈阳会和楚红一起分析她做的版好在哪里,又有哪些不足。沈阳比楚红大几岁,还没结婚,有一次他半认真半开玩笑地跟楚红说:"你做女性版接触的美女多,啥时候帮我介绍个女朋友啊?"

楚红当了真,她的作者当中有些还不错的单身女子,她给沈阳搭过几次线,都没有成功。楚红心想,幸好大学里把恋爱谈了,否则等到工作以后再找男朋友,又不好找又耽误时间和精力。

楚红觉得自己很庆幸,可以一门心思地扑在工作上。她老公往 A 城调动的事情也办得差不多了,很快,他们就能夫妻团聚了。

夜深人静的时候,楚红也会想,自己在大学里谈了一次恋爱就结婚了,是不是经历太单纯了一点? 她的版面上有和声讯台合作的收费热线,拨打一个电话,就可以进行一些关于爱情啊、事业啊等方面的测试。楚红忍不住就自己测试了一下,结果电话里一个温柔的女声对她说:早婚,一生中会有无数爱人。

楚红跟沈阳说起这事儿,还一脸不以为然:"早婚是没说错,可我哪里有无数爱人啊?"

沈阳看着她笑笑说:"这可不一定,一生还长着呢。"

正式创刊半年后,《天天新报》在 A 城报业市场上渐渐打开了局面,发行、广告都节节攀升,于总看上去也有点春风得意的感觉。为了下一步的发展,《天天新报》面向社会进行了第二次公开招聘,条件依然和楚红当初报考大报时一样:全日制本科学历,年龄三十岁以下。特殊人才可以适当放宽。

楚红不知道该怎么定义特殊人才,反正这一批招进来一个特殊的美女夏欣,身材高挑丰满,已婚未育,大专学历,三十二岁。

夏欣很快就成为《天天新报》的话题人物。她似乎和领导们都很熟悉,一进报社就被另眼相看,先在总编室做了一段时间的编辑,结果头版标题出了个错字。饶是这样,她还是顺利转正,没几个月就被提拔成了办公室主任。所有的员工都心里极为不平衡,楚红也是,她心直口快,和同事一起聊天的时候就会议论夏欣,不明白她为什么也没有展现什么才华,就飞快地给提拔了起来。

有同事跟她说:"人家和领导关系好呗! 听说在总编室值夜班的时候,晚上老是泡在领导的办公室里。"

楚红就撇撇嘴,表示对此十分不屑。

楚红工作几年,换了两个城市三个单位,一直很痛恨走以女性为职业的职业女性之路,但每每碰到一个又一个成功的职业女性,都是沿着这条路走出来的。她感到很迷惘,觉得自己在职务上很难晋升,唯有业务上表现出色,以后能顺利地评上中级、副高、高级职称。

大学毕业一年后,楚红在 C 城评上了助理工程师,现在,她在 A 城做报纸编辑,再评职称就要参评新闻采编系列,她特意去大报人事部门问了楚主任,当初参加大报招聘时,楚主任面试了楚红,由于两个人都姓楚,因此彼此印象深刻,楚红到了 A 城后,档案、人事关系的调动都是从楚主任这里办的。楚主任告诉楚红,初级职称评中级职称,只要满了五年就可以参评,原来是什么系列的职称不重要,重要的是在现有的系列里的工作成绩,比如获奖情况、专业论文发表情况,以及要通过职称英语考试、计算机考试等。

楚红算了算,她现在初级职称已满三年,再有两年就可以评中级了。她决定要为两年后的中级职称晋升做好充足的准备,首先要多获得一些新闻类的奖项,以前在《C 城晚报》,她就获得过"全国晚报好新闻大赛奖",现在做了编辑,不再做新闻,新闻获奖的机会少了,但她可以评好编辑奖、优秀版面奖等,作为一个副刊编辑,她还可以参加全省副刊好作品的评奖,只要她编辑的文章获奖,她就相应地可以获得编辑奖。其次,她要尝试着在专业报刊上发表论文,虽然评中级职称不像评高级职称那样对论文有严格的要求,但有论文总是比没有论文强。

有了目标的职场之路走起来就充满了动力,楚红朝着自己制定的目标努力前进着,一年之后就小有收获。她编版越来越用心,无论是副刊还是女性专刊,在大报内部及社会上都广受好评,甚至引起了同行的关注,电台、电视台的女性节目都纷纷邀请她去做嘉宾。在获奖方面,由于马总是省内副刊界举足轻重的人物,在全省副刊好作品评选中,暗中帮了楚红很大的忙,她编辑的一篇著名作家的散文获得了副刊好作品一等奖,相应地,她就获得了编辑一等奖!

著名作家的散文其实是冲着马总的面子约来的,楚红跑去向马总表示感谢,在马总手下工作了快两年,他们越来越默契。马总鼓励她说:"继续努力。这次评奖我还能说上话,下次就轮到别人当评委,结果如何就很难说了。"

"谢谢马总,如果不是您帮忙,我根本约不来这么多好稿子,人家都是看您的面子。"楚红这话说得倒是实事求是。

"也不完全是吧,他们都挺喜欢你这个年轻编辑的,有时候他们打电话给我,都夸你嘴巴甜,电话打得勤,样报、稿费寄得都及时,工作很认真负责,稿子改得也好,很愿意给咱们写稿子呢。"马总对楚红的评价也很实事求是,要做一个优秀的副刊编辑,就得嘴勤、手勤兼具有专业素养,给名家改稿子可是一件功夫活儿,改不好很容易得罪人。

楚红在二十六岁这年,无论工作还是生活都显得春风得意,她老公顺利地调到了省城工作。由于和楚红两地分居,老公所在的工厂没有要求他十年合同期满才能辞职,而是顺利地为他的工作调动放行。楚红觉得自己当初大学毕业时的决定真是非常英明，如果她也选择分到那家工厂，结果就是他们两个谁也走不了。当时，她的出发点仅仅是觉得两个人在一个单位对双方都不见得有利。

因为老公转行做证券，楚红为了两个人能有共同语言，就去开了股票账户，尝试着做股票，为了把股票做好，她还买来很多投资分析方面的书看。作为一个理科生，楚红数学基础好，接触经济学一点都不感到吃力，这为她以后从文科转到商科打下了基础。

楚红夫妇租了一套宽敞的两室一厅，过上了正常的家庭生活。报社对招聘员工的待遇也越来越好，据说招聘员工以后也能参与分房，因此，楚红对未来的工作和生活都充满了信心。在这个时候，她还在报社内部找到了一个靠山，她不再是孤立无援地在报业集团内生存了。

不久前，A城报业集团提拔了两个相对年轻的副总编辑，其中一个秦总，是楚红的老乡，没错，就是当初楚红刚考到大报，楚爸爸跟她提起的他的那个朋友，当时在大报当主任。现在，秦主任提拔成了秦副总，由于大报领导层普遍年龄偏大，新提拔的两位副总编辑就很有些接班人的味道。

说来话长，楚红和秦主任的相识十分偶然。大半年前，楚红的一个高中同学到省城来办事，顺便来看她，楚红请她吃饭的时候，这个同学告诉她，大报的秦主任是咱们老乡，她正好要去秦主任家拜访，于是十分热情地把楚红一起带到了秦主任家。

秦主任第一次知道《天天新报》还有个年轻编辑是自己的老乡，和楚红一聊天，才发现和楚红爸爸以前就认识，后来他到省城工作联系就少了。秦主任是个热心人,很希望能在工作上帮楚红一把,特别是看到楚红工作成绩相当不错,版面做得漂亮,文章写得也好,就颇有提携楚红的想法。可是,当初楚红进大报并没有找他向《天天新报》的领导打招呼,无论于总还是马总都不知道楚红认识秦主任,他也不方便跟《天天新报》的领导说有个小老乡在这里,要他们多关照关照。

秦主任提成秦副总编,楚红非常高兴,她倒没想靠着他在报社飞黄腾达,而是觉得自己可以安心在报社待下去了,按照楚爸爸的说法,她为自己在报社找了一个保护伞。

楚红这么懂事的姑娘,当然知道自己要努力工作才是让秦总脸上有光的事情。报社内部没有几个人知道楚红和秦副总的这层老乡加朋友之女的关系,沈阳是知道的。在秦副总还是秦主任的时候,沈阳就跟楚红说:"秦主任业务上很厉害的,以后当个总编辑没有问题。"

现在,秦主任升任了秦副总编辑,离总编辑看上去只有一步之遥,但这一步将是艰难的漫长的,因为 A 城报业集团副总编辑有六七个之多,总编辑还有两三年就到点退休了,届时竞争将十分激烈。

沈阳说:"秦总在大报能走到今天非常不容易,他业务扎实,做事稳健,真是一步一个脚印干上来的。你好好干,有秦总这层关系,将来肯定有前途。"

楚红说:"我一个女同志有个稳定的工作就可以了,不像你们男的,还要追求功成名就啥的。"

沈阳说:"男人不上进怎么行? 不上进,女人就看不上你,自己也会觉得窝囊。我在大报专刊部好几年了,舒服是舒服,就是不容易出成绩,真希望有机会能到更重要的部门去锻炼锻炼。"

楚红耸耸肩:"那你也只能等机会了,大报内部调整哪有那么容易? 好的部门谁不争着抢着要进去?"

沈阳叹口气,他马上就三十岁了,成家立业的压力都很大。楚红答应继续帮他解决个人问题,毕竟楚红做女性版,各方面优秀女性接触的多一些。

每次看到沈阳为事业谋划,楚红就庆幸自己是个女人,只要家庭和睦工作稳定就可以了,她二十六岁了,登记结婚也三年了,希望能早点生个孩子。

楚红老公的单位准备分房了,楚红十分振奋,看上去她的人生之路正沿着自己希望的方向前进着,分了房子,她就可以生小孩了。

她的事业也不错,电视台的《今日女性》栏目频频邀请她去做嘉宾,她和这个栏目的制片人、摄像、主持人等都非常熟悉,有时候也会参与节目的策划。她是一个女权主义者,思想进步,观念前卫,始终坚持女人和男人应该平等、平权。

《今日女性》的摄像是个单身男士,对楚红很有好感,有一次特意把楚红约了出来,对她进行了表白。楚红只能婉言谢绝,她早就结婚了。可能因为早婚,楚红在工作头几年经常碰到喜欢她追求她的男人,她只能一一拒绝。但她并没有因此减少和各种男性交往,她觉得只要自己把握得好,男女之间完全可以像朋友一样相处,她从男性朋友身上学到的东西更多。这个摄像经历复杂,他告诉楚红,自己曾经有过几年在国外从事安全工作的经历,楚红一下子就想到了当年 C 城那些也在安全部门工作的朋友。

转眼到了年底,楚红两口子请秦副总一家一起吃饭,秦副总对楚红的工作表示了认可,并暗示如果有合适的机会就让楚红去锻炼锻炼。楚红很受鼓舞,她觉得自己工作上应该再积极主动一些,不要老想着相夫教子过安稳的生活,这样也太没出息了。

过年的时候,楚红回老家,顺便去看望了秦副总的父母,相谈甚欢,她和秦副总的关系越来越融洽,越来越亲密了。秦副总还不到五十岁,是大报集团的少壮派,《天天新报》的于总和马总也挺巴结新提拔的两个大报领导,只是他们都不知道楚红和秦副总还有一层亲密的老乡关系,如果他们早点搞清楚这一点,可能楚红后来的际遇就会完全改写了。

职场,看上去处处是机会,搞不好就处处是陷阱。楚红也是很多年后才明白了这个道理。

春节过后不久,楚红老公单位的房子分了下来,两室一厅,在省城一个颇不错的小区。楚红很满意,只是房子暂时还没有腾出来,得等到现在的住户搬到新房,他们才能拿到这套房子的钥匙。由于新房的建筑工期拖后了,他们大概得一年以后才能拿到钥匙,但不管怎么说,他们马上就有自己的房子了,房款都付了,由于是单位福利分房,这房子便宜得就像白送一样,楚红他们只交了三万块钱,据说单位还会帮他们把房子重新装修过之后才交给他们。

沈阳也在这年春天结了婚,他谈了一个女朋友,比较满意,认识三个月就结婚了。楚红去参加了他们的婚礼,虽然新娘不是楚红帮忙介绍的,楚红还是很为沈阳感到高兴。楚红一到 A 城就认识沈阳了,是非常好的朋友,看到朋友终于成家立业,楚红很欣慰,毕竟她也曾为沈阳的终身大事操过不少心。

楚红进入了二十七岁,她将面临晋升中级职称,她已经为此做了充足的准备。职称英语考试顺利通过,这两年拿奖拿到手软,业务论文也发表了两篇,对于评中级职称而言,楚红的条件足够优越了。

一切都那么按部就班,楚红继续做她的著名编辑,时不时到电台、电视台做做嘉宾,在各大报纸上发表文章,她也是省城小有名气的才女了,长得又漂亮。生活对她来说,看上去很完美。三八妇女节前夕,她做嘉宾的《今日女性》栏目还专程到楚红单位采访了楚红,在当天的特别节目里,楚红作为三个代表女性之一,展示了新时代女性的风采。楚红的爸爸妈妈都收看了这个节目,为她取得的成绩由衷地感到高兴。

4月初的一天,沈阳特意请楚红吃饭,看上去他很兴奋。

"楚红,你知道吧?大报要到B城去办一张《B城都市报》,准备从报社内部选几个业务主干,这个机会太好了,我准备去争取一下。"

"哦,我听说了,好像这份报纸是秦总分管吧?他问过我,我说我在A城挺好的,不想再折腾去B城了。怎么你想去?要不要我在秦总面前帮你说说话?"

"这倒不用,我和《B城都市报》的杜中国认识,他会亲自到大报来选几个人,私下里我们已经说好了,他会选我过去。"

"这不挺好吗?你这几年不是一直在等机会,现在机会来了,你得抓住。"楚红很为沈阳高兴,树挪死人挪活的道理她当然懂。

"机会是很好,我现在担心的是我们专刊部的主任不放我走,如果没有人接替我的位置,那我可能就走不成。"原来沈阳担心的是这个。

楚红有点不明白:"报社那么多人,怎么会没人接你的位置呢?"

沈阳说:"我听到的内部消息是,报社会把我们几个的位置拿出来在内部做一个竞争上岗,我觉得你很适合到大报专刊部来工作,肯定比你在《天天新报》强。"

楚红被沈阳说得有些心动了。一顿饭吃下来,楚红终于搞明白了这件事情的来龙去脉。首先是沈阳到要 B 城参与创办《B 城都市报》,其次,沈阳现在大报专刊部的版面会拿出来进行公开竞争上岗,最后,沈阳希望楚红参与这次竞争上岗,因为假如没有人竞争的话,沈阳就走不了了。

楚红后来才明白,自己只是沈阳事业规划上的一颗棋子,本来她并没有到大报专刊部工作的想法,只是她仗义,希望能帮助沈阳顺利实现自己的目标,才答应了沈阳去竞争上岗他走后留下的位置。

就是这个仗义,让楚红后来吃尽了苦头。

《天天新报》也创刊三年了,已经实现了赢利,于总正在努力寻找新的办报模式,楚红也是后来才知道,于总曾经想把《B 城都市报》办成《天天新报》的子报,由《天天新报》的班子在 B 城套办一张新报纸,但是上到秦副总下到 B 城记者站的站长杜中国,大家都不同意这个想法,在大报集团内部经过激烈的争论,最后决定由秦副总主管、杜中国挑头在 B 城办一份的全新的都市报。

《天天新报》的主管是王副总,据说也是大报总编辑有力的竞争者,他的劣势是年龄偏大,仅比现在的总编辑年轻三岁,一旦接替上岗,马上就面临着退休。

形势很明朗,在 A 城报业集团内部,王副总和《天天新报》的于总是一股势力,秦副总和后来的《B 城都市报》杜中国是一股势力,表面上大家一团和气,其实各种明争暗斗。可怜的小编辑楚红，很快就莫名其妙地卷进了这场斗争之中。

假如楚红不答应沈阳去参与竞争上岗而是老老实实在《天天新报》做她的编辑，也许一切就不一样了。

《天天新报》也在进行各种改革。改版是一直在进行的，楚红的女性版改成了周刊，副刊分给了别人去做。由于楚红不太擅长处理人际关系，在《天天新报》吃香的都是夏欣这样的花瓶，总是有人跑去领导面前说楚红的坏话，楚红对几个领导任人唯亲也颇有看法，在创刊三年多之后，她和于总、马总的关系反而比以前疏远了。

在王副总的支持下，于总还进行了用人制度的改革，《天天新报》要进行末位淘汰，通过综合考核和民主评议，分数最低的部主任将降格为普通编辑记者，分数最低的两个记者和一个编辑将内部下岗，经过三个月的培训后再重新竞争上岗。

楚红对这个改革丝毫没放在心上，她不是部主任，作为一个创刊元老、一个公认的优秀编辑，她也沦落不到下岗的地步。再说了，沈阳已经告诉她大报将进行竞争上岗，她答应了沈阳去应聘他的职位。

《天天新报》的人事改革一步一步地进行，首先进行业务考试，这个楚红很拿手。她很轻松地就答完了全部题目，还好心地告诉了某个同事几道题的答案。业务考试刚考完，大报的公告栏里就贴出了竞争上岗的海报，大报将在整个报业集团内部公开招聘专刊部两个版面的编辑。

楚红胸有成竹地去报了名。之前，她已经和秦副总沟通过，她说了沈阳希望自己去竞聘他的岗位,以确保他能顺利去 B 城。秦副总觉得专刊部在大报并不是一个有前途的部门,但这个机会对楚红来说也不错,能把楚红先调到大报当然比她在《天天新报》自己更能直接帮上忙。沈阳也向自己的部门主任热情推荐了楚红,楚红在报业集团内部还是小有名气的,因此,虽然专刊部主任一向以不喜欢招女编辑闻名,但他对楚红还是相当认可。

楚红到大报人事处去报了名。看上去楚主任对她的选择有些吃惊。

消息很快传到了于总那里,他非常震惊。更让他震惊的是,专刊部这次拿出两个岗位来竞争上岗,大报内部并没有人应聘,沈阳的担心还是很有道理的,但是《天天新报》居然有四个人去报名应聘,楚红就是其中之一。

于总觉得非常没有面子,在大报领导眼里,《天天新报》明显留不住人嘛!这让他非常恼火,他正处在个人职业发展的关键时期,不久前才从执行总编正式升为总编辑。

按照大报竞争上岗的流程,经过初选之后,符合条件的应聘者将参加面试,陈述自己对版面的编辑思路,面试考官有专刊部主任、报社的一些高级编辑、高级记者等。

在等待面试通知的时候,《天天新报》进行了民主考评,分别由总编、副总编等领导层、主任副主任等中层及普通编辑记者等员工层,给所有编辑记者打分,分优秀、合格、不合格三项,楚红毫不犹豫地给自己打了优秀,在业务方面她确实很优秀。

沈阳那个版面的应聘者除了楚红,还有《天天新报》的另外一个编辑小徐,小徐比楚红晚来一年,是个年轻的小伙子,业务能力比楚红差得很多,楚红很自信,自己完全能竞争过这个小徐。可是初选之后,只有楚红获得了面试的资格,小徐给刷下来了,楚红很奇怪。

面试下午进行。就在那天中午,楚红有事去办公室复印文件,意外地发现了办公室主任夏欣遗留在复印机里的一份文件,那份文件显示,根据《天天新报》民主考评的结果,在领导层、中层、员工层的三个民主测评中,楚红都是编辑系列里分数最低的一个! 这个结果有如晴天霹雳,楚红知道自己被算计了,她将要从《天天新报》下岗了!

楚红心里充满了愤怒和委屈。下午,她若无其事地参加了大报的公开面试,在阐述了自己的编辑思路之后,她平静地说,作为《天天新报》创刊的元老,她为这张报纸的发展做出了自己的努力,现在参加大报的竞争上岗,并不是对这张报纸有所不满,而是希望自己有一个新的平台能更好地发挥自己的才能,《天天新报》已经度过了创刊最艰难的时期,有了很多优秀的员工,自己的离开并不会给《天天新报》带来什么损失,相反,会把机会留给更多年轻的新人。最后,她希望《天天新报》越办越好。

楚红的这番即兴讲话赢得了满堂喝彩。评委们都认为在参加应聘的几个人当中,楚红的表现最好,觉得这次竞争上岗让他们在报社内部发现了楚红这样一个人才。

其实,楚红是强忍着眼泪坚持把面试进行到底的。一出考场,她就忍不住痛哭失声。从小到大,她就是品学兼优的学生,工作以后,她的成绩也是有目共睹,她不明白为什么在《天天新报》她就成了要被末位淘汰的一员。

晚上,她给秦副总打电话,告诉他自己已经预感到要从《天天新报》下岗了。秦副总说,他已经知道她在下岗名单上这个消息了,没有告诉她是担心影响她面试时的发挥。楚红心里很委屈,她不知道秦副总怎么看待她民主测评结果最差这件事情,她跟秦副总说,她是被冤枉的,这个民主测评的结果有可能做了手脚,因为考评结果显示只有两个员工投了自己优秀票,而她知道投自己优秀票的就至少有三个人,她自己还投了自己一票优秀呢。

秦副总劝她要冷静,因为毕竟《天天新报》下岗的名单还没有正式公布,她参加大报竞争上岗的结果也没有出来,希望她好好想想自己下一步的打算。

经过一夜的思考,年轻气盛的楚红做出了一个决定:她要离开 A 城报业集团,既不接受从《天天新报》下岗再培训,也不愿意以一个下岗人员的身份到大报专刊部去,她觉得太丢人了,会在大报一辈子抬不起头来。

她把这个决定告诉了秦副总,秦副总思考了片刻,认为这样也好。他认识电视台的台长,可以介绍楚红去电视台《今日女性》节目组。

两天后,《天天新报》正式公布了下岗名单,楚红果然是编辑当中唯一一个被末位淘汰的,所有的同事看到这个结果都惊呆了,怎么可能是楚红? 她业务能力那么出众! 可是,虽然她业务考试在全体编辑记者中考了个第四名,但民主测评三项结果她都是倒数第一,特别是领导打分,五个总编副总编有四个给她打了不及格,只有一票合格,她可是创刊的元老啊! 大家心里清楚,楚红是被领导给算计了。楚红觉得自己的业务考试成绩也不可能才第四名,那个抄她答案的同事还考了个第三名呢。果然,几个月后她参加《B 城都市报》的公开招考,很轻松就考了专业成绩第一名!

跟楚红关系比较好的同事安慰她说:"你离开这里也好,可能也就马总给了你一票及格。"楚红苦笑了两下,什么都没说。她对《天天新报》的领导们充满了仇恨。

几乎与此同时,大报竞争上岗的结果也出来了,由于楚红在《天天新报》被末位淘汰,她没能竞争上沈阳空出的这个岗位,并且由于只有她一个人竞争这个岗位,因为她没能上岗,沈阳就暂时不能离岗去 B 城!

这个结果太突然了,沈阳惊呆了! 他没想到他精心设计的这条职场转型之路竟然把他和楚红都给绊倒了! 楚红自顾不暇,她请了病假,下岗第二天起就回家休息了。

楚红回家后,认真分析了这件事情的整个过程,突然茅塞顿开! 她知道《天天新报》的领导为什么敢公然在她的考评结果上造假了,因为他们抓住了秦副总的小辫子。楚红去大报竞争上岗,本来和她竞争同一个岗位的还有小徐,后来参加面试的却只有她自己,原来,秦副总为了确保楚红上岗成功,让人事部门取消了小徐的竞争资格! 楚红心想,秦副总还是太小看自己的能力了,小徐业务上根本不是自己的对手,秦副总只是觉得小徐是个男的,专刊部的主任一向不喜欢招女编辑,可能会倾向选小徐,为以防万一,他就通知人事部门取消了小徐的面试资格。

楚红知道秦副总这把保护伞对自己保护过度了。正因为这过度的保护,《天天新报》的领导们全都曲解了楚红和秦副总的关系,他们认为楚红这个美女之所以不把领导们放在眼里,就是攀上了大报秦领导这个高枝!

云姐知道楚红的遭遇后,特意打来了安慰电话,她对楚红说:"你们领导太过分了! 怎么能挡别人的前程呢? 这样会被人记恨一辈子的!"

　　楚红哭着说:"报社每年都有员工给领导打分,我从来没有给任何一个领导打过不合格,他们为什么要这么对待我? 我们无冤无仇,我从来不想影响任何一个领导的前途,可在他们眼里我就是一块绊脚石!"

　　云姐说:"你们领导跟我解释过了,你是很冤枉,你就是一个牺牲品,可是上层政治斗争就是这样,你太年轻了,现在吃点苦头对将来也好。"

　　苦头有多苦,只有亲自吃到的人才知道。楚红在《天天新报》下岗及参加大报竞争上岗虽然表现出色但未能成功的消息在 A 城报业集团上下还是引起了一些震动,各种流言四起,有很多人替楚红打抱不平,当然,幸灾乐祸看笑话的也有。确实,和夏欣这样的美女比起来,楚红混得实在是太惨了一点。

　　在楚红休病假的时间里,省电视台登出了公开招聘的广告,《今日女性》栏目有招聘名额,楚红给制片人打了电话,说自己想去他们栏目组,制片人欣喜若狂,她一直看好楚红,很希望楚红能加入这个栏目。她希望楚红加盟后,能把这档节目做成有特色的原创节目,卖到各个地方电视台去。

　　由于秦副总给省台相关领导打了招呼,楚红参加电视台的招聘只是走走过场,然而,就在最后一关的时候,楚红打了退堂鼓:想来想去,她觉得自己并不适合电视台这样的工作环境。比起报社,电视台女性的竞争环境要更激烈,有更多的女人是走着以女性为职业的职场之路因而获得了成功。楚红不屑于这样。

　　在放弃了《天天新报》、大报专刊部之后,楚红再一次放弃了去电视台工作的机会。她精心准备多年的职称晋升也打了水漂,在她二十七岁这年,她的职场之路似乎走到了一个死胡同。

　　几经周折,沈阳后来还是去了 B 城,大报调了另外一个部门的一个编辑接替了他的位置。沈阳在 B 城和杜中国并肩奋斗了两个月,《B 城都市报》顺利创刊。在得知楚红放弃去电视台还是想继续做报纸后,沈阳对楚红说:"实在不行你到 B 城来吧,我去跟杜中国推荐你。我们这里很缺人。"

　　秦副总作为分管《B 城都市报》的副总编,最后还是帮助楚红去了 B 城,杜中国虽然是看在秦副总的面子上接纳楚红,但一份报纸新创他确实需要楚红这样有经验的优秀编辑来打开局面,帮助新人。《天天新报》的领导们没想到楚红这样一个优秀的编辑居然去了竞争对手《B 城都市报》,心里颇不是滋味,他们甚至到大报人事处那里施加了压力。可是,一切都不能改变,一切已无法挽回。

　　楚红在她二十七岁这年,又一次为了追求职业理想选择了两地分居。她在 B 城工作半年后,大报总编辑到点退休,王副总升为总编辑,成为了 A 城报业集团的主要领导。

　　楚红回 A 城把自己的档案拿到了《B 城都市报》。出于好奇和担心,她特意把密封好的人事档案袋悄悄地打了开来,她想看看自己的档案里面都有些什么,她被《天天新报》末位淘汰的经历有没有记录在档案里。档案袋里只有薄薄几张纸片记录着她简单的过去,她的那段下岗经历并没有记录在册。

　　往事终究如烟。

　　很多年后楚红回忆当年在 A 城这段让她用了两年的时间才彻底走出的下岗经历,很少有人知道,当年,她曾经有过翻盘的机会。她知道,《天天新报》领导手里的底牌就是秦副总为照顾楚红取消了小徐竞争上岗的机会,其实,楚红心里清楚,小徐是个专科生,当初进《天天新报》就并不符合 A 城报业集团的招聘要求,A 城报业招聘一直坚持招全日制大学本科生,小徐作为一个专科生,《天天新报》照顾他进来也就算了,他怎么能再参加大报的竞争上岗呢?楚红心里很清楚,按照《天天新报》的人事改革方案,编辑一定要有一个下岗名额,既然一开始领导选择了让她下岗,她再怎么为自己争取,都只能让另外一个人去下岗,换了任何人,都会认为自己是替代楚红下了岗,可能一生会怨恨楚红。楚红觉得自己为这件事情已经付出了足够多的代价,真没有必要再去影响别人的生活了。

现在的楚红是上海一家金融机构的行业研究员,在她二十九岁这年,她和老公一起来到上海工作,这是他们相识相遇的地方。他们重回校园读了两年在职研究生,楚红选的是金融与投资专业。从理科转型到文科后,楚红又成功实现了从文科到商科的转型。

> 不去想他们拥有美丽的太阳
>
> 我看见每天的夕阳也会有变化
>
> 我知道我一直有双隐形的翅膀
>
> 带我飞给我希望
>
> 我终于看到所有梦想都开花
>
> 追逐的年轻歌声多嘹亮
>
> 我终于翱翔用心凝望不害怕
>
> 哪里会有风就飞多远吧

隐形的翅膀让梦恒久比天长
留一个愿望让自己想象

　　楚红很喜欢在 **KTV** 唱这首《隐形的翅膀》,从参加工作那天起,作为一个既漂亮又有才华的女人,楚红选择了不以女性为职业的职场之路。为了在这条道路上走下去,她知道必须得为自己多准备几双能够变形的翅膀,有了这些隐形的翅膀,她才能自如地从一个城市飞到另外一个城市,从一个职业转到另外一个职业,虽然经历了各种伤和痛,她最终还是安然着陆了。

2012 年 6 月

■ 后 记

　　女儿六岁念小学之后，我重新开始写小说。此时我已三十九岁，距离我第一次尝试写小说的大学时代，已差不多过了整整二十年。

　　二十年前我是华东师大的一名大二学生，专业是环境科学，大部分课堂时间泡在化学、生物等各科实验室里。可是，华东师大是一个出了那么多著名作家的高等学府，师大浓郁的文学氛围感染着每一个爱做梦的年轻人，即使你是一个理科生，只要你有文学梦，你就可以参加各种社团，听各种讲座，选修中文系的一些专业课程。我在师大读书的四年，作为一个文学爱好者，我沉浸在这样一种良好的氛围中，听作家们的讲座，选修中文系的台港文学、宋词研究等课程，热衷于给报社投稿，参加各种征文比赛。二十岁的时候，我尝试着写了一个短篇小说，三十岁的时候我翻出了当年的手稿，重写了一遍，发在当时热衷的一个论坛上，后来我找不到这个小说了。四十岁的时候，我第三次重写这个故事，经过二十年的沉淀，我把它写成了《蓓蕾》，收在了这本书里，是我非常喜欢的一篇小说。

　　二十三岁的时候我发表了自己真正意义上的小说处女作《青春热线》，当时我在淄博的一家环保设计院工作,小说发在淄博文联主办的一本杂志上,还给发了头条,因为这篇小说,我被邀请参加了当年淄博市的文学创作会议,获益良多。这篇小说我虚构了一个报社女记者的故事,没想到几个月后我自己会跳槽去了《淄博晚报》,做了一个女记者,我对写小说这件事情产生了一丝敬畏,很担心自己虚构的故事都会变成现实。《淄博晚报》的副刊编辑郝永勃老师是个颇有名气的诗人,他对我说,你这个年龄写小说,阅历还不够。我认为他说得很有道理,于是搁置了小说创作,一心一意去做好一个新闻记者。

二十七岁的时候我遭遇了一场职场变故,算是职业生涯中一个重大打击,整个人变得颓废,一个人去了青岛工作。那个时候我没有勇气写自己的职场故事,感觉一场职场失败如同婚姻失败,特别伤筋动骨,于是写了一个离婚女人的故事《世纪末的忧伤》来抒发自己的情怀。二十八岁的时候我出了第一本书《有故事的女人》,本来打算把《青春热线》和《世纪末的忧伤》两篇小说也收录其中,最后还是拿下了,我对编辑说,也许以后我会再写一些小说专门出本小说集呢。

那个时候,我不知道有一天我会梦想成真,有很多年,这个梦想似乎越来越远。因为二十九岁的时候我到了上海工作,买房,生孩子,做了一个财经记者。除了给女儿写成长博客,散文、小说基本上都不再写,也不怎么接触文艺圈。直到女儿读了寄宿小学之后,我终于有了一点属于自己的时间,又开始琢磨起写小说这件事情来。

从小学三年级起我就开始读长篇小说了,读小说的三十年,我从古今中外的小说家们身上收获了很多,自己也慢慢摸索出一些写小说的技巧,我尝试着把这些技巧用在自己的小说上，从 2011 年 9 月起到 2012 年 12 月，一年多的时间我写了八篇小说，加上以前写的那两篇，于是就有了这本小说集《职场变形记》，基本上可概括为情感、成长、婚姻、职场四个主题。

在这十篇小说中，《青春热线》《职场变形记》侧重描写都市女性职场经历，探讨女性如何实现对事业、理想的追求。《蓓蕾》《小城故事》《故园之恋》构成了一个成长系列，用成年人的视角回忆青春，还原了上世纪 70 后一代人北方县城生活的生动图景，揭示童年经历对个人成长的影响。《世纪末的忧伤》《鱼翅》《丽莎之死》剖析了都市女性曲折繁复的情感历程，《套》《顾思思装修记》则对婚姻生活进行了真实的描写，阐述爱、信任、责任等对婚姻的意义。

时间跨越了二十年，我才总共写了十篇小说，因此很怕重复自己，每一篇小说都希望能有一种全新的表达方式，曾有编辑说："你的这些小说风格好像不统一嘛。"我笑笑说，风格不统一就是我追求的一种风格。希望读者朋友们喜欢这些风格不一的小说。

最后要说的是，感谢让这本小说集得以出版的朋友们，我爱你们。

2013 年 3 月